군림천하 21

개정판 1쇄 발행 2012년 5월 30일
개정판 4쇄 발행 2024년 1월 10일

지은이 | 용대운
발행인 | 최원영
편집장 | 이호준
편집디자인 | 한방울
영업·관리 | 김민원 조은걸

펴낸곳 | ㈜ 디앤씨미디어
등록 | 2002년 4월 25일 제20-260호
주소 | 서울시 구로구 디지털로 26길 111 JnK디지털타워 503호
전화 | 02-333-2513(대표)
팩시밀리 | 02-333-2514
E-mail | papy_dnc@dncmedia.co.kr
블로그 | blog.naver.com/gnpdl7

ISBN 978-89-267-1556-7 04810
ISBN 978-89-267-1535-2 (SET)

※ 저자와 협의하여 인지는 붙이지 않습니다.
※ 이 책은 ㈜ 디앤씨미디어(파피루스)가 저작권자와의 계약에 따라 발행한 것으로 본사와 저자의 허락 없이는 어떠한 형태나 수단으로도 내용을 이용할 수 없습니다.

용대운 대하소설
군림천하
3부 군림의 꿈 [君臨之夢]

君臨天下

21

철혈행로(鐵血行路) 편

目次

제209장	복수불수(覆水不收)	9
제210장	연환삼수(連環三繡)	41
제211장	청의방파(靑衣幇派)	71
제212장	생사비무(生死比武)	97
제213장	살기충천(殺氣衝天)	123
제214장	금계탁속(金鷄啄束)	155
제215장	비전행공(秘傳行功)	189
제216장	전화위복(轉禍爲福)	209
제217장	여심난측(女心難測)	235
제218장	무정도수(無情刀手)	265

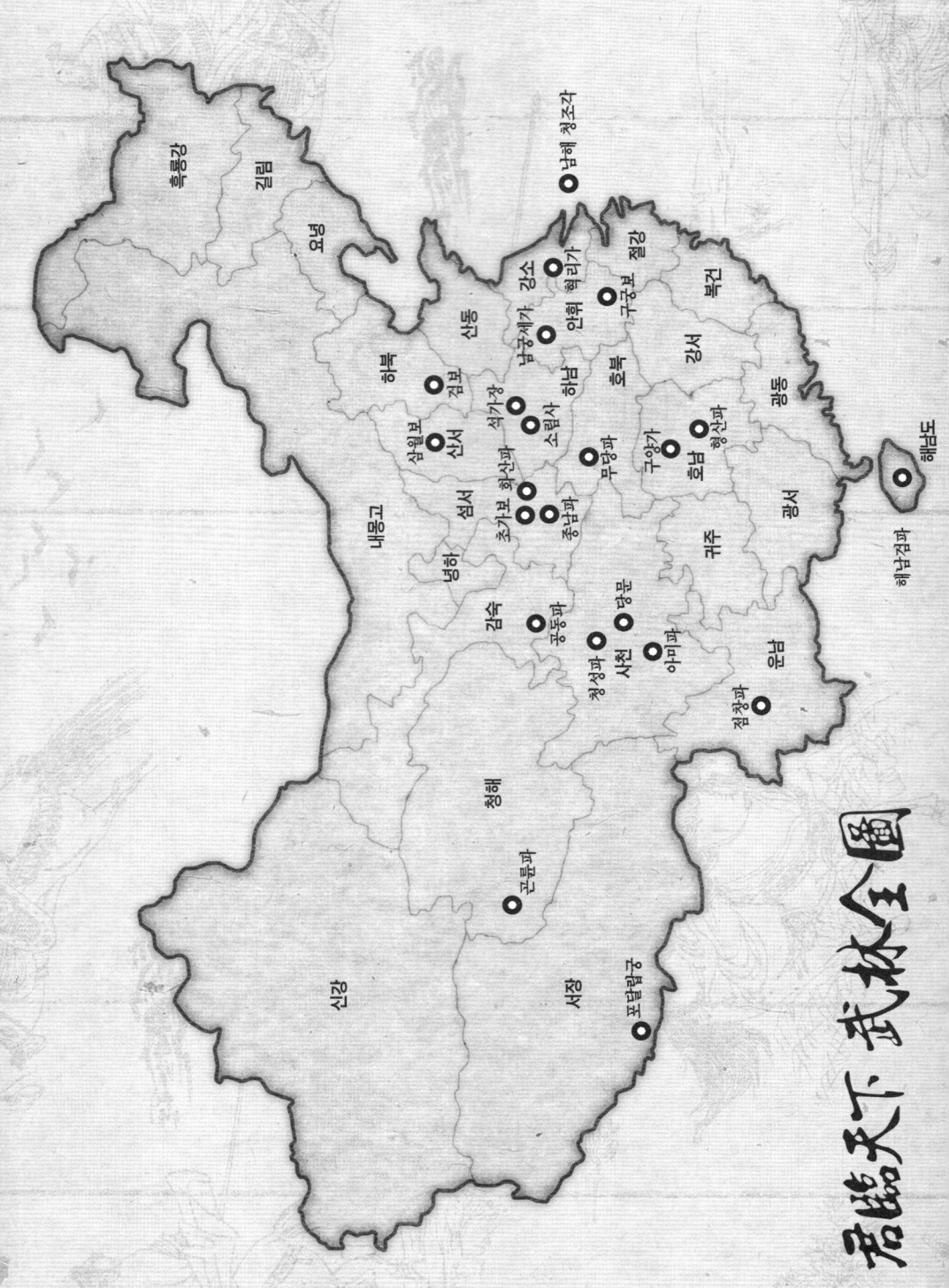

동오과 2차 감흥해도

제 209 장
복수불수(覆水不收)

제209장 복수불수(覆水不收)

밤이 깊어 가고 있었다.

주위는 고요했고, 이따금 들려오는 풀벌레 소리도 들리지 않았다. 멀리서 강물 흐르는 소리만이 꿈결처럼 아련하게 들려올 뿐이었다.

진산월은 그 자리에 못 박힌 듯 서 있다가 마차를 향해 좀 더 가까이 다가갔다. 그가 막 주렴을 걷으려고 했을 때, 마차 안에서 그녀의 음성이 들려왔다.

"사형. 그곳에 계세요."

주렴에 거의 닿았던 진산월의 손이 멈췄다. 진산월은 손을 내민 상태 그대로 몸이 굳어진 듯 미동도 하지 않았다. 그는 주렴 속의 인영을 물끄러미 바라보았다. 아무리 안력을 돋우어 보아도 앉아 있는 여인의 흐릿한 모습만 보일 뿐, 얼굴을 볼 수 없었다.

그때 다시 주렴 속에서 그녀의 조용한 음성이 흘러나왔다.

"연매. 잠시 자리를 비켜 주겠니?"

한쪽에서 눈을 반짝인 채 진산월과 마차를 번갈아 응시하고 있던 모용연이 움찔 놀라더니 까닭 모를 한숨을 내쉬고는 이내 몸을 돌려 어둠 속으로 사라져 버렸다.

한동안 장내에는 무거운 침묵이 감돌았다. 검은 하늘에 떠 있는 반월만이 석상처럼 서 있는 한 남자와 마차를 내려다보고 있을 뿐이었다.

진산월은 묵묵히 허공을 응시하고 있다가 문득 입을 열었다.

"그러고 보니 그날도 이랬군. 보름달이 내걸린 강변에서 사매를 마지막으로 보았지."

조용하면서도 담담했지만 묘한 고적감이 느껴지는 음성이었다.

정말 그랬다. 사 년 전의 그날, 당가타의 이름 모를 강변에서 보낸 짧은 기억들이 마치 어제 일처럼 생생하게 기억되었다. 그때 그는 스스로의 입으로 이년지약을 말했었다. 그리고 이제 삼 년 만에 그녀를 만나게 되었다.

지금 그의 심정을 무어라고 표현해야 할까?

진산월은 슬펐다. 그리고 기뻤다. 슬픈 이유는 수십 가지나 댈 수 있지만, 기쁜 이유는 오직 한 가지뿐이었다. 그녀가 자신을 만나러 와 주었기 때문이다.

그녀는 그를 기다려 주었다…… 철석같이 약속한 이년지약을 어기고, 사 년간이나 그녀를 외롭게 내버려 두었는데도 그를 만나기 위해 천 리 먼 길을 달려와 주었던 것이다.

그것만으로도 그는 만족했다. 만족하기로 했다. 더 이상의 욕심을 낸다면 그것은 아집이며 이기심일 뿐이었다. 그래서 진산월은 웃으려고 했다. 사 년 만에 다시 만난 그녀에게 환한 웃음을 보여 주고 싶었다. 자신은 괜찮다고, 종남파도 무사하다고 말해 주고 싶었다.

하나 그는 웃을 수 없었다. 웃으려고 입을 벌렸다가는 목구멍 깊은 곳에서 무언가가 치밀어 오를 것만 같아 입을 열 수가 없었다. 그래서 그는 최대한의 담담함을 유지해야만 했다.

진산월은 천천히 주렴으로 손을 뻗었다. 이번에는 그녀도 제지하지 않았다.

촤르르…….

주렴이 걷히는 소리가 마음 한편에 드리워진 무거운 장막을 걷어 내는 소리처럼 들렸다.

마차 안은 어두웠다. 어스름한 달빛 때문에 더욱 어두워 보였다. 그녀는 마차의 한쪽에 단정한 자세로 앉아 있었다. 흐릿한 달빛이 그녀의 얼굴에 짙은 음영(陰影)을 드리우게 했다.

진산월은 그녀의 얼굴을 보고 마음이 무겁게 가라앉았다. 그녀의 얼굴에는 엷은 망사가 씌워져 있었다. 망사 사이로 내비치는 그녀의 눈빛은 예전과 변함이 없건만, 진산월은 왠지 그녀와 자신 사이에 도저히 뚫을 수 없는 두터운 막이 쳐진 것 같은 느낌이 들었다.

두 사람의 시선이 마주쳤다. 마차는 좁았지만 두 사람에게는 그 안의 공간이 한없이 넓게만 느껴졌다. 그래서 진산월은 그녀의 옆으로 바짝 다가갔다.

그녀의 독특한 사라옥정향의 향기가 코끝에 감돌자 잠시 아련한 느낌이 전신을 적셔 왔다. 진산월은 사 년 전의 어느 날로 돌아간 것 같았다. 결코 그럴 수 없다는 것을 알면서도 그날로 돌아가고 싶었다.

한참 동안이나 두 사람은 아무 말 없이 서로를 응시한 채 그 자리에 가만히 앉아 있었다. 둘 중 누구도 먼저 입을 열려 하지 않았다. 마치 입을 열면 지금의 정적이 깨어져 날카로운 파편이 몸을 찌르기라도 할 것처럼.

하나 끝나지 않는 시간은 없었다.

진산월은 할 수 있는 최대한의 노력을 기울여 담담한 음성으로 물었다.

"몸은 어때?"

그녀는 특유의 속삭이는 듯한 목소리로 조용히 말했다.

"제 몸은 다 나았어요. 사형은 어떻게 지냈어요?"

"나야 잘 지냈지."

망사 사이로 내비치는 그녀의 시선이 유달리 음울하게 반짝였다.

"너무 많이 말랐어요."

"삼 년 동안 벽곡단만 먹었더니 이렇게 되더군. 하지만 요새 다시 살이 찌고 있는 중이야. 곧 예전으로 돌아갈 수 있을 거야."

진산월은 아무렇지도 않게 말했으나 그녀는 한참이나 아무 대꾸도 없었다. 다시 들려온 그녀의 음성은 조금 전보다 낮게 가라앉아 있었다.

"꼭 그렇게 될 수 있을 거예요."

진산월은 말없이 고개를 끄덕였다.

"사제들은 어때요?"

"일방은 제법 남자다워졌어. 실력도 많이 좋아졌지."

"낙 사제가 절정 고수가 되었다는 소문은 들었어요. 처음에 그 소식을 듣고는 믿기지 않았는데, 정말 고수가 된 모양이군요."

"그래서 이제는 혼자 내놓아도 불안하지 않아. 일방 말대로 어디 가서 남에게 맞고 다닐 걱정은 할 필요가 없으니까."

"다행이군요. 낙 사제가 얼마나 늠름해졌을지 정말 기대가 돼요."

"정해는 그때 우리와 동행했던 상 대협의 딸과 혼인을 했어. 지금 본산 밑에 신혼집을 꾸렸지."

"그렇군요. 상 소저는 낙 사제에게 관심이 있는 것 같았는데, 정 사제가 용케도 그녀의 마음을 움켜잡았군요."

"그럴 일이 있었지. 두 사람은 뇌 숙부의 치료를 위해 석가장에 머물렀는데, 그때 연분이 생긴 모양이야."

"응 사제는요?"

"계성은 고생을 좀 했어. 지금은 서안의 손 노태야 밑에서 일을 배우고 있지."

"다친 곳은 없나요?"

"험한 꼴을 당하긴 했지만 잘 견디고 있어. 한쪽 다리가 불편한데, 취아가 그를 위해서 특별한 보법을 연구하고 있지."

"그러고 보니 취아는 잘 있어요?"

"그래. 이제는 완연한 여인이 되었지. 무공도 많이 늘었고, 성격도 차분해져서 옛날 같은 천방지축 모습은 찾아보기 어려워."

그녀는 문득 한숨을 내쉬었다.

"보고 싶군요."

"지산과 취아는 결혼하기로 했어. 올해가 가기 전에 식을 올릴 수 있을 거야."

"정말 잘되었네요. 그런데 취아가 소 사제와 결혼할 생각을 하다니 뜻밖이로군요. 그 아이는 사형을 무척 좋아했었는데……."

진산월의 메마른 얼굴에 모처럼 엷은 미소가 스치고 지나갔다.

"소녀가 여인이 되면 남자 보는 눈이 달라지나 보지."

그녀는 망사 사이로 그를 한동안 가만히 쳐다보더니 차분한 음성으로 말했다.

"그 아이는 틀림없이 외로웠을 거예요. 주위가 너무 외로워서 혼자 견디기 힘들 때 여자는 멀리 있는 이상(理想)보다는 가까이에서 자신을 보듬어 줄 누군가를 더 원하게 되지요."

"그런 것도 같군."

"매 사형은……."

"매상은 무당으로 갔어. 나름대로 자신에게 맞는 길을 찾아가기로 한 것 같아."

그녀는 예상치 못한 말을 들어서인지 잠시 말문을 멈추었다가 한숨 섞인 음성을 토해 냈다.

"매 사형은 항상 좀 더 높은 경지의 검술을 익히기를 갈망했었죠. 하지만 그래도 계속 본 파에 남아 있을 줄 알았는데……."

"많은 일들이 있었지. 매상으로서는 더 이상 견디지 못할 상황이었을 거야."

진산월은 그녀가 매상이 견디지 못해 했던 그 상황에 대해 물어볼까 걱정스러웠으나 다행히 그녀는 화제를 돌렸다.

"동 사질은 어때요?"

"중산은 이제 본 파의 어엿한 일원이 되었어. 초가보와 싸울 때 한쪽 눈을 잃었는데, 그 뒤로 더욱 침착하고 생각이 깊어져서 본 파에 큰 도움이 되고 있지."

"초가보…… 무척 힘든 싸움이었다고 들었어요."

"그랬지. 그래도 우리는 살아남았어. 다친 사람은 제법 있었지만 아무도 죽지 않았지. 정말 운이 좋았어."

임영옥은 다시 한참이나 침묵을 지켰다. 잠시 후에 입을 연 그녀의 음성에는 간절한 염원 같은 것이 담겨 있었다.

"나도 그 자리에 있고 싶었어요, 사형. 정말로 그곳에서 함께 싸우고 싶었어요."

진산월은 조용히 고개를 끄덕였다.

"나도 알아. 모두들 알고 있었지. 사매뿐 아니라 떠나간 모든 사람들이 우리와 그 자리에 함께 있고 싶어 했다는걸. 그래서 더욱 힘이 났지."

잠시 두 사람 사이에는 옛날과 같은 부드러운 기운이 감돌았다. 두 사람은 낮게 소곤거리기도 하고 때로는 엷은 웃음소리를 내기도 했다. 진산월이 종남삼검 중의 유일한 생존자인 전풍개와 사숙인 노해광이 돌아온 사실을 말해 주었을 때, 임영옥은 특히 기뻐하며 망사 너머로도 훤히 알 수 있을 정도로 환한 미소를 지어 보였다.

"노해광 사숙이 돌아오셨다니 정말 다행이군요. 아버님께서는 돌아가실 때까지도 늘 그분을 염려하셨는데, 이 사실을 아셨다면 얼마나 기뻐하셨을까요?"

"노 사숙은 지금 장안의 유력한 실력자 중 한 사람이 되었어. 그래서 본 파가 장안에 영향력을 발휘하는 데 큰 힘이 되고 있지."

임영옥은 두 눈을 반짝이며 물었다.

"사형이 장문인에 취임하던 날 축하 인사는 못할망정 남아 있던 주루까지 빼앗아 가기에 형편없는 사람이라고 생각했었는데 그렇지 않은가 보군요. 노 사숙은 어떤 분인가요?"

"고집이 세고 까다로운 사람이야. 하지만 아랫사람을 잘 부리고 처세술에 능해서 인맥(人脈)이 무척 넓지."

"본 파에는 꼭 필요한 사람이로군요."

"그래."

"성격은 어때요? 예전에 얼핏 아버지에게 듣기로는 속을 잘 알 수 없는 사람이라고 하던데……."

"그런 면이 있지. 자신의 속마음이 남에게 알려지는 걸 무척 싫어하더군. 자기 주관이 확고하고 인정(人情)에 쉽게 휘둘리지 않는 편이야. 그만큼 책임감이 강하고 철두철미한 성격이지. 나는 마음에 들어."

"사형이 마음에 들었다면 좋은 사람이겠군요."

진산월은 피식 웃었다.

"왜 그렇게 생각하지?"

망사 사이로 내비치는 그녀의 눈빛은 마치 두 개의 찬란한 보석처럼 영롱하게 반짝이고 있었다.

"사형은 겉으로는 두루뭉술하고 대범한 것 같아도 사실은 사람을 사귀는 데 무척 엄격하고 까다로운 성격이에요. 그래서 사형이 웃으면서 대하는 사람은 많아도 흉금을 터놓거나 마음에 들어 하는 사람은 아주 드물지요."

진산월은 고개를 갸웃거렸다.

"내가 까다로운 성격이었던가? 잘 모르겠는걸."

"사형이 지금까지 친구로 사귄 사람이 얼마나 되는지 생각해 보세요. 조일평 소협 한 사람밖에 없잖아요."

"그건 사매가 몰라서 그래. 나도 요즘 새롭게 사귄 친구가 있다고."

"그래요? 그 행운아가 누군가요?"

"자칭 풍류남아이면서 사실은 전형적인 파락호인 인물이지."

이어 진산월은 자신이 손검당을 사귄 경위에 대해 간략하게 설명해 주었다.

임영옥은 묵묵히 그의 말을 듣고 있더니 입을 가리고 나직하게 웃었다.

"호호…… 말만 들어도 어떤 사람인지 머릿속으로 그려지는군요. 그는 틀림없이 평소에는 별로 말이 없는 인물일 거예요."

"어째서?"

"사형은 예전에도 번지르르하게 말을 잘하는 사람을 별로 좋아

하지 않았어요. 입에 발린 몇 마디의 말보다는 단순한 눈빛이나 몸짓으로 느낄 수 있는 마음의 교류를 더 소중하게 생각했죠. 그 손검당이라는 사람이 말 잘하고 입이 가벼운 사람이었다면 웃으며 안면을 틀 수는 있어도 친구로 사귀고 싶은 생각은 전혀 없었겠죠.”

진산월은 망사로 비치는 그녀의 두 눈을 물끄러미 바라보고 있다가 빙그레 미소 지었다.

“사매는 나를 너무 잘 알아. 사매야말로 나의 유일한 지기(知己)야.”

그녀도 따라 웃었다.

“그래서 나도 안심했어요.”

“무얼 안심했는데?”

“사형의 외모는 예전과 많이 달라졌지만 적어도 속마음만큼은 조금도 변하지 않았다는 걸 알게 되었으니까요.”

“내가 달라졌을 거라고 생각했어?”

임영옥은 가만히 고개를 내저었다.

“그러지 않을 줄 알고 있었지만 그래도 알고 나니 안심이 되었어요.”

“인간은 원래 쉽게 변하지 않는 존재지. 내 외양이 달라졌다고 해도 내 본질은 그대로야. 그런 점에서 본다면 사매도 안심할 수 있는 사람이지.”

임영옥은 가만히 그를 쳐다보고 있더니 이윽고 가느다란 한숨을 내쉬며 고개를 내저었다.

"그건 사형이 잘못 생각한 거예요."

"내가 잘못 생각했다니?"

"사형은 나도 사형처럼 변하지 않을 사람이니 안심할 수 있다고 했지만, 나는 예전과 달라졌어요."

진산월의 낯빛이 자신도 모르게 굳어졌다.

"그건 무슨 의미지?"

임영옥의 음성은 그 어느 때보다도 조용했다.

"나는 사형과 함께 종남파로 돌아갈 수 없어요."

진산월은 묵묵히 그녀를 응시했다. 마치 아무런 말도 듣지 못한 사람처럼.

"모든 게 너무 많이 변해 버렸어요. 나는 지난 세월 동안 사형을 기다려 왔지만, 이제는 더 이상 사형과 같은 꿈을 꿀 수 없게 되었어요."

죽음 같은 적막이 내려앉은 마차 안에는 그녀의 나직한 음성만이 울리고 있을 뿐이었다.

"사형에 대한 제 마음이 변했다고 해도 좋아요. 아니면 다른 어떤 이유가 있든지…… 다만 분명히 말할 수 있는 건 나는 더 이상 종남파로 돌아갈 수 없다는 것뿐이에요."

이번에는 진산월이 깊은 침묵에 잠겨 있었다. 진산월의 시선은 여전히 그녀에게 향하고 있었지만, 그 눈 속에 담겨 있는 것은 그녀와 그 사이에 있는 텅 빈 공간이었다.

한참 후에야 진산월은 천천히 입을 열었다. 조금 전의 굳어진 모습과는 다른 담담한 음성이었다.

"나는 사매에게 아무것도 묻지 않겠어. 내가 이년지약을 어긴 이유를 사매가 묻지 않았듯이. 어떤 강요도 하지 않겠어. 사매의 선택을 존중하니까. 다만 나도 한 가지 단언할 수 있는 게 있지."

진산월은 그녀의 망사 너머로 비치는 두 눈을 쳐다보며 나직하면서도 분명한 음성을 내뱉었다.

"사매는 반드시 본 파로 돌아오게 될 거야. 언제가 되었든 말이지."

임영옥의 몸이 한 차례 가늘게 떨렸다. 속삭이는 듯 낮게 가라앉은 음성이었으나 그 안에 담겨 있는 절실한 심정을 누구보다도 잘 알고 있기 때문이었다.

그녀는 자신도 모르게 물었다.

"사형은 운명을 믿나요?"

"난 내가 정한 것 외에는 아무것도 믿지 않아."

"……!"

"사매는 나의 가장 가까운 곁에서 우리가 꿔 왔던 꿈이 이루어지는 광경을 보게 될 거야. 그것이야말로 내가 가장 확신할 수 있는 운명이지."

임영옥은 고개를 돌렸다. 그러지 않고서는 당장이라도 그의 품 속으로 뛰어들게 될 것 같았던 것이다. 고개를 돌린 그녀의 목덜미는 한없이 처연해 보였다.

한순간 두 사람 사이로 마른 갈증이 스치고 지나갔다. 그다음에 남은 것은 가슴을 짓누르는 무거운 침묵뿐이었다.

진산월은 이런 침묵이 싫었다. 지난 세월 동안 얼마나 간절히 그녀를 만나기를 기다려 왔던가? 그런데 흘러간 세월만큼이나 그녀와 자신 사이에는 넓은 간극(間隙)이 존재해 있었던 것이다.

그 사실을 진산월은 인정할 수 없었다. 그래서 진산월은 손을 내밀어 그녀의 손을 잡으려 했다. 막 서로의 손이 닿으려는 순간, 그녀는 슬그머니 손을 거두어들였다. 진산월은 텅 빈 허공을 움켜쥔 채 가만히 그녀를 쳐다보았다.

그때 그녀의 눈빛은 어쩌면 그렇게 슬퍼 보이는지······.

진산월은 몸을 돌렸다. 더 이상은 그로서도 견딜 수가 없었다.

주렴을 걷고 마차 밖으로 나오니 검은 하늘이 그를 반겼다.

주위는 고요했고, 밤공기는 차가웠다. 진산월은 문득 고개를 들어 어두운 밤하늘을 올려다보았다. 하늘 한구석에 떠 있는 반월이 시야에 들어왔다. 진산월은 그 반월을 응시하며 마음속으로 끝없이 중얼거렸다.

'나는 참을 수 있다······ 나는 참을 수 있다······.'

얼마나 그 자리에 선 채 하늘을 올려다보고 있었는지 모른다. 문득 인기척을 느끼고 돌아보니 사라졌던 모용연이 멀지 않은 곳에서 그를 쳐다보고 있었다.

주위를 둘러보니 마차는 보이지 않았다. 그때 진산월이 느낀 허탈감이란 말로 형용할 수 없는 것이었다.

모용연은 진산월의 고적감이 감도는 두 눈과 약간은 파리한 얼굴을 뚫어지게 보고 있다가 붉은 입술을 살짝 열었다.

"그녀는 떠났어요. 당신은 이제 더 이상 그녀를 찾아서는 안 돼요."

진산월은 묵묵히 그 자리에 서 있었다. 얼굴에 전혀 표정의 변화가 없어서 그녀의 말을 듣고 있는지 아니면 다른 생각에 잠겨 있는지 전혀 알 수가 없었다. 모용연은 신경 쓰지 않고 자신이 할 말만을 계속했다.

"당신과 그녀 사이에 무슨 일이 있었는지는 모르지만, 당신이 진정으로 그녀를 생각한다면 더 이상 그녀에게 부담을 주어서는 안 돼요. 그녀를 잊어 주는 게 지금의 당신이 할 수 있는 최선의 일이에요."

진산월은 여전히 아무런 대답이 없었다.

모용연은 기광이 번쩍이는 눈으로 그를 빤히 응시하더니 무어라고 입을 열려 했다.

그때 갑자기 진산월이 휑하니 몸을 돌리더니 앞으로 걸어 나갔다. 모용연의 고운 아미가 살짝 찌푸려지며 날카로운 음성이 흘러나왔다.

"내 말을 무시하는 건가요?"

진산월은 아무 말도 듣지 못한 사람처럼 계속 걸음을 옮겼다.

'이자가 점점······.'

모용연은 순간적으로 분기가 치밀어 버럭 소리를 지르려다 간신히 억눌러 참았다. 얼핏 진산월의 심정을 알 것 같았기 때문이다.

'지금은 누구와도 말하기 싫은 거겠지.'

모용연은 멀어져 가는 진산월의 뒷모습을 한동안 가만히 지켜보고 있었다. 그러자 무언지 모를 외로움과 쓸쓸함이 느껴졌다.

큰 키에 마른 몸매치고는 유난히 넓은 어깨를 지닌 그의 등은 강인해 보이는데도 지금은 그 어깨 위에 무거운 무언가가 올라 있는 것 같았다.

모용연은 진산월이라는 사람에 대해 거의 아는 것이 없었으나, 순전히 인간적인 동정심에서 그의 어깨 위에 지워져 있는 무거운 그림자가 걷히기를 바랐다. 언젠가는 흉터가 선명한 진산월의 차가운 얼굴에 미소가 떠오르는 모습을 볼 수 있게 되기를 기대했다.

하나 그것이 결코 쉽게 이루어질 수 없는 것임을 그녀는 어렴풋이 짐작할 수 있었다.

'그녀가 그에게 돌아간다면 그는 과연 웃을 수 있을까?'

그녀는 심란한 마음에 한동안 그 자리에 선 채 이런저런 생각에 잠겨 있다가 퍼뜩 정신을 차리고 주위를 둘러보았다.

"이런…… 너무 늦었네."

그녀는 나직하게 혀를 차고는 황급히 신형을 날려 어둠 속으로 사라져 갔다.

강변의 밤바람은 유난히 차가웠다.

진산월은 불어오는 강바람을 맞으며 강둑 위에 우두커니 서 있었다. 여하의 강물이 어둠 속을 도도히 흘러가는 모습이 시야에 가득 들어왔으나 어떠한 풍취도 느낄 수 없었다. 가슴속에 세찬 격랑이 거대한 소용돌이를 이루며 휘돌고 있는데 강물 흐르는 광경이 시야에 제대로 들어올 리가 없었다.

지금 그의 마음은 그 자신도 제대로 설명할 수 없을 정도로 복잡하고 어지러웠다. 평생을 가꾸어 왔던 소중한 무언가를 잃었다는 상실감이 온몸을 휘감는 기분이란 겪어 보지 못한 사람은 도저히 이해할 수 없는 것이었다.

그가 임영옥을 처음 만난 것은 그의 나이 열세 살 때였다. 그로부터 십 년이 넘는 오랜 세월 동안 임영옥은 그의 가장 친한 지기였고, 믿을 수 있는 동료였으며, 유일한 여인이었다. 부모의 얼굴도 모르고 피붙이 하나 없는 천애고아인 그에게 그녀는 누이이고, 누나이며, 어머니였다.

그녀의 존재 자체가 그에게는 가장 큰 힘이자 삶의 원동력이었고, 아무리 힘들고 어려울 때도 그를 지켜 주는 버팀목이었다.

그 버팀목이 부서져 버린 것이다.

진산월은 아무 생각이라도 하려고 했지만 아무것도 생각할 수 없었다. 마치 생각이란 놈이 어딘가로 사라져 꽁꽁 몸을 숨기고 있는 것 같았다. 한참 후에야 진산월의 머리에 떠오른 것은 그녀를 되돌아오게 하기 위해 무언가 행동을 취해야 한다는 생각이었다. 하나 어떤 행동을 해야 하는지는 도무지 상상조차 할 수가 없었다.

자신이 무엇을 할 수 있겠는가?

그녀가 스스로의 입으로 돌아오지 않겠다고 말을 했는데…….

그녀의 결심이 굳건하다면 자신의 어떠한 행동도 부질없는 것이 아니겠는가?

그러다 어느 순간 문득 정신이 들었다.

주위를 돌아보니 고요한 정적이 감도는 가운데 강물 흐르는 소리만이 들려올 뿐이었다. 진산월은 불룩 튀어나온 구릉의 유달리 어둠이 짙게 드리워진 어느 한 부분에 시선을 고정시켰다.

"나오시오."

어둠 속에서 하나의 인영이 허깨비처럼 유연한 동작으로 앞으로 걸어 나왔다.

흑색 유삼(儒衫)을 입은 다소 마른 체구의 청년이었다. 창백하리만치 하얀 얼굴에 짙은 눈썹과 오뚝한 콧날을 지닌 미남자였다. 그의 허리춤에 한 자루 옥색 섭선이 장난감처럼 매달려 있는 모습이 유난히 시선을 끌었다.

흑삼 청년은 건들거리는 자세로 진산월의 이 장 앞까지 다가오더니 이내 입가에 엷은 미소를 그려 보였다.

"안녕하시오."

그의 음성은 얼굴에 떠올라 있는 표정이나 가벼워 보이는 행동과는 달리 묵직한 저음이었다. 특히 말꼬리에 묘한 울림이 담겨 있어 듣는 이에게 깊은 인상을 심어 주었다.

진산월은 흑삼 청년이 처음 보는 얼굴임을 확인하고는 이내 담담한 음성을 내뱉었다.

"나를 아시오?"

흑삼 청년의 얼굴에 떠올라 있는 미소가 조금 더 짙어지며 박속같이 고른 치아가 살짝 드러났다.

"물론이오. 당신은 요즘 중원 땅에 혁혁한 명성을 날리고 있는 종남파의 장문인 신검무적 진산월이 아니오?"

"우리가 전에 만난 적이 있소?"

"물론 초면이오."

"그런데 어떻게 나를 알고 있소?"

흑삼 청년은 금시라도 대소를 터뜨릴 듯했으나 소리 내어 웃지는 않고 계속 얼굴에 미소를 짓고 있었다.

"모를 리 있겠소? 당신을 만날 기대를 가지고 먼 길을 달려왔는데……."

진산월은 아무런 감정도 느껴지지 않는 무심한 시선으로 흑삼 청년의 준수한 얼굴을 응시했다.

"생면부지의 나를 만나기 위해 먼 길을 달려왔다니 필연적인 곡절이 있겠구려."

"그렇소."

"그 곡절이 어떤 것이든 나와는 상관없는 것이오. 그러니 당신은 이만 돌아가시오."

진산월이 금시라도 몸을 돌리려 하자 흑삼 청년의 미소 띤 얼굴이 일순 굳어졌다. 하나 이내 그는 다시 빙긋 웃으며 입을 열었다.

"이번에는 잘못 짚었소, 진 장문인. 내가 당신을 만나러 온 것은 그녀 때문이오. 그런데도 당신과 아무런 상관이 없단 말이오?"

"그녀라니 누구를 말하는 거요?"

"물론 당신이 조금 전에 마차 안에서 만났던 여자 말이오. 임영옥. 그녀 때문이 아니었다면 내가 천 리가 넘는 길을 먼지를 뒤집어쓰며 달려왔을 것 같소?"

진산월은 물끄러미 흑삼 청년의 얼굴을 쳐다보았다. 흑삼 청년은 마치 진산월의 주시를 즐기기라도 하는 듯 느긋한 표정으로 진산월의 시선을 마주 보고 있었다. 그의 얼굴에 떠올라 있는 미소는 상대를 조롱하는 조소(嘲笑)로도 보였고, 득의한 웃음으로도 보였다. 아니면 그저 아무 의미 없이 습관적으로 웃고 있는 것도 같았다.

어떤 의미이든 진산월은 그 미소가 탐탁지 않게 생각되었다. 아니, 미소 자체가 아니라 그 미소를 짓고 있는 얼굴이 마음에 들지 않았다고 해야 옳을 것이다.

그것은 다른 남자의 입에서 임영옥의 이름이 거론되었기 때문일지도 모른다. 그렇지 않았다면 처음 보는 낯선 사람의 미소 짓는 얼굴에 불쾌함을 느낄 까닭이 없었다.

진산월이 아무런 대꾸도 없이 자신을 쳐다보고만 있자 흑삼 청년은 한 차례 어깨를 으쓱거렸다.

"내 말이 믿어지지 않는 모양인데, 나는 처음 보는 사람에게 실언 따위를 하는 성격이 아니니 그 점에 대해서는 분명하게 믿어도 좋소."

진산월은 조용한 음성으로 물었다.

"당신은 누구요?"

"나는 군유현(君維賢)이라고 하오. 내 이름을 들어 본 적이 있소?"

진산월은 잠시 생각하다가 천천히 명호 하나를 내뱉었다.

"절정수사(絶情秀士)."

흑삼 청년은 고개를 끄덕였다.

"바로 나요."

절정수사 군유현은 세 가지 면에서 강호상에 유명한 인물이었다.

첫째는 그가 낙화수사 조옥린 이후 강호에서 제일가는 풍류남아들이라는 강호삼정랑(江湖三情郎) 중의 일인이라는 것이며, 둘째는 그가 한 자루 부채만으로 동정십팔채(洞庭十八寨) 중에서도 세 손가락 안에 드는 성세를 자랑하는 대하보(大河堡)의 최고 고수를 격파한 뛰어난 무공의 소유자라는 것이다. 하나 무엇보다도 그를 유명하게 만든 것은 그가 구궁보의 모용봉과 가장 친한 친구 사이인 해천사우(海天四友)의 일인이라는 점이었다.

모용봉은 자타가 공인하는 당금 강호의 제일 고수였다.

그리고 해천사우의 면면 또한 그의 친구로서 부족함이 없는 대단한 실력의 인물들이었다. 절정수사 군유현 외에 그와 함께 강호삼정랑에 속해 있는 정검(情劍) 부옥풍(扶玉風), 강호 제일의 쾌검객이라는 분광검객 고심홍, 그리고 강남의 유력한 명문 세가인 담씨세가(譚氏世家)의 당대 가주이며 강남에서 손꼽히는 도객(刀客)인 강남절품도(江南絕品刀) 담중호(譚重豪)가 바로 그들이었다. 그들은 개개인이 강호 무림의 정상을 달리는 절정 고수들일 뿐 아니라 하나같이 기개가 헌앙하고 인품이 준수해서 누구나가 선망해 마지않는 절세의 기남(奇男)들이었다.

진산월은 절정수사라는 명호보다는 군유현이 모용봉과 절친한 친구 사이라는 것에 더 흥미를 느꼈다. 모용봉의 친구가 임영옥 때문에 자신을 만나려고 찾아온 것이다.

"당신 말이 옳소. 나는 생각이 바뀌었소."

진산월이 불쑥 말을 내뱉자 군유현은 순간적으로 어리둥절한 얼굴이 되었다.

"생각이 바뀌다니…… 그게 무슨 말이오?"

"당신이 나를 만나려고 찾아온 곡절이 무엇인지 알고 싶어졌다는 뜻이오."

군유현은 다시 예의 의미 모를 미소를 지어 보였다.

"이제 비로소 대화를 나눌 분위기가 된 것 같군. 내가 진 장문인을 찾아온 것은 한 가지 충고를 하기 위해서요."

"충고라…… 정말 모처럼 들어 보는 말이군. 일면식도 없는 나에게 충고를 하기 위해 천 리 길을 달려왔다니 듣지 않을 수 없구려."

"충고라는 단어가 마음에 안 든다면 단순히 조언(助言)이라고 생각해도 좋소. 내가 해 줄 말은 오직 하나, '낙화난상지(落花難上枝) 복수불반분(覆水不返盆).'이오."

낙화난상지 복수불반분
떨어진 꽃은 가지로 되돌릴 수 없고, 엎질러진 물은 다시 담을 수 없다

이는 태공망(太公望) 때부터 널리 알려진 이야기였다.

태공망은 주공(周公) 단(旦)과 함께 주(周)나라를 세우는 데 가장 큰 공을 세운 인물로, 본명은 여상(呂尙)이었다. 그는 오랜 세월을 초야(草野)에 묻혀 살았는데, 그의 부인 마씨(馬氏)는 남편이 가정을 돌보지 않고 학문에만 열중하자 집을 나가고 말았다.

나중에 문왕(文王)에게 중용되어 그가 금의환향하자 마씨는 태공망의 앞에 나타나 다시 거두어 줄 것을 청했다. 그때 태공망은 물이 담긴 그릇을 가지고 나와서는 마당에 부으며 천천히 말했다.

"이 물을 도로 그릇에 담아 보시오."

그녀는 물을 담으려고 했지만 물은 이미 땅에 스며든 뒤였다. 망연자실하게 서 있는 마씨를 보며 태공망은 조용히 말했다.

"당신은 이별했다가 다시 합칠 수 있다고 생각했겠지만, 이미 엎질러진 물은 도로 그릇에 담을 수 없는 법이오[若能離更合 覆水定難收]."

마씨는 아무 대답도 하지 못한 채 떠날 수밖에 없었다. 그것이 '복수불반분'의 유래였다.

군유현은 진산월의 얼굴을 뚫어지게 응시하며 한 자, 한 자 분명한 음성으로 말했다.

"한 번 엎질러진 물은 도로 그릇에 담을 수 없듯이[覆水不收], 한 번 떠난 사람과는 다시 합칠 수 없는 법이오. 그러니 진 장문인은 그녀에게 더 이상 미련을 두지 말고 조용히 물러나기 바라오."

진산월은 묵묵히 그의 말을 듣고 있었다. 그러다 담담한 음성으로 되물었다.

"내게 그 말을 해 주는 이유가 무엇이오?"

군유현의 송충이처럼 짙은 눈썹이 한 차례 꿈틀거렸다.

"진 장문인이 그녀를 힘들게 하기 때문이오."

"내가 그녀를 힘들게 한다고?"

"그렇소. 진 장문인이 그녀를 포기하지 않고 계속 그녀에게 접근한다면 그녀는 괴로움에 휩싸일 수밖에 없소. 지난 사 년간 그녀는 충분히 고통을 받았으므로 이제는 행복을 찾을 권리가 있다고 생각하오."

진산월은 한동안 아무런 대답이 없었다. 군유현의 눈빛에 날카로운 섬광이 번뜩이기 시작했다.

"진 장문인, 다시 한 번 말하겠소. 앞으로 그녀를 만나지 마시오."

유달리 낮게 가라앉은 그의 음성에는 분명한 경고의 빛이 담겨 있었다.

그 순간 진산월은 낭랑한 웃음을 터뜨렸다.

"하하하…… 하하하……!"

허공을 올려다본 채 웃고 있는 그의 모습은 마치 세상에 보기 드문 우스꽝스러운 광경을 목격한 사람 같았다. 군유현은 조금 전과는 달리 냉기가 감도는 차가운 시선으로 진산월을 쏘아보고 있었다.

한참이나 웃어 젖히던 진산월이 문득 고개를 떨구어 군유현에게 시선을 고정시켰다. 그의 얼굴에는 아직도 엷은 미소가 사라지지 않고 있었다.

"이보시오, 군 소협. 당신은 그녀와 나 사이에 대해 얼마나 알고 있소?"

군유현의 준수한 얼굴에 잠시 못마땅한 기색이 스치고 지나갔다. 자신의 실력에 누구보다도 자부심을 가지고 있는 그로서는 자신보다 몇 살 어려 보이는 진산월이 자신을 소협이라고 부르는 것에 불만을 느꼈던 것이다.

자연히 그의 음성은 냉랭해질 수밖에 없었다.

"남들만큼은 알고 있지."

진산월은 여전히 빙글거리며 웃었다.

"말해 보시오."

"그녀와 종남파에서 십 년 정도 동문수학했다는 것, 그녀와 제법 좋은 사이를 유지해 왔으며, 사 년 전에 함께 소림사의 대집회에 참석하기 위해 종남파를 내려왔다는 것. 그녀를 지키지 못해 악적(惡賊)들의 손에 넘어가게 했다는 것……."

진산월은 계속하라는 듯 미소 지으며 고개를 끄덕였다.

군유현은 냉엄한 눈으로 그를 응시하며 더욱 낮아진 음성으로 속삭이듯 말했다.

"그녀를 사 년 동안이나 팽개쳐 둔 채 신경도 쓰지 않다가 그녀의 혼인설이 나돌자 황급히 그녀를 찾으려고 애를 쓰고 있다는 것…… 이 정도로도 부족한가?"

어느새 그의 말투는 조금 전과는 달리 거칠어져 있었다.

진산월은 무엇이 그리도 우스운지 여전히 웃음기가 감도는 얼굴로 입을 열었다.

"아니, 충분하오. 충분하다 못해 넘치기까지 하는군."

군유현의 얼굴이 점차로 철갑을 씌운 듯 딱딱하게 굳어졌다.

"지금 나를 놀리는 건가?"

"자신의 여인조차 지키지 못한 얼간이가 감히 천하에 명성이 자자한 절정수사를 놀린단 말이오? 농담이 지나치다고 생각하지 않소?"

진산월이 계속 웃으며 말하자 군유현의 눈썹이 가늘게 떨렸다. 그것은 그가 극도의 분노에 사로잡혔을 때 나타나는 반응이었다.

진산월은 그가 분기를 참지 못하고 덤벼들 거라고 생각했으나 의외로 군유현은 몇 차례 심호흡을 하더니 예의 묵직한 저음을 토해 냈다.

"신검무적, 강호에 퍼진 소문이 잘못된 것이 아니라면 경망스럽거나 남을 비아냥거리는 성격이 아니라고 들었소. 명문 정파의 장문인다운 처신을 보여 주기 바라오."

진산월은 그가 심호흡 몇 번만으로 다시 냉정을 되찾자 자신도 얼굴의 미소를 거두었다.

"당신을 놀리려 했던 건 아니오. 단지 어떤 생각이 떠올라 웃음을 참을 수 없었을 뿐이오."

"그게 무엇이오?"

"나는 그녀를 만난 지 십삼 년이나 되어 이 세상 누구보다도 그녀를 잘 알고 있다고 생각했는데, 불과 하룻밤 사이에 나보다 더 그녀를 위해 주는 사람을 두 명이나 만났으니 어찌 놀랍지 않겠소? 더구나 그중 한 사람은 나보다 더 그녀를 잘 알고 있는 것 같으니 그녀와의 지난 세월이 그토록 무의미했나 되짚어 보지 않을 수 없었소."

"되짚어 본 결과가 어떻소?"

진산월은 처음의 담담한 신색으로 돌아와 있었다. 그는 담담하면서도 조용한 음성으로 되물었다.

"알고 싶소?"

군유현은 고개를 끄덕였다.

"그렇소."

"두 가지를 알겠더군. 첫째로 나는 그녀를 속속들이 알고 있다고 생각했는데, 사실은 가장 중요한 그녀의 마음을 제대로 헤아리지 못했다는 거요."

"둘째는?"

"그녀가 지금 무척이나 힘들 거라는 것."

군유현은 그것 보라는 듯 즉시 대꾸했다.

"그러니 당신은 더 이상 그녀를 만나서는 안 되오."

진산월은 고개를 내저었다.

"그녀가 힘든 건 나 때문이 아니오."

"그게 무슨 말이오?"

"그녀의 주위에 십 년이 넘게 함께 생활해 온 나보다 더 신경 써 주는 사람들이 주렁주렁 달려 있으니 그녀가 마음 편하게 있을 수 있겠소? 더구나 그 사람들이 그녀의 모든 행동에 사사건건 간섭하고 있다면 아무리 심성이 곱고 온화한 그녀라도 부담감을 느끼지 않을 수 없을 거요."

군유현의 표정이 다시 굳어졌다. 진산월은 그의 얼굴이 냉랭하게 변하는 것을 뻔히 보면서도 신경 쓰지 않고 자신이 할 말을 했다.

"그러니 어찌 웃지 않을 수 있겠소? 세상의 누구보다도 그녀를 잘 이해하고 아껴 줘야 할 내가 막상 그녀의 어려움을 전혀 알지 못하고 혼자 헛된 망상에 사로잡혀 엉뚱한 고민을 하고 있었으니 정말 한심한 일이 아니오?"

군유현은 그의 말에 아무런 대꾸도 하지 않았다. 대신 철갑처럼 굳은 얼굴로 그를 응시하더니 예의 묵직한 저음을 토해 냈다.

"당신은 현명한 사람인 줄 알았는데 정말 실망이 크군. 충분히 알아듣게 설명을 하고 기회를 주었는데도 굳이 벌주(罰酒)를 마시려 하다니 당신은 정말 어리석은 인물이오."

진산월은 선뜻 시인을 했다.

"그렇소. 나는 어리석은 짓을 했소. 그러니 이제 그 어리석음을 다시 되돌릴 생각이오."

군유현은 천천히 허리춤에 매달린 섭선을 움켜잡았다.

"강호는 당신이 생각한 것보다 훨씬 넓소. 당신은 자신의 검에 확실한 믿음이 있겠지만, 그 믿음만으로 강호를 마음먹은 대로 행도(行道)할 수는 없소."

진산월은 군유현이 섭선을 펼치는 광경을 보면서도 전혀 표정의 변화가 없었다.

"나도 그 정도는 알고 있소. 그리고 당신 정도로 내 믿음을 깰 수 없다는 것도 알고 있소."

군유현은 오른손으로 섭선을 만지작거리며 느릿느릿 앞으로 다가왔다.

"강호의 소문은 확실히 믿을 게 못 되는군. 신검무적은 심기가 깊고 판단력이 뛰어나다고 했는데, 사실은 자신의 주제도 정확히 모르고 콧대만 높은 하룻강아지일 뿐이었군."

"누구나 그런 시기가 있지. 다행히 나는 그런 시기가 지나갔소. 제법 혹독한 대가를 치르긴 했지만 말이오."

"소문 한 가지는 맞는 것 같군. 확실히 말솜씨가 뛰어나다는 건 인정해 주겠소."

"검을 쓰는 솜씨는 그보다 더 낫다는 것도 알게 될 거요."

"기대해 보지."

군유현은 더 이상 말이 필요 없다는 듯 입을 굳게 다물고 섭선을 휘두르며 달려들었다. 아니, 달려들려 했다.

삐익!

바로 그때 멀리서 희미한 경적 소리가 들려왔다.

그 경적을 듣자 막 진산월을 향해 달려들려던 군유현의 신형이 우뚝 멈춰 섰다.

휘잉!

세찬 바람 한 줄기가 회오리치며 그의 전신을 한 차례 휘감고 지나갔다. 그것만 보아도 조금 전에 그가 달려들려던 기세가 겉으로 보기와는 달리 얼마나 맹렬하고 가공스러운 것인지를 충분히 짐작할 수 있었다.

군유현은 경적이 들려온 곳으로 고개를 돌리더니 이내 진산월을 힐끗 돌아보았다.

"당신의 검 솜씨는 다음에 보도록 하지."

진산월은 담담한 신색으로 대꾸했다.

"기꺼이."

군유현은 다시 한 차례 진산월의 흉터가 난 얼굴을 응시하더니 이내 몸을 돌렸다.

"마지막으로 충고하겠소. 더 이상 그녀를 만날 생각은 하지 마시오. 그렇지 않으면 당신이나 그녀에게……."

그의 끝말은 들리지 않았다. 그의 신형은 어느새 허공을 훌훌 날아 어둠 저편으로 사라져 버렸던 것이다. 그 신형은 진산월이 예상했던 것보다 훨씬 더 빨랐다. 심지어 진산월이 지금까지 만났던 인물들 중 최고의 신법대가인 매신 종리궁도의 움직임에 조금도 못하지 않은 것 같았다.

진산월은 마지막에 군유현이 하려고 했던 말이 무엇이었을까 생각해 보았으나 뚜렷하게 떠오르는 것이 없었다.

진산월이 임영옥을 만난다면 그들 두 사람에게 무슨 일이라도 생긴다는 말이었을까? 아니면 단지 그들의 만남이 더 이상 있어서는 안 된다는 것을 강조하기 위한 말이었을까?

진산월은 어느 것이든 상관없다고 생각했다.

그는 이미 자신의 마음을 결정했다. 어지럽고 혼란스러운 마음이 완전히 가신 것은 아니었으나, 그는 앞으로 자신이 해야 할 바를 분명히 알았다.

진산월은 품속으로 손을 넣어 한 가지 물건을 꺼내 만지작거렸다.

그의 손에 쥐어진 것은 열여덟 개의 장미 문양을 수놓은 머리띠였다. 머리띠를 풀자 한쪽에 새겨진 작은 글씨가 눈에 들어왔다.

월광천추
달빛은 천년이 흘러도 변하지 않는다……

이토록 뜨겁고 강렬한 고백을 받았으면서도 자신은 왜 그토록 그녀를 믿지 못했던 것일까?

그리고 그때 비로소 진산월은 위관에게 들었던 '그녀의 죽음'에 대해 자신이 그녀에게 아무것도 묻지 못했음을 깨달았다. 위관은 그녀가 구궁보를 나오게 되면 한두 달 안에 목숨을 잃게 될 거라고 확언했다. 그녀를 만나면 그 점에 대해 물어보리라고 몇 번이나 다짐했었지만, 막상 그녀를 만나고 난 후에는 머릿속이 백지장이 된 듯 아무것도 떠오르지 않았던 것이다.

그녀의 얼굴 어디에도 죽음의 그림자는 보이지 않았다.

진산월은 머리띠를 만지며 나직하게 중얼거렸다.

"달은 차고 기울기도 하고 때로는 안 보일 때도 있지만, 항상 그 자리에 떠 있다. 사람의 마음도 그와 마찬가지가 아니겠는가?"

진산월은 문득 고개를 쳐들었다.

멀리 먼동이 터 오고 있었다. 진산월은 한동안 밝아 오는 여명에 온몸을 내맡기고 있다가 천천히 몸을 돌렸다. 새로운 날이 시작되려 하고 있었다. 새로운 마음으로 하루를 시작하기에 더할 나위 없이 적합한 시간이었다.

제 210 장
연환삼수(連環三繡)

제210장 연환삼수(連環三繡)

 진산월이 숙소로 돌아왔을 때 제일 먼저 본 것은 후원의 앞마당에서 무공을 수련하고 있는 낙일방의 모습이었다.
 진산월이 담장을 넘어 들어온 것을 알면서도 낙일방은 무공을 시전하는 것을 멈추지 않았다. 진산월은 한쪽에 서서 낙일방이 다채로운 동작으로 무공을 수련하는 광경을 지켜보고 있었다.
 낙일방은 확실히 예전보다 여유가 있어 보였다. 단순히 빠르고 급하게 내지를 줄만 알았던 동작에 완급(緩急)과 강약이 가미되어 얼핏 보기에도 평생 동안 무공을 닦아 온 대가(大家)에 못지않았다.
 지금 낙일방이 펼치고 있는 것은 구반장법이었다. 소림사의 비무에서 처음 사용한 후로 낙일방은 부쩍 이 장법에 대한 관심이 높아져서 최근에는 무공 수련의 대부분을 이 장법에 소비하고 있었다.

구반장법은 이백여 년 전의 종남파 최전성기 시절에 당시 장문인이었던 소선 우일기를 천하제일수(天下第一手)로 불리게 한 세 가지 절학 중 하나였다. 당시 우일기는 천단신공과 태인장, 구반장법으로 명성을 떨쳤거니와, 그중에서도 구반장법은 복잡한 노수(路數)와 변화무쌍한 화려함으로 천하인들을 경악케 한 놀라운 무공이었다.

하나 우일기가 의문의 실종이 된 후 구반장법의 비전(秘傳) 또한 사라져 버렸고, 보는 이의 넋을 빼놓을 듯한 화려한 구반장법의 전설만이 종남파 문인(門人)들의 입으로 가끔씩 전해져 올 뿐이었다.

구반장법은 그 변화의 다양함만큼이나 익히기가 어렵고 구결이 난해하여 당시에도 우일기 외에는 누구도 제대로 익힌 사람이 없었다. 우일기조차도 실종되기 전까지의 구반장법에 대한 조예가 구성(九成)에 머물러 있었으니 그 수련의 어려움이 어떠한지는 능히 짐작이 가고도 남음이 있었다.

낙일방 또한 우일기가 남긴 칠종절학 중에서 아직 제대로 입문도 하지 못한 태인장을 제외하고는 구반장법에 대한 조예가 가장 떨어지는 편이었다. 그가 자주 사용하는 낙뢰신권이나 옥뢰신장은 벌써 팔성(八成)이 넘었는데, 구반장법은 아직 채 오성(五成)에도 이르지 못하고 있었다. 그것도 최근에 전력을 기울여 이룩한 성과였고, 종남파를 떠날 때만 해도 남들 앞에 내보이기 부끄러운 수준에 불과했다.

지금 낙일방은 구반장법 중의 우랑장의(牛郎藏衣)라는 초식을 펼치고 있었다. 부드럽고 다소 해학적인 이름처럼 우랑장의는 상당히 유연하면서도 경쾌한 초식이었다. 하나 그 안에는 빠르고 과격한 움직임이 은밀히 담겨 있어 자칫 방심했다가는 치명적인 타격을 입게 되는 것이다. 이 초식은 특히 왼손과 오른손의 속도가 판이하게 다르고 노수 또한 복잡해서 낙일방은 벌써 삼 일 동안이나 하루에 두 시진 이상씩을 이 초식 하나에 투자하고 있었다.

이 초식을 제대로 익혀야만 뒤이어 천손직금(天孫織錦)과 금슬상화(琴瑟相和)로 이어지는 구반장법의 절초인 연환삼수(連環三繡)의 수법을 완성할 수 있는 것이다. 그리고 삼수(三繡)를 완벽하게 익힌 상태에서만이 삼벽(三劈)과 삼전(三轉)에 입문할 수 있다. 이 삼수와 삼벽, 삼전이 바로 팔십일 초나 되는 구반장법의 가장 핵심이 되는 수법들임을 생각해 본다면 낙일방이 구반장법을 완성하기 위해서 가야 할 길은 그야말로 까마득하게 멀다고 할 수 있었다.

낙일방은 열 번이나 계속해서 우랑장의를 시전하고도 만족스럽지 못한지 표정이 그리 밝지 않았다. 하나 이내 손을 멈추고는 한쪽에서 자신을 지켜보고 서 있는 진산월에게로 시선을 돌렸다.

"어디 다녀오셨습니까, 장문 사형?"

진산월은 담담한 음성으로 말했다.

"잠이 오지 않아서 잠시 강변을 거닐었다."

낙일방은 진산월이 허리춤에 용영검을 차고 있는 것을 보고는 그가 단순히 산책을 나갔다 온 것 같지는 않다고 생각했으나 굳이 그 점에 대해서는 더 묻지 않았다. 대신 그는 요즘 자신을 고민스럽게 하고 있는 것에 대해 토로했다.

"구반장법을 익히는 게 생각만큼 수월치 않습니다. 노력한 것에 비해서 진척도 더딘 것 같고…… 특히 이 우랑장의가 아주 애를 먹이는군요. 이제 겨우 연환삼수의 시작일 뿐인데 벌써부터 이리 헤매고 있으니 답답한 생각이 듭니다."

"연환삼수는 구반장법의 초반에서 중반으로 넘어가는 아주 중요한 초식이다. 비급에 적혀 있는 우일기 조사의 주해(註解)를 보면 조사께서도 당년에 이 부분에서 상당히 고심하셨음을 알 수 있다. 그러니 너는 너무 초조해할 필요가 없다."

낙일방은 멋쩍은 웃음을 흘렸다.

"그건 알고 있지만…… 앞으로 비무할 자들을 상대하려면 적어도 구반장법의 삼수가 꼭 필요한데, 며칠째 아무 성과도 없으니 절로 걱정이 되는군요."

아닌 게 아니라 지금까지의 비무는 중소 문파나 그다지 강하지 않은 고수들이 대상이었으나 앞으로는 점차 강력한 상대가 나타날 것이 분명했다. 당장 오늘 오후에 비무첩을 보내기로 한 청의방만 해도 하남성에서 손꼽히는 거대방파일 뿐 아니라 뛰어난 실력의 고수들이 수두룩하게 속해 있는 만만치 않은 곳이었다.

낙뢰신권의 위력이 비록 대단하다고는 해도 변화가 단순한 편이어서 낙일방으로서는 구반장법의 현묘한 절초들이 반드시 필요한 상황이었다. 강(强)과 변(變), 쾌(快)와 환(幻)이 조화를 이루어야만 어떤 상대와 싸워도 쉽게 흔들리지 않을 것임을 이제는 그도 충분히 알고 있었던 것이다.

진산월은 낙일방의 얼굴에 걱정기가 가시지 않는 것을 보고는 앞으로 성큼 다가오더니 용영검을 뽑아 들었다.

"실전(實戰)보다 훌륭한 스승은 없지. 나는 천하삼십육검을 사용할 테니 너는 구반장법만으로 상대해 보아라."

낙일방은 찌푸렸던 얼굴을 활짝 펴며 기꺼운 표정을 숨기지 않았다.

"그래 주시겠습니까?"

그로서는 진산월과의 비무가 다른 무엇보다도 반갑고 기쁜 일이었다. 어느 정도의 수준 차가 있는 만큼 부상의 걱정 없이 마음껏 자신의 실력을 발휘할 수 있을 뿐 아니라 비무 후에 자신의 약점을 지적받을 수 있기 때문이었다.

진산월은 말없이 용영검을 앞으로 쭈욱 내밀었다.

천하제탄의 일식이 막강한 검기를 뿌리며 낙일방에게로 다가갔다. 낙일방은 슬쩍 옆으로 몸을 반걸음 이동시켜 검기를 피함과 동시에 다시 앞으로 두 걸음 빠르게 전진하며 진산월에게로 바짝 다가섰다.

시퍼렇게 번뜩이는 검기를 보고도 피하기는커녕 오히려 돌진해 들어오는 낙일방의 모습은 확실히 예전보다는 자신감이 많이 늘어나 보였다. 하지만 이 정도로 만족할 수는 없었다.

진산월의 용영검이 허공에서 미끄러지듯 유연하게 움직이더니 세찬 떨림을 일으켰다. 그러자 마치 폭죽이 피어오르듯 십여 개의 검기가 사방으로 퍼져 나갔다. 바로 천하성산(天河星散)의 초식이었다.

낙일방은 두 눈을 깜박거리지도 않고 예리하게 반짝이며 양손을 질풍처럼 휘둘렀다.

파파파팡!

그의 손에서 수십 줄기의 경풍이 연이어 흘러나오며 폭발하듯 다가오는 검기들을 하나씩 파괴하기 시작했다. 지금 낙일방이 펼치고 있는 것은 구반장법 중의 금라천망(金羅天網)이라는 초식으로, 절정에 이르면 사십팔 개의 장영(掌影)을 일으켜 자신의 주위를 온통 뒤덮어 버릴 수 있는 뛰어난 수법이었다. 낙일방은 현재 스물네 개의 장영을 겨우 만들 수 있는 수준이었으나, 자신을 노리고 날아드는 천하성산을 막기에는 충분한 것이었다.

천하성산의 검기를 모두 파해하자마자 낙일방은 재차 앞으로 달려들며 반격을 가하려 했다. 하나 그의 신형이 채 움직이기도 전에 다시 진산월의 검이 허공에서 괴이한 궤적을 일으키며 낙일방의 앞가슴으로 떨어져 내렸다.

그 움직임이 어찌나 영활하고 기기묘묘했던지 낙일방은 순간적으로 가슴이 덜컥 내려앉았다. 분명 자신도 익히 알고 있는 천하삼십육검 중의 천하승월(天河乘月)이라는 초식이었는데도 진산월의 손에서 펼쳐지자 전혀 다른 무시무시한 절초 같았던 것이다.

낙일방은 순간적으로 오른 주먹을 쥐고 자신을 향해 날아드는 검날을 후려치려다 아차 하는 표정으로 황급히 주먹을 장으로 변환시켜 세차게 흔들어 댔다. 구반장법만으로 맞서라는 진산월의 지시를 깜박 잊고 무심결에 손에 익은 낙뢰신권을 펼치려고 했던 것이다.

매서운 검광을 뿌리며 낙일방의 앞가슴으로 파고들던 용영검이 무언가 보이지 않는 암경(暗勁)을 만난 듯 주춤거렸다. 찰나였으나 그 틈을 놓치지 않고 낙일방은 진산월의 왼쪽으로 파고들며 질풍노도 같은 삼장(三掌)을 내갈겼다. 그의 이 추산진해(推山鎭海)에서 옥장금절(玉掌金切)로 이어지는 변초는 절묘하기 그지없어 순식간에 절대적인 열세를 벗어나 오히려 공세로 돌아설 수 있었다.

"좋은 연계 수법이다!"

진산월의 입에서 나직한 탄성이 흘러나오며 그의 용영검이 거친 움직임을 선보였다.

파파팍!

낙일방이 내갈긴 삼장이 씻은 듯이 사라지며 오히려 폭포수 같은 검광이 낙일방의 우측 상반신을 휘감아 버렸다. 낙일방은 재빨리 몸을 선회하며 구반장법의 절초들을 펼쳐 맞서 갔다. 하나 어찌 된 일인지 그의 전신을 노리고 날아드는 검광의 기세는 점점 강력해지기만 했다. 진산월은 천하삼십육검 중의 천하도도와 천하성진, 천하비사를 연거푸 전개하여 낙일방의 전신을 송두리째 검광 속에 몰아넣어 버린 것이다.

이 삼절초는 연환(連環)했을 때 특히 그 본연의 위력이 나타나는데, 진산월의 손에서 펼쳐지자 단순한 연환 정도가 아니라 세 명이 동시에 공격한 듯한 착각이 들었다. 낙일방은 이런 상태라면 자신이 앞으로 몇 초 더 버티지 못한다는 것을 직감하고는 세차게 입술을 깨물었다.

아무리 상대가 진산월이라고 해도 우일기를 천하제일수로 올려놓았던 구반장법으로 천하삼십육검에 맥없이 격퇴당할 수는 없었다. 그것은 단순한 호승심이나 무공에 대한 자부심 때문이 아니라 무인이라면 누구나가 가지고 있는 투쟁심의 자연스러운 발로였다.

낙일방은 갑자기 세차게 휘두르던 양손을 가슴 앞으로 모으더니 진중한 표정으로 오른손과 왼손을 번갈아 가며 앞으로 내뻗었다. 그리 빠르지 않은 동작이어서 그동안에 날카롭게 그를 위협하던 검광에 먼저 당할 것만 같았는데, 기이하게도 그토록 삼엄하게 몰아치던 검광이 그의 가까이에 오지 못하고 하나씩 사그라지기 시작했다.

낙일방은 단순히 양손을 번갈아 가며 앞으로 내미는 것 같았으나 자세히 보면 그의 양손이 내밀어지는 속도가 서로 다르다는 것을 알 수 있었다. 더구나 오른손은 좌우로 가늘게 떨리고 있는 데 비해 왼손은 작은 원을 그리고 있어 더욱 기이해 보였다. 낙일방이 조금 전까지 수련에 몰두하고 있던 우랑장의를 펼친 것이다.

그토록 호탕한 기세로 몰아쳐 오던 천하도도와 천하성진, 천하비사의 연환초식은 이미 씻은 듯이 사라져 버렸다. 대신에 전후와 좌우로 복잡하게 움직이는 낙일방의 두 손이 진산월의 코앞으로 다가오고 있었다.

진산월은 눈도 깜박이지 않고 자신을 향해 다가오는 낙일방의 두 손을 보고 있다가 손과 손이 움직이는 사이로 용영검을 불쑥 집어넣었다. 전혀 틈이 없어 보였던 낙일방의 양손 사이가 뻥 뚫리며 낙일방의 창백하게 굳어진 얼굴이 드러나 보였다.

낙일방은 설마 우랑장의가 이토록 맥없이 파해되리라고는 상상도 못하고 있었기에 경악을 금하지 못하는 모습이었다. 비록 아직 채 절반도 완성되지 않은 우랑장의라고 해도 그 위력은 익히고 있는 낙일방 자신이 누구보다도 잘 알고 있었기에 어떤 무공을 만나도 쉽게 뚫리지 않으리라고 은근히 믿고 있었던 것이다.

이것은 낙일방이 아직 우랑장의를 완벽하게 펼치지 못했던 탓도 있지만 그보다는 진산월의 초식을 보는 눈이 그만큼 날카롭고 예리하기 때문이었다.

원래 우랑장의를 완벽하게 펼치면 왼손과 오른손의 각기 다른 속도가 서로 보완이 되고, 좌우로 움직이는 오른손과 원형을 이루는 왼손의 변화가 조화를 이루어 빈틈을 찾아볼 수 없게 된다. 하나 낙일방이 펼친 우랑장의는 아직 속도의 조절이 마음먹은 대로 이루어지지 않았고 왼손과 오른손의 조화 또한 완벽한 것이 아니어서 진산월이 효과적으로 찔러 대는 일검에 너무도 맥없이 뚫려 버린 것이다.

막 용영검에 앞가슴이 격중되려는 순간, 낙일방은 자신도 모르게 번갈아 내지르던 양손을 좌우로 세차게 흔들었다. 마치 손사래를 치는 듯한 그의 모습은 자신의 가슴을 찔러 오는 장검을 막으려는 무의식적인 동작처럼 보였다.

그런데 그 어설픈 동작에 진산월의 용영검이 제지당하고 말았다. 그뿐만 아니라 엉겁결에 흔들어 댄 낙일방의 소맷자락에 검날이 휘감겨 옆으로 날아가 버렸다. 때마침 진산월이 용영검을 재빨리 회수하지 않았다면 아마 손에서 검을 놓치고 말았을지도 몰랐다.
 검을 거두고 물러난 진산월은 물론이고 위기의 순간에 검을 물리친 낙일방조차도 어안이 벙벙하여 어리둥절한 모습이었다.
 낙일방은 자신의 소맷자락을 신기한 듯 내려다보았다. 예리하기 그지없는 용영검을 휘감았는데도 그의 소맷자락은 찢겨진 구석 하나 보이지 않았다.
 '이게 어찌 된 일이지? 가만…… 그러고 보니…….'
 낙일방은 자신이 해 놓고도 어찌 된 영문인지 몰라 멍하니 서 있다가 무슨 생각이 들었는지 안색이 환하게 밝아졌다.
 그때 용영검을 다시 허리춤에 찬 진산월이 그의 곁으로 다가왔다.
 "네가 방금 사용한 초식이 무엇인지 알겠느냐?"
 낙일방은 이내 고개를 끄덕였다.
 "그건 천손직금이었습니다."
 "그렇다."
 "천손직금이 설마 소맷자락을 이용한 초식일 줄은 상상도 못했습니다. 어쩐지 비급의 설명을 아무리 읽어 보아도 어떻게 펼치는 것인지 도무지 짐작이 가지 않더라니…… 그런데 어떻게 제가 아직 익히지도 않은 천손직금을 펼칠 수 있었을까요?"
 "천손직금의 다음 초식인 금슬상화를 떠올려 보아라."
 낙일방은 금슬상화가 내뻗었던 양손을 접어 들이며 팔꿈치로 상대의 양쪽 관자놀이를 가격하는 수법임을 상기해 냈다. 진산월은 낙일방의 얼굴을 주시하며 다시 말을 이었다.

"그렇다면 우랑장의부터 천손직금과 금슬상화로 이어지는 세 초식을 연환하여 사용한다고 생각해 보아라."

낙일방의 두 눈에 번쩍하는 신광이 피어올랐다.

생각해 보고 자시고 할 것도 없었다. 조금 전에 자신이 직접 경험한 일이 아닌가? 만약 조금 전의 상황에서 자신이 소맷자락으로 진산월의 용영검을 날려 버린 후 쉬지 않고 금슬상화를 펼쳐 팔꿈치 공격을 가했다면 진산월은 치명적인 상태에 빠졌을지도 모른다.

낙일방은 한동안 이런저런 생각에 잠겨 있다가 자신도 모르게 한숨을 내쉬었다.

"이제 보니 우랑장의는 단순히 그 자체만으로 상대를 제압하는 초식이 아니라 뒤이어 연환되는 천손직금과 금슬상화를 한층 효과적으로 전개하기 위해 상대를 유인하는 초식이었군요."

"그렇다. 삼수는 각기 다른 세 가지 초식이 아니라 그 세 가지가 모여 하나의 치명적인 살수(殺手)를 이루는 무서운 수법이다. 나도 조금 전까지는 그런 사실을 전혀 모르고 있었으니, 구반장법이 얼마나 오묘하고 정심한 무공인지 새삼 절감하겠구나."

"그래서 그 앞에 '연환'이라는 단어가 붙게 된 것이로군요."

"아마 삼벽과 삼전 또한 그와 마찬가지로 세 개의 초식이 모여 상대를 꼼짝도 못하게 하는 무시무시한 수법들일 것이다. 단순히 화려하기만 한 줄 알았던 구반장법 속에 그런 무서운 살수들이 숨어 있으니, 당년에 우일기 조사께서 이 무공으로 천하제일수라 불리게 된 것도 당연한 일일 것이다."

두 사람은 모두 구반장법의 새로운 묘용에 감탄을 금치 못했다.

낙일방은 열띤 음성으로 입을 열었다.

"이제 비로소 제가 아무리 수련을 해도 우랑장의를 완벽하게 익히지 못하는 이유를 알았습니다. 우랑장의는 원래 상대를 유인하기 위한 초식이므로 다음 초식을 위해 절반 이상의 힘을 남겨 놓아야 하며, 공력의 배분 또한 좌우로 움직이는 오른손보다는 원형을 그리는 왼손에 더 집중시켜야 합니다. 그래야 상대의 공격을 원형의 소용돌이에 몰아넣어 천손직금과 금슬상화로 상대를 제압할 수 있습니다. 그런데 저는 상대를 쓰러뜨릴 생각에 무조건 공력을 양손에 똑같이 나누어 전력을 기울였으니 초식이 제대로 이어지지 않을 수밖에요."

낙일방의 두 눈은 새로운 사실을 알았다는 희열감에 가득 차 있었다.

구반장법은 단순한 장법이 아니었다. 그 속에는 소맷자락과 팔뚝을 이용한 수법뿐 아니라 손목, 팔꿈치, 심지어는 어깨를 이용한 수법까지 포함되어 있었다.

하나 사실을 알고 보면 놀랄 일도 아니었다. 구반장법의 구반(九盤)이란 장(掌, 손바닥), 권(拳, 주먹), 지(指, 손가락), 조(爪, 손톱), 완(腕, 손목), 수(袖, 소매), 박(膊, 팔뚝), 주(肘, 팔꿈치), 견(肩, 어깨) 등 신체의 아홉 부위를 가리키는 것으로, 사실상 상반신 전체를 사용하여 상대를 제압하는 무공이었던 것이다.

지금까지 낙일방은 장법이란 당연히 손바닥만을 사용하는 무공일 거라는 선입견에 사로잡혀 구반장법의 무궁한 효용을 제대로 파악하지 못하고 있었다. 이제 조금이나마 구반장법의 진정한 위력을 맛보게 되었으니 그는 마치 새로 개안(開眼)한 듯한 느낌이 들었다.

충격을 받은 것은 진산월도 마찬가지였다.

사실 진산월은 누관의 석실에서 검정중원을 완성한 이후 적어도 검에 관한 한은 절대적인 자신감을 가지고 있었다. 그런데 오늘 채 오성에 이르지도 못한 낙일방의 구반장법에 뜻밖의 낭패를 당할 뻔하자 그동안 자신이 검법에만 너무 신경을 쓰느라 여타 무공에 소홀했음을 자각하지 않을 수 없었다.

'본 파의 무공은 어느 것 하나 아무런 의미도 없이 대강 만들어진 것이 없다. 그런데 나는 장문인의 신분으로 유운검법과 삼락검을 과신한 나머지 무공의 근간이라고 할 수 있는 권장법(拳掌法)을 등한시했으니 본 파의 선대 조사들을 뵐 면목이 없구나.'

진산월은 구반장법을 비롯한 여타 무공에 대해 자신이 좀 더 관심을 가질 필요가 있다고 생각했다. 그리고 그때 비로소 완성된 줄 알았던 검정중원에 아직도 보완해야 할 구석이 적지 않게 있음을 깨닫게 되었다.

검정중원의 가장 기본이 되는 뼈대는 물론 유운검법이었지만, 그 밑바탕에는 곽일산과 정립병이 연구한 무수한 초식들이 자양분이 되어 있었다. 하나 그 초식의 대부분은 검법의 초식들이었고, 장법이나 권법에서 파생된 것은 거의 전무하다시피 했다. 진산월 또한 지금까지 그 범주에서 크게 벗어나지 않고 있었다.

　이제 진산월은 종남파의 권법이나 장법도 충분히 연구해 볼 가치가 있음을 알게 되었다. 비록 뒤늦은 깨달음이었으나, 그로 인해 그의 검정중원은 한 단계 더 발전할 계기를 맞게 된 것은 분명한 사실이었다.

　오늘 이 작은 깨달음이 두 사람의 앞날에 어떤 영향을 끼치게 될지는 아직 알 수 없었다. 하나 그 파장은 언제고 두 사람은 물론이고 중원 무림 전체를 뒤흔들게 될 것이다.

　　　　　　　＊　＊　＊

　화창한 날이었다.
　구름 한 점 없이 맑은 하늘은 눈이 시릴 듯 파래서 아무리 올려다보아도 지겨울 것 같지 않았다.
　손풍은 푸른 하늘을 올려다보며 우두커니 서 있는 낙일방을 힐끔거리고는 동중산을 향해 소곤거렸다.
　"오늘따라 낙 사숙이 조금 이상해진 것 같지 않소? 아까부터 자꾸 먼 산을 쳐다보며 멍하니 서 있으니 말이오."
　동중산도 낙일방이 평소와는 다른 모습을 보인다고 생각했으나 겉으로는 대수롭지 않은 듯 담담한 표정을 지었다.
　"오늘 오후에 어떤 식으로 비무를 벌일 건지 마음속으로 그려 보시는 듯하군. 혹시라도 방해가 될지 모르니 오늘은 되도록 낙 사숙 곁으로 가지 않는 게 좋겠네."

손풍의 입꼬리가 삐죽거렸다.

"내가 근처에 가면 머릿속이 꽉 막혀 아무 생각도 떠오르지 않기라도 한단 말이오?"

동중산은 심통이 가득 찬 손풍의 얼굴이 귀엽다는 생각이 들어 자신도 모르게 입가에 미소가 그려졌다.

"그만큼 오늘 오후에 있을 청의방과의 비무가 만만치 않다는 말이네. 자네도 청의방에 대한 소문은 들었겠지?"

동중산은 아무리 무림과는 담을 쌓고 살아온 손풍이라도 청의방에 대해 어느 정도는 알고 있으리라고 생각했으나, 손풍은 한 치의 망설임도 없이 도리질을 하는 것이었다.

"그런 이름의 방파는 들어 보지 못했소. 청의방이라니…… 옷장수들이 모여서 만든 방파인가 보죠? 이름만 봐도 별 볼 일 없다는 걸 알겠는데, 낙 사숙 실력에 고민할 건덕지나 있겠소?"

손풍은 지난 며칠간 낙일방이 비무하는 모습을 여러 차례 봐 왔기 때문에 낙일방의 무공에 대해 나름대로 확고한 믿음 같은 게 생긴 모양이었다. 그도 그럴 것이 그동안의 비무라고 해 보았자 중소 문파를 상대로 한 것이어서 낙일방은 어렵지 않게 승리를 거두어 왔던 것이다. 그러니 손풍으로서는 처음 비무행을 떠날 때의 설렘과 두려움은 까맣게 잊고 청의방과의 비무도 대수롭지 않게 여길 수밖에 없었다.

옆에서 그들의 대화를 듣고 있던 뇌일봉이 어처구니없다는 듯 손풍을 한심스러운 눈으로 바라보고 있다가 더 이상 참지 못하고 그의 뒤통수를 손으로 후려갈겼다.

제210장 연환삼수(連環三繡)

"네놈은 아무것도 모르면서 함부로 아가리질 좀 하지 마라. 청의방이 어떤 문파인데 옷장수 운운하는 거냐?"

손풍은 뇌일봉에게 몇 차례나 혼쭐이 난 적이 있기 때문에 지금도 잔뜩 조심을 하긴 했으나 뇌일봉의 번개 같은 손놀림에 피할 엄두도 내지 못하고 뒤통수를 싸맨 채 바닥에 주저앉았다.

"아이고…… 왜 자꾸 머리를 때리는 겁니까? 이러다 머리가 나빠져서 바보라도 되면 어르신께서 저를 책임지실 겁니까?"

"이놈아! 너는 더 나빠질 머리도 없느니라. 어쩌면 그렇게 아무 생각도 없이 입에서 나오는 대로 지껄이는지 모르겠구나. 아무래도 이번 기회에 네놈의 머릿속을 해부해서 그 안에 대체 뭐가 들어 있는지 확인해 봐야겠다."

뇌일봉이 오른손을 갈고리처럼 오므린 채 머리를 잡으려 하자 손풍은 질겁을 하고 바닥을 떼굴떼굴 굴러 진산월 옆으로 피했다. 그 바람에 옷이 먼지투성이가 되었으나 손풍은 전혀 거리낌 없이 바닥에서 벌떡 일어나더니 진산월에게 넙죽 머리를 조아리는 것이었다.

"장문인. 혹시 제게 시키실 일은 없으십니까?"

진산월은 흙이 덕지덕지 묻어 있는 손풍의 얼굴을 쳐다보더니 이내 고개를 끄덕였다.

"그렇지 않아도 너를 부르려 했다."

손풍은 내심 쾌재를 불렀다.

"무슨 일이십니까?"

"이 근처에 대장간이 있는지 찾아보도록 해라."

손풍은 진산월이 왜 갑자기 대장간을 찾는지 의아했으나 이내 큰 소리로 대답했다.

"잠시만 기다리십시오. 쏜살같이 알아 가지고 오겠습니다."

그는 뇌일봉이 다시 손찌검을 할 것이 두려운지 재빨리 몸을 돌려 길 저편으로 달려갔다.

뇌일봉은 멀어지는 그의 뒷모습을 보며 헛웃음을 터뜨렸다.

"허허…… 그놈 참!"

진산월이 뇌일봉을 바라보며 담담한 음성으로 말했다.

"뇌 숙부께선 손풍이 무척 마음에 드신 모양입니다."

뇌일봉은 그답지 않게 실실거리며 웃었다.

"저놈을 보면 꼭 몇 년 전의 일방이 생각난단 말이야. 때릴수록 제법 손맛이 느껴지는 것도 비슷하고……."

뇌일봉의 시선이 슬쩍 낙일방에게로 향했다. 낙일방은 주위의 소란도 모른 채 그때까지도 하늘을 올려다보며 가만히 서 있었다. 무언가 깊은 상념에 잠긴 듯 눈동자만이 가끔 반짝거릴 뿐 미동도 하지 않았다.

뇌일봉의 입가에 쓴웃음이 떠올랐다.

"저 녀석은 너무 거물이 되었어. 이제는 예전처럼 마음 놓고 놀리지도 못하겠으니 영 재미가 없구나. 그래서 아쉬운 대로 손가 놈에게 더 관심을 기울이는 것이다."

"그의 재질이 어떻다고 보십니까?"

"재질이 어떤지는 잘 모르겠지만, 근골은 제법 훌륭하더구나. 손 노태야가 내놓은 자식이라고 해서 별로 기대도 하지 않았는데,

무슨 놈의 영약을 그리도 많이 처먹었는지 어제 잠시 기맥을 살펴보았더니 몸속에 채 용해되지 않은 영약의 기운이 가득하더구나."

뇌일봉이 갑자기 정색을 하며 물었다.

"그놈은 아직 종남파의 무공에 입문하지 않았지?"

"며칠 전부터 운기토납법을 가르치고 있습니다."

"운기토납은 괜찮다만 내공심법을 가르칠 때는 신중해야 할 거다. 그놈의 몸속에는 거대한 폭탄이 있는 것이나 마찬가지다. 자칫하면 제대로 내공을 쌓기도 전에 전신의 경맥이 터져 버릴지도 모른다."

"그래서 운기토납법이 익숙해지면 태을신공부터 익히게 할 생각입니다만, 손풍의 성정과 맞지 않은 듯하여 고민입니다."

뇌일봉은 종남파의 태을신공이 기초를 닦고 몸을 보호하는 데는 최고의 내공심법 중 하나라는 것을 알고 있기에 고개를 끄덕였다.

"좋은 생각 같구나. 타고난 성격이야 어쩔 수 없겠지만, 태을신공을 익히다 보면 저 조급하고 제멋대로인 성격도 어느 정도 고쳐지지 않겠느냐? 잘만 키운다면 그놈은 단기간 내에 내공으로는 그 나이 또래에서 적수가 없을 정도의 고수가 될 수 있을 게다."

"쉬운 일은 아닐 겁니다."

"물론이지. 아무리 근골이 뛰어나고 영약을 밥처럼 먹은 놈이라고 해도 고수가 되는 게 쉬울 리 있겠느냐? 다만 남보다 그렇게 될 가능성이 더 높다는 것뿐이지. 그리고 그것만으로도 저놈은 정말 복 받은 놈이 아니겠느냐?"

"본인은 전혀 그렇게 생각하고 있지 않을 겁니다."

"흐흐…… 그게 그놈의 귀여운 점이기도 하지. 입으로는 저 혼자 잘난 것처럼 떠들어 대지만 막상 자기의 몸이 어떠한지도 전혀 모르고 있지 않으냐? 그 급한 성미만 잘 제어할 수 있다면 제법 좋은 재목이 될 수 있을 텐데……."

진산월은 그 점에 대해서는 별로 걱정하지 않았다.

"손풍은 잘할 겁니다. 보기보다는 참을성이 강하고 성격이 담대해서 연습보다 실전에서 더 힘을 발휘하는 유형입니다. 무인이 되기에 아주 적합한 체질이라고 할 수 있지요."

뇌일봉은 다소 의외라는 눈으로 진산월을 쳐다보았다.

"네가 그를 좋게 보고 있다니 뜻밖이로구나. 그를 별로 탐탁지 않아 하는 줄 알았는데……."

"그럴 리 있습니까? 손풍의 행동거지가 썩 마음에 드는 것은 아니지만, 그의 장래만큼은 누구보다도 확신하고 있습니다."

뇌일봉은 급히 물었다.

"그의 장래가 어떻다고 보느냐?"

진산월은 한 차례 그를 응시하더니 조용한 음성으로 말했다.

"그는 본 파의 좋은 제자가 될 것입니다."

뇌일봉은 멍하니 그를 쳐다보고 있다가 이내 어깨를 들썩거리며 웃었다.

"허허…… 그래. 그거면 충분하지. 종남파의 좋은 제자라…… 그놈은 반드시 그렇게 될 수 있을 것이다."

마침 그때 일행에게로 돌아오던 손풍이 멀리서 그의 웃음소리를 들었는지 고개를 갸웃거렸다.

'저 늙은이가 또 무슨 꿍꿍이를 부리려고 저렇게 신나게 웃고 있는 거지? 어째 산 넘어 산이라더니 다른 사람들에게 적응할 만하니까 어디서 저런 산도깨비 같은 늙은이가 튀어나와 나를 못살게 구는지…… 손풍아! 너는 정말 지지리도 복이 없는 놈이로구나.'

손풍은 한숨을 푹푹 내쉬며 떨어지지 않는 발걸음을 움직여 진산월에게로 다가갔다.

"장문인, 대장간을 찾았습니다."

진산월은 가만히 있는데 옆에 있던 뇌일봉이 껄껄 웃으며 그의 등을 탁 쳤다.

"허허. 이놈! 참 빨리도 찾았구나. 어서 가 보자."

손풍은 그가 손을 휘두르자 지레 놀라서 뒤통수를 감싸 안고 있다가 그의 손이 자신의 등을 가볍게 두드리고는 물러가자 안도의 한숨을 내쉬었다.

'이 늙은이가 갑자기 제정신으로 돌아왔나? 아무래도 조금 전에 장문인께서 이 늙은이에게 한 소리 하신 모양이구나. 남의 문파의 귀한 제자에게 함부로 손찌검하지 말라고 말이지.'

손풍은 고마운 생각이 들어 초롱초롱한 눈으로 진산월을 바라보았다.

'장문인은 겉으로는 무뚝뚝한 것 같아도 보면 볼수록 자상하고 인정이 넘친단 말이야.'

그는 진산월에게 머리를 조아리며 큰 소리로 외쳤다.

"저쪽으로 백여 장만 가면 제법 큰 대장간이 있습니다. 제자가 안내할 테니 따라오십시오."

그러고는 휑하니 몸을 돌려 큰 걸음으로 성큼성큼 걸어가는 것이었다.

손풍의 말대로 대장간은 이런 작은 도시에서는 좀처럼 보기 힘든 커다란 규모였다. 대장간 옆에 병기나 철물을 파는 제법 큰 점포가 따로 있어서 망치질을 하는 장인들 말고도 물건을 판매하는 점원들의 수가 대여섯 명이나 되었다.

진산월 일행이 점포 안으로 들어오자 가장 나이 많은 점원이 재빨리 다가왔다.

"어서 오십시오. 무얼 찾으시는지요."

진산월은 주위를 둘러보더니 이내 검이 가득 진열되어 있는 곳을 턱으로 가리켰다.

"검을 한 자루 사려고 하네. 검날이 너무 예리하지 않으면서도 강도가 단단해서 쉽게 부러지지 않는 놈으로 골라 주게."

"잠시만 기다리십시오."

점원이 진열장으로 가자 손풍이 재빨리 진산월에게 다가와 머리를 숙였다.

"장문인, 감사합니다. 잘 사용하겠습니다."

진산월은 고개를 저었다.

"네가 아니라 소응에게 줄 물건이다."

손풍의 얼굴이 확 구겨졌다.

"예? 유…… 사형은 이제 겨우 열한 살에 불과한데, 그런 어린

아이에게 검을 주시다니요."

"너는 아직 검을 잡을 시기가 아니다. 하지만 소응은 어제 날짜로 장괘장권구식을 모두 마쳤으니 이제 천하삼십육검에 입문해야 한다. 그래서 그에게 검을 선사하려 하는 것이다."

"그러면 제자는 언제쯤에나 검을 받을 수 있는지……."

"우선은 운기토납법을 완벽하게 익히고……."

"그건 오늘이라도 당장 완벽하게 마칠 수 있습니다."

"태을신공에 입문한 후에……."

"지금이라도 태을신공을 가르쳐 주시면……."

"장괘장권구식을 모두 배우게 되면 그때 비로소 손에 검을 줄 수 있다."

손풍은 우거지상을 했고, 중인들은 킥킥거렸다.

뇌일봉이 참지 못하고 소리 내어 웃으며 손풍의 뒤통수를 후려쳤다.

"우하하! 이놈아. 아직 걸음마도 떼지 못한 주제에 벌써 하늘로 날려 하느냐? 네놈이 검을 잡으려면 적어도 서너 달은 죽을 고생을 해야 하느니라."

"아이고…… 제기랄! 제발 머리 좀 때리지 말라니까요!"

손풍이 뒤통수를 부여안으면서도 버럭 소리를 지르자 뇌일봉이 고리눈을 부릅뜨고 그를 쏘아보았다.

"이 버르장머리 없는 놈이 감히 노부에게 대들어? 정말 단단히 혼이 나고 싶은 게냐?"

손풍은 진산월이 뇌일봉을 잘 타일렀으리라고 철석같이 믿고 있다가 뇌일봉이 노성을 터뜨리자 자신이 잘못 생각한 것임을 알아차렸다.

'이런 빌어먹을…… 장문인이 이 늙은이에게 잔소리한 것이 아니었단 말인가? 어째 내가 하는 일은 하나같이 이렇게 재수가 없단 말이냐?'

그는 한숨이 푹푹 나왔으나 이대로 있다가는 뇌일봉의 주먹에 정말 호되게 당할 것 같아 재빨리 꽁무니를 뺐다.

"앗? 벌써 점심시간이 다 되었군요. 제자가 이 근처에서 제일 음식 잘하는 집을 알아보고 오겠습니다."

그가 후다닥 가게 밖으로 달려 나가자 옆에서 이 광경을 웃으며 지켜보고 있던 동중산이 진산월에게 가볍게 고개를 숙이고는 몸을 날렸다.

"손 사제, 같이 가세."

동중산은 손풍이 뇌일봉에게 당한 분을 엉뚱한 곳에 풀려고 할지 몰라 그의 뒤를 따라 나간 것이다. 뇌일봉은 이런 속사정을 짐작하고는 끌끌 혀를 찼다.

"쯧. 저 나이에 어린 사제의 뒷수발이나 들고 있다니 천하의 비천호리가 정말 신세 한번 처량하게 되었구나."

"중산은 본 파의 제자들 중 가장 서열이 높습니다. 나이 어린 사제들을 돌보는 건 당연한 일이지요."

"예전과는 너무 달라져서 저런 모습이 낯설어서 그런다. 보기에 그리 나쁘지는 않구나."

"중산은 잘하고 있습니다. 손풍도 이제는 제법 그에게 대사형

대우를 해 주는 것 같더군요."

"그러지 않으면 주위에 자기를 편들어 주는 사람이 아무도 없으니까 그런 거지."

두 사람이 대화를 나누고 있을 때, 점원이 세 자루의 검을 들고 왔다.

"손님이 말씀하신 조건에 가장 부합되는 놈들입니다. 이 중에서 골라 보시지요."

노련해 보이는 점원의 말마따나 그가 들고 온 세 자루의 검은 모두 쓸 만해 보였다. 이런 작은 도시의 대장간에서는 좀처럼 보기 드물게 잘 만들어졌고, 재질 또한 우수해 보였다. 보검이라고 할 수는 없어도 어디에 내놓아도 크게 흠잡히지 않는 수준의 검들이었다.

진산월은 세 개의 검을 꺼내 한 차례씩 살펴보더니 한쪽에 조용히 서 있는 유소응을 불렀다.

"이리 와서 하나씩 들고 휘둘러 보아라."

"예."

점원은 당연히 어른이 사용할 줄 알고 있다가 웬 키가 작고 얼굴이 가무잡잡한 소년이 나와서 검을 잡자 움찔 놀랐다.

"이 아이가 사용할 거라면 좀 더 작은 놈으로 골라 오겠습니다."

진산월은 그를 제지했다.

"그럴 필요 없소. 어차피 검을 쥐게 된 이상 나이의 구별은 무의미한 것이니 말이오."

옆에서 뇌일봉이 그의 말을 받았다.

"옳은 말이긴 하지만, 그래도 처음 검을 쥐게 되는데 소응이 부담을 느끼지 않겠느냐?"

진산월이 무어라고 대답하기도 전에 유소응이 재빨리 입을 열었다.

"저는 괜찮습니다."

이어 그는 세 개의 검을 차례로 잡고 검을 뽑아 이리저리 휘둘러 보았다. 뇌일봉은 검을 수발(收發)하는 그의 자세나 태도가 몹시 자연스러운 것을 보고 눈을 크게 뜨며 신기한 표정을 지었다.

"저 녀석은 하는 짓도 나이답지 않더니 검을 잡는 동작 또한 보통이 아니구나. 왜 손가 놈이 애늙은이라고 부르는지 알 것 같다."

"소응은 어린 나이에 몽고의 거친 대초원을 한 자루 단검에 의지한 채 혼자의 힘으로 횡단한 아이입니다. 검을 배우는 건 처음이지만, 검이나 도 같은 병장기에는 이미 익숙해진 상태입니다."

"보면 볼수록 대단한 아이로구나. 성격이 침착하고 근골 또한 나쁘지 않으니 잘만 가르치면 머지않아 강호에 뛰어난 소년 검수가 탄생할 수 있을 것이다."

유소응은 세 개의 검을 번갈아 가며 휘둘러보더니 이내 그중 한 녀석을 골랐다.

"이것으로 하겠습니다."

진산월은 유소응이 고른 검을 보고는 고개를 끄덕였다. 그 검은 그가 보기에도 세 개의 검들 중 가장 무게중심이 잘 잡혀 있고

담금질이 잘되어 있는 검이었다. 비록 다른 두 개의 검보다 날카 롭지는 않았으나, 처음 검을 배우는 사람이 사용하기에는 더할 나위 없이 적합한 것이었다.

검의 대금을 지불한 진산월은 검의 손잡이에 붉은색의 작은 수실을 매달았다. 그 수실에는 '견(堅)'이라는 글씨가 수놓여 있었다.

진산월은 검을 든 채로 엄숙한 눈으로 유소응을 바라보았다.

"예전에 너는 나에게 무공을 배울 수만 있다면 어떠한 고통도 참을 수 있다고 말했다. 기억하느냐?"

"예."

"어떠한 어려움이 닥쳐도 물러서지 않겠으며, 어떠한 희생을 치르더라도 후회하지 않겠다고 했다. 그것도 기억하고 있느냐?"

"예."

"또한 어떠한 최후를 맞이하더라도 기꺼이 감수하겠다고 했다. 그 생각은 지금도 변함이 없느냐?"

유소응은 작지만 단호한 음성으로 대답했다.

"예, 사부님."

"이 '견'이란 글자는 너의 그러한 결심이 굳게 지속되라는 의미가 담겨 있다. 무엇이건 초지일관한다면 장부(丈夫)가 될 수 있지. 고수가 되는 것은 그다음 문제다. 나는 네가 단순히 무공만 뛰어난 고수가 아닌 진정한 장부가 되기를 바란다."

유소응의 작은 얼굴에 결연한 표정이 떠올랐다.

"명심하겠습니다."

진산월이 검을 내밀자 유소응은 그 자리에서 세 번 절을 한 후 두 손으로 공손하게 검을 받았다.

"검명(劍名)을 내려 주십시오."

"견정(堅定)이다."

"견정검……."

유소응은 나직하게 중얼거리고는 검을 가슴에 안은 채 소중하게 쓰다듬었다. 절세의 보검도 아니고 천하에 이름이 알려진 명검(名劍)도 아니었으나, 그에게는 세상의 어떤 신검보다도 더욱 소중한 검이었다. 하늘같은 사부가 초심(初心)을 잃지 말라며 직접 검명까지 하사한 최초의 검인 것이다.

견정검은 어른들이 사용하는 일반적인 크기여서 그가 허리춤에 매달기에는 너무 길었다. 그래서 유소응은 그 검을 품에 안고 다닐 수밖에 없었다. 그 모습이 영락없이 검동(劍童, 검객의 검을 대신 들고 다니는 시동)을 연상케 했으나 유소응은 조금도 거리끼지 않았다.

뇌일봉은 바닥에 대면 자신의 목 근처까지 올라오는 커다란 장검을 소중하게 안고 다부진 표정으로 걸음을 옮기고 있는 유소응을 한참 동안이나 지켜보고 있다가 진산월을 향해 확신에 찬 음성으로 말했다.

"저 아이는 반드시 강호를 뒤흔드는 절세의 검객이 될 것이다."

제 211 장
청의방파(青衣幫派)

제211장 청의방파(靑衣幇派)

청의방이 처음 강호에 모습을 드러낸 것은 거의 삼십 년 전의 일이었다. 당시 청의방을 창립한 사람은 맹룡노호도(猛龍怒虎刀) 곽단의(藿丹義)였고, 방의 명칭 또한 혈룡방(血龍幇)이었다.

곽단의는 별호만큼이나 과격한 성격에 거친 손속을 지닌 인물이어서 하루라도 남과 싸우지 않는 날이 없었고 칼에 피가 마를 날이 없었다. 그러다 우연히 주위를 지나가던 늙은 도사에게 호되게 당한 후 그 불같은 성정(性情)이 한풀 꺾여서 말년에는 여느 사람과 별로 다를 바가 없는 평온한 성격이 되었다고 한다. 곽단의는 혈룡방이라는 이름을 청의방으로 바꾸었는데, 그것은 자신을 감화시킨 늙은 도사가 청의를 입고 있었기 때문이었다.

곽단의가 아들인 곽존해에게 청의방의 방주 지위를 물려주고 물러난 후 청의방은 본격적으로 규모를 늘리고 세력을 확장하기 시작했다. 그리하여 오륙 년 전부터는 하남성에서도 손에 꼽히는 거대한 방파를 이루게 되었다.

　청의방의 세력이 가장 융성한 곳은 정주였지만, 의외로 총단은 이곳 여남에 있었다. 원래 곽단의가 혈룡방을 세운 장소가 바로 여남이었고, 청의방으로 명칭을 바꾼 후에도 줄곧 이곳을 총단으로 삼았다. 그러다 아들인 곽존해가 청의방의 규모를 키우는 와중에 하남성의 가장 큰 도시인 정주의 세력 확장에 총력을 기울이느라 정주가 본거지처럼 되어 버린 것이다. 지금도 많은 사람들은 청의방의 총단이 정주에 있는 것으로 알고 있었지만, 총단은 어디까지나 여남에 자리하고 있었다.

　여남의 중앙에 있는 도로를 따라 남쪽으로 내려가다가 우측을 보면 유달리 커다란 두 개의 기둥이 나타난다. 마치 홍살문(紅殺門)을 연상케 하는 그 기둥 사이로 난 길을 따라 이백여 장쯤 들어가면 비로소 한 채의 커다란 장원을 볼 수 있었다. 이곳이 바로 청의방의 총단이었다.

　총단의 입구에 있는 두 개의 나무 기둥은 예전에는 혈룡방을 상징하는 붉은색으로 칠해진 용 모양의 문양이 새겨져 있었다고 한다. 그런데 청의방으로 명칭을 변경하면서 용 모양의 문양은 어울리지 않는다고 생각하여 붉은색을 지우고 문양을 깎아 버려서 지금처럼 아무 문양도 없는 평범한 나무 기둥이 되어 버렸다.

　청의방의 창립자인 곽단의가 직접 세운 나무 기둥이라 함부로 뽑아 버릴 수도 없어서 그냥 내버려 두었는데, 지금은 오히려 청의방의 수수함과 담백함을 나타내는 상징처럼 인식이 되어 청의방에서 사람들을 고용해 관리에 만전을 기울이고 있는 형편이었다.

 진산월 일행이 나무 기둥 쪽으로 다가갈 때, 네 명의 인물이 나무 기둥 아래에서 그들을 기다리고 있다가 앞으로 다가왔다.

 "종남파의 고수분들이십니까?"

 입을 연 인물은 네 명 중 가장 연장자로, 검은 수염을 기른 사십 대 중반의 청의인이었다.

 동중산이 재빨리 앞으로 나섰다.

 "그렇소. 이분이 본 파의 장문인이시오."

 동중산이 진산월을 가리키자 검은 수염의 청의인과 그의 뒤에 서 있는 세 명의 청의인들이 일제히 그를 향해 정중하게 포권을 했다.

 "어서 오십시오, 진 장문인. 저는 청의방에서 수석 총관을 맡고 있는 서일명(徐一明)이라 합니다."

 세 명의 청의인들 또한 차례로 자신들의 신분을 밝혔다.

 "청의방 우동향(宇東香)의 향주인 낙혼수(落魂手) 구정태(具程兌)입니다."

 "주서향(宙西香)의 향주인 철기추혼(鐵旗追魂) 순우곤(淳于坤)이외다."

 "홍남향(洪南香)을 책임지고 있는 영풍섬도(迎風閃刀) 두표(杜表)라 하오."

 뜻밖에도 그들 네 사람은 모두 청의방에서 중책을 맡은 인물들이었다.

 청의방은 천지현황우주홍황(天地玄黃宇宙洪荒)의 여덟 개 향 위에 네 개의 당(堂)이 있고, 그 위에 바로 청의방주가 있기 때문에 수석총관과 삼개 향의 향주들이 나온 것은 청의방으로서는 그야말로 외인을 접대하는 데 최고의 예의를 갖춘 셈이라고 할 수 있었다.

어제 미리 청의방에 사람을 보내 방문첩을 전달했기 때문에 누군가가 마중을 나오리라고 예상하긴 했으나, 막상 청의방에서도 수뇌급 인물들이 네 사람이나 미리 나와서 기다리고 있는 것을 보자 종남파의 고수들은 내심 흡족한 생각이 들었다. 몇 년 전과 비하면 종남파의 위상이 얼마나 올라갔는지를 여실히 알 수 있기 때문이었다.

하나 동중산의 생각은 조금 달랐다.

그는 청의방의 방주인 곽존해가 청의방의 세력을 확장하는 과정에서 무척이나 치밀하고 잔인한 행태를 보였다는 것을 알고 있었기에 이번 청의방과의 비무에 은근히 걱정되는 바가 적지 않았다. 막상 청의방의 환대를 받으면서도 그는 청의방주 곽존해가 순순히 비무에 응해 오지 않을 가능성도 염두에 두고 있었다.

하나 그의 걱정이 기우(杞憂)에 불과했는지 청의방의 정문을 넘어 총단으로 들어설 때까지도 별다른 일은 벌어지지 않았다. 오히려 청의방 소속의 무사들이 두 줄로 늘어서서 그들이 지나갈 때마다 정중하게 인사를 하는 바람에 얼굴이 뜨거워질 지경이었다.

청의방 총단은 화려한 양식의 건물들이 즐비할 거라는 예상과는 달리 대부분의 건물들이 고풍(古風)스러운 단층의 건물들이었고, 그나마도 모두 합해 이십여 채 정도밖에 되지 않았다. 하남성에 퍼져 있는 청의방의 명성을 생각해 본다면 조촐함을 넘어 초라

하다 싶을 정도였다.

다만 중앙에는 상당히 잘 만들어진 커다란 연무장(鍊武場)이 있어 이곳이 무림 방파임을 알 수 있게 했다. 연무장은 그 크기도 무척이나 넓을뿐더러, 바닥에 단단한 화강암을 정교하게 잘라 만들어 놓았기 때문에 보는 이로 하여금 감탄을 금치 못하게 했다.

연무장 안에는 적지 않은 인원들이 도열해 있었고, 연무장의 끝에는 붉은색 융단이 깔린 단(壇)이 마련되어 있었다. 단상에는 십여 명의 인물들이 앉아 있었는데, 가장 중앙에 있는 짙은 청색 장포를 걸치고 이마에는 푸른 두건을 쓴 당당한 체구의 중년인이 유독 시선을 끌었다. 청포 중년인의 나이는 대략 삼십 대 후반쯤으로 보였는데, 이목구비가 뚜렷하고 눈빛이 형형해서 언뜻 보기에도 평범한 인물이 아님을 쉽게 짐작할 수 있었다.

동중산이 진산월을 향해 나직하게 소곤거렸다.

"중앙에 있는 청의인이 청의방 용두방주인 곽존해이고, 그의 양옆에 있는 인물들이 청의방의 최고 고수들인 사웅(四雄)입니다. 그들 중에서도 특히 곽존해의 오른쪽에 있는 철수패왕(鐵手覇王) 최력(崔靂)은 정말 주의해야 할 무서운 실력을 지니고 있습니다."

진산월의 시선이 빠르게 단상을 훑고 지나갔다.

단상에 있는 인원은 모두 열두 명이었는데, 동중산의 말대로 곽존해와 그의 양옆에 있는 네 명의 인물들의 기도가 두드러져 보였다.

그중에서도 특히 곽존해의 오른쪽에 있는 인물은 칼날같이 예리한 눈으로 진산월을 응시한 채 눈도 깜박이지 않고 있었다. 그는 오십 대 중반의 비쩍 마른 중년인이었는데, 양팔이 유달리 길어서 원숭이를 연상케 했다. 진산월과 시선이 마주치자 그의 얼굴에는 한 줄기 냉랭한 미소가 떠올랐다. 덤빌 테면 덤벼 보라는 듯한 다분히 도발적인 미소였다.

하나 진산월은 그를 한 번 힐끗 쳐다보고는 이내 다른 곳으로 시선을 돌렸다. 그의 시선이 단상의 인물들을 차례로 훑다가 한 인물에게로 고정되었다. 그는 의외로 단상의 제일 끝에 서 있는 평범한 인상의 청년이었다.

남들처럼 청의를 입고 허리춤에 한 자루 장검을 차고 있다는 것 외에는 그다지 특이한 구석이 보이지 않는 인물이었다. 그런데도 진산월은 한동안 그 청년을 응시하더니 동중산을 향해 묻는 것이었다.

"저 청년이 누구인지 아느냐?"

동중산은 진산월이 그 청년을 유심히 바라볼 때부터 열심히 머리를 굴려 보았으나 마땅히 생각나는 사람이 없었다.

"죄송합니다. 제자가 모르는 인물입니다. 아는 인물이십니까?"

"나도 모른다. 단지 저들 중 가장 뛰어난 고수인 것 같아 궁금했을 뿐이다."

진산월의 말에 동중산은 새삼스러운 눈으로 청의 청년을 바라보았다. 나이는 아무리 많이 보아도 서른이 넘지 않은 것 같았고, 눈빛도 여느 사람과 다를 바가 없어 보였다. 하나 진산월의 입에서 나온 말이니만큼 겉보기와는 다른 뛰어난 무공의 소유자임이 분명했다.

동중산은 자신이 알고 있는 청의방 소속의 고수들을 하나씩 떠올려 보았으나 당최 그의 정체를 알 수가 없었다.
　'청의방에서 사당을 맡고 있는 사웅 외의 고수라면 두 명의 집법(執法)과 세 명의 호법(護法)들뿐인데, 그들 중 이십 대의 젊은 청년이 있다는 말은 들어 본 적이 없다. 그렇다면 최근에 청의방에서 영입한 고수란 말인데…… 장문인께서 관심을 기울일 정도의 고수가 새로 들어왔다면 강호에 알려지지 않을 리가 없는데 정말 기이한 일이구나.'
　진산월 일행이 단 가까이 오자 단상에 앉아 있던 곽존해가 자리에서 일어나 단 아래로 내려왔다.
　"어서 오시오. 강호에 명성이 자자한 진 장문인을 만나게 되어 반갑소. 내가 청의방을 이끌고 있는 곽모요."
　곽존해의 음성은 외모만큼이나 당당하고 자신감에 차 있는 것이었다.
　"종남의 진산월이라 하오. 갑작스러운 방문에도 환대를 해 준 것에 감사드리오."
　곽존해는 호탕한 웃음을 터뜨렸다.
　"하하…… 신검이라고까지 소문난 진 장문인을 직접 볼 수 있는 기회가 생겼는데 이 정도를 어찌 환대라고 하시오? 이쪽은 본 방에서 수석당주(首席堂主)를 맡고 있는 철수패왕 최력이라 하오."
　곽존해가 자신의 옆에 서 있는 오십 대 중년인을 소개하자 중년인은 한 걸음 앞으로 나와 간단하게 포권을 했다.

"집혼당주(集魂堂主) 최력이오."

"반갑소. 진산월이오. 이쪽은……."

진산월과 곽존해가 서로 자신의 방파의 고수들을 소개하는 시간이 지나자 곽존해는 진산월을 단상으로 안내했다. 단상에는 어느새 종남파 고수들의 수에 맞는 의자가 새롭게 놓여 있었다. 그 짧은 사이에 종남파 인원들을 헤아려 의자를 준비한 것만 보아도 청의방의 일 처리가 얼마나 신속하고 정확한지 쉽게 짐작할 수 있었다.

양 파의 고수들이 자리를 잡은 후 곽존해가 웃음 띤 얼굴로 입을 열었다.

"소문으로만 듣던 종남파의 쟁쟁한 고수들을 직접 보게 되니 얼마나 기쁜지 모르오. 사실 어제 배첩을 받고는 가슴이 뛰고 흥분이 되어 밤에 제대로 잠을 자지도 못했소. 여기까지 오는 길에 불편한 점은 없었소?"

"편안하게 잘 왔소. 여남의 거리는 무척이나 깨끗하고 분위기도 소란스럽지 않고 조용해서 아주 인상적이었소."

"하하…… 본 방이 이곳에 자리를 잡은 지도 삼십 년이 넘었소. 처음에는 이곳도 상당히 시끄럽고 혼란스러운 곳이었으나 선친(先親)께서 노력하신 덕분인지 지금은 조금의 소란스러움도 찾아볼 수 없는 평화로운 고장이 되었소."

"노고가 많으셨구려."

"별말씀을."

"그런데……."

진산월이 가장 끝에 앉아 있는 청의 청년에게로 시선을 돌렸다.

"저쪽에 앉아 계신 분은 조금 전에 미처 소개를 받지 못한 것 같은데, 어느 분인지 알 수 있겠소?"

곽존해의 얼굴에 순간적으로 난처한 기색이 떠올랐으나 이내 호탕한 웃음을 지어 보였다.

"하하…… 저 아이는 내 막냇동생이오. 어려서 다른 문파의 제자로 들어갔는데, 마침 인사 차 나를 찾아와서 이 자리에 함께하게 된 거요. 본 방의 소속이 아니어서 진 장문인께는 따로 인사를 시키지 않았소."

청의 청년이 그 말을 들었는지 자리에서 일어나 가볍게 포권을 했다.

"곽승(藿勝)이라 하오."

"진산월이오."

곽승을 한 차례 훑어본 진산월은 이상하게 그 뒤로는 그에게 눈길조차 주지 않았다. 동중산은 진산월이 갑자기 그에게서 신경을 끊은 것이 이상했으나, 청의방 인물들이 있는 자리에서 물어볼 수도 없어서 의구심을 속으로 삭일 수밖에 없었다.

시비가 가져온 차를 한 모금 마신 곽존해는 진산월을 향해 웃는 낯으로 입을 열었다.

"진 장문인께서 여남의 구석에 있는 본 방을 방문한 것은 아마도 요즘 하남성 일대를 떠들썩하게 만들고 있는 비무행 때문이라고 생각하는데, 내 짐작이 어떻소?"

진산월이 용건을 꺼내기도 전에 곽존해가 먼저 종남파가 찾아온 이유를 말해 버리자 동중산이 아차 싶어 재빨리 품속에서 미리 준비한 비무첩을 꺼내 곽존해 앞으로 내밀었다.

"어제 배첩을 드릴 때 함께 보내야 했으나, 비무첩만큼은 직접 전달하는 게 도리일 것 같아 제가 가지고 왔습니다. 늦게 드려 죄송합니다."

동중산이 정중하게 말하자 곽존해는 비무첩을 받아 대충 펼쳐 본 후 아무렇게나 탁자 위에 놓으며 빙긋 웃었다.

"어차피 그쪽이나 이쪽이나 뻔히 용건을 알고 있는데 비무첩을 조금 늦게 받는다고 무슨 상관이 있겠소? 그런데 진 장문인은 어떤 식으로 비무를 하실 생각이시오?"

진산월은 담담한 눈으로 곽존해를 응시했다.

"본 파와의 비무에 응해 주시는 거요?"

곽존해의 얼굴에 떠올라 있는 미소가 조금 더 짙어졌다.

"자랑은 아니지만 본 방이 세워진 후 아직까지 어떤 문파의 도전도 거절해 본 적이 없었소."

말하는 음성과 태도에서 패도무쌍한 기운이 물씬 풍겨 나왔다. 그와 함께 단 아래 도열해 있던 청의방 고수들이 일제히 입을 모아 소리쳤다.

"청의방도(靑衣幫徒) 용맹무쌍(勇猛無雙), 적전무퇴(敵前無退) 소향무전(所向無前)!"

수백 명의 고수들이 내지르는 쩌렁한 고함 소리가 넓은 연무장을 뒤흔들었다. 간담이 약한 자는 그 고함 소리만으로도 오금이

저릴 정도로 맹렬한 기세가 연무장을 뒤덮었다.

종남파 일행들은 사 년 전에 숭산 아래에서 청의방 인물들이 형산파 고수들에게 낭패를 당했던 모습을 생생하게 기억하고 있었다. 그때 종남파 고수들이 그들에게서 받은 인상은 그다지 좋은 편이 아니었다. 그런데 오늘 이곳에 모인 청의방 고수들은 당시와는 비교도 할 수 없을 만큼 칼날같이 예리한 기상을 풍기고 있었다.

물론 이곳이 총단이어서 정예들이 많이 모여 있기 때문일 수도 있지만 동중산은 내심 짚이는 것이 있었다.

'청의방이 최근 몇 년 동안 외부로의 확장을 자제하고 내실을 다져서 그 역량이 크게 늘었다고 하더니 과연 방도들이 많이 정예화된 모양이로구나.'

그런 자신감이 있기에 '청의방도는 용맹무쌍하며, 적을 앞에 두고 물러나지 않으니 나아가는 길을 막을 자가 없다.'라고 소리칠 수 있는 것이다.

곽존해가 오른손을 들자 청의방도들이 다시 입을 다물어 주위가 조용해졌다. 곽존해는 신광이 이글거리는 눈으로 진산월을 응시하며 한 자, 한 자 힘주어 말했다.

"종남파에서 비무를 청해 온 이상 본 방은 당연히 그 비무에 응할 것이오. 이제 비무 방식을 말해 보시오."

"각 파에서 세 명씩 나와서 실력을 겨루어 보는 게 어떻겠소?"

곽존해의 시선이 종남파의 고수들을 한 명씩 차례로 훑고 지나가더니 이내 다시 진산월에게 고정되었다.

"세 명이라면 너무 적지 않겠소? 본 방에서 종남파 고수들과의 비무를 고대하는 자들이 적지 않으니 말이오. 저 어린 소년을 제외하고 오늘 이곳에 오신 종남파 고수분들이 다섯 분이니 다섯 사람으로 하는 게 좋을 듯하오만."

이 말을 듣고 있던 종남파 고수들의 얼굴이 모두 굳어졌다. 특히 손풍은 무슨 헛소리를 지껄이느냐는 듯 눈을 부릅뜨고 곽존해를 노려보고 있어 동중산이 황급히 그의 손을 붙잡고 달래야 할 형편이었다.

그런데 진산월은 의외로 선뜻 고개를 끄덕이는 것이었다.

"좋소. 대신 승자가 계속 싸우는 연승식(連勝式)으로 하는 게 어떻겠소?"

곽존해는 자신의 의도가 이루어진 것에 만족하는지 흔쾌히 승낙을 했다.

"진정한 실력을 가르기 위한 좋은 방법이라고 생각되는구려. 그렇게 합시다."

이로써 이번 청의방과 종남파와의 비무는 각파에서 다섯 명의 고수들이 나와 승자가 질 때까지 계속 싸우는 방식으로 결정되었다.

이러한 방식은 자칫 한쪽의 일방적인 독주가 될 우려가 있어서 정파들 간의 비무에서는 잘 사용되지 않는 것이었으나, 그만큼 무림인들의 입맛에는 더 맞는 것이었다. 곽존해의 말마따나 어설프게 우열을 가리기보다는 승자가 분명하게 결정되는 이 방식을 무림인들이 더 선호하고 있는 것이다.

곽존해는 여전히 입가에 미소를 그치지 않고 있었지만, 안면 가득 투지 넘치는 표정을 지으며 입을 열었다.

"이번 양 파의 비무는 본 방으로서는 절대로 소홀히 할 수 없는 중대한 사안이오. 그래서 몇 분의 참관인(參觀人)을 두어 제대로 된 형식을 갖추고자 하오. 마침 이 근처에 강호에서 명숙으로 널리 알려진 하삭삼은(河朔三隱)께서 와 계신 듯하니 그분들을 참관인으로 모시는 것이 어떻겠소?"

진산월은 선뜻 수긍을 했다.

"하삭삼은이 근처에 계시다면 마땅히 모시는 게 도리일 것이오."

하삭삼은은 무공이 뛰어나면서도 학식이 높고 인품이 고매해서 많은 사람들의 존경을 받고 있는 이름난 명숙들이었다. 동중산과 뇌일봉도 하삭삼은이라면 공정한 심판을 할 수 있으리라고 판단했다. 오히려 뇌일봉은 과거에 하삭삼은과 약간의 안면이 있기에 더욱 기꺼워하는 모습이었다.

곽존해는 자리에서 일어나며 손뼉을 탁 쳤다.

"하삭삼은 세 분은 바로 모셔 오겠소. 쇠뿔도 단김에 빼라고 했으니 비무는 한 시진 후 이곳 연무장에서 벌이기로 합시다."

비무가 결정되자 진산월 일행은 잠시 휴식을 위해 객청으로 안내되었다.

객청에 자리를 잡자마자 손풍이 붉으락푸르락한 얼굴로 무어라고 입을 열려 했으나, 동중산이 한발 먼저 진산월을 향해 신중한 음성을 내뱉었다.

"다섯 사람이 출전한다면 손 사제까지 나서야 하는데 괜찮겠습니까?"

손풍은 자신이 할 말을 동중산이 대신 꺼내자 입을 다물고 진산월의 대답을 기다렸다.

"손풍이 나설 필요가 있겠느냐?"

"예?"

동중산이 의중을 몰라 되묻자 진산월은 담담한 음성으로 말했다.

"이번 비무에서 손풍뿐 아니라 너도 나설 필요가 없다. 그 전에 비무가 끝날 테니 말이다."

그제야 동중산은 진산월의 말뜻을 알아차리고 자신도 모르게 탄성을 터뜨렸다.

"아! 그래서 연승식을 제안하신 것이군요."

일대일의 비무라면 다섯 사람이 모두 출전해야 하나, 연승식의 비무에서는 이쪽에서 몇 명이 나서건 상대편의 출전자들을 모두 꺾는다면 그 순간 승부는 끝이 나 버린다. 진산월은 애초부터 손풍과 동중산을 제외한 자신과 전흠, 낙일방 세 사람만으로 비무를 끝낼 생각이었던 것이다.

손풍은 연승식이 정확히 무엇을 의미하는지 몰라 어리둥절해 있다가 동중산의 설명을 듣고서야 안색이 활짝 밝아졌다. 아무리 남에게 두들겨 맞는 것을 두려워하지 않는 손풍이라고 해도 무공을 익힌 고수들과 진검(眞劍)을 들고 비무를 한다는 것은 상상만으로도 질색할 일일 수밖에 없었다.

장내의 분위기가 한결 밝아졌으나, 동중산은 아직도 완전히 경계심을 풀지 않은 듯 신중한 모습을 보였다.

"곽존해는 상대 세력을 제거할 때 아주 치밀하면서도 냉혹하게 일 처리를 해서 어떤 사람들은 냉혈잔심(冷血殘心)이라고 부르기도 했습니다. 더구나 그는 효웅(梟雄) 기질이 다분하여 남에게 약세를 보이는 것을 무척이나 싫어한다고 하니 조심하지 않을 수 없습니다."

뇌일봉이 듣고 있다가 말참견을 했다.

"네 말도 일리는 있지만, 하삭삼은이 참관인이 된다면 곽존해가 허튼수작을 부리지는 못할 것이다. 하삭삼은은 강호에서의 명망(名望)이 높을뿐더러 내가 본 바로도 충분히 믿을 수 있는 사람들이다."

"저도 하삭삼은 세 분의 명성은 익히 들어서 알고 있습니다. 다만 강호에 알려진 곽존해의 성격이라면 자신들이 비무에서 이기기 위해 무슨 짓이든 저지를 수 있다고 생각되기에 걱정스러울 뿐입니다."

뇌일봉도 그 말에는 어느 정도 동조를 하는지 표정이 약간 무거워졌다. 강호의 흉험함을 누구보다도 잘 알고 있는 그로서는 동중산의 말을 무작정 무시할 수만은 없었던 것이다.

만에 하나 그들의 수작에 넘어가 비무에서 자칫 패하기라도 하는 날에는 종남파의 구파 진입(九派進入)은 시작해 보기도 전에 실패로 돌아가게 될 것이고, 앞으로의 여정 또한 극도로 험난해질 수밖에 없었다.

지금까지 묵묵히 이들의 말을 듣고 있던 전흠이 의아한 듯 물었다.

"강호의 비무에서 정당한 실력으로 겨루는 것 외에 무슨 수작을 부릴 여지가 있단 말인가?"

동중산의 얼굴에 쓴웃음이 떠올랐다.

"원칙은 그렇지만 수작을 부리려면 방법은 여러 가지가 있습니다. 가장 흔한 방법은 독을 사용하는 것입니다. 음식이나 차에 독을 투입하는 것은 물론이고 병장기에 독을 묻히거나 심지어는 상대가 앉는 의자나 탁자에 침투독(浸透毒)을 발라 놓는 경우도 있습니다. 물론 치명적인 것은 아니지만, 내공을 운용하는 데 약간의 지장을 주거나 몸 상태를 불편하게 하는 독은 나중에라도 그 흔적을 알아내기가 어려워서 주의해야 합니다."

"청의방이라면 그래도 하남성에서 가장 유명한 방파 중 하나인데, 그런 추잡한 짓을 벌일 리가 있는가?"

"강호에서는 어떤 일도 일어날 수 있습니다. 설사 명문정파라고 해도 비무에서 승산이 없다고 판단하면 비무에 패해서 문파의 명성에 누(累)를 끼치는 것보다는 순간의 수치심을 참고 편법을 이용해서라도 명성을 보존하고자 하는 유혹을 느끼게 될 겁니다. 하물며 청의방같이 패도(覇道)를 추구하는 방파라면 더 말할 나위 없겠지요."

전흠은 잠시 생각하다가 다시 물었다.

"독 말고 주의해야 할 다른 방법은 어떤 것들이 있는가?"

"비무장에 특이한 장치를 하거나 지형적인 특수성을 이용하기도 하고, 억압적인 분위기로 상대가 자신의 실력을 제대로 발휘하지 못하게 하기도 합니다. 그 외에도 참관인을 매수하여 승패를 뒤집거나 어느 한쪽에 일방적으로 유리한 판정을 내리도록 하는 경우도 있고, 아예 비무의 결과를 인정하지 않고 상대를 암습해서 제거하는 경우도 있습니다."

전흠의 얼굴에 어처구니없다는 표정이 떠올랐다.

"비무에서 지고 오히려 상대를 암습해 죽인단 말인가? 설마 그 정도로 막가는 경우는 없겠지?"

"거대 문파 간의 비무에서는 그런 일이 없지만, 문파 간의 세력이 차이가 많이 나는 경우에는 간혹 그와 유사한 일이 벌어지기도 합니다. 물론 그런 경우에도 생존자가 없기 때문에 자세한 내막은 알려지지 않지만, 어떤 일이 벌어졌는지는 누구라도 충분히 짐작할 수 있지요."

전흠의 얼굴이 잔뜩 찌푸려졌다.

"강호라는 곳에 대한 회의감이 드는군."

"정작 주의해야 할 일은 비무의 방식을 철저히 이용하는 경우입니다. 이건 딱히 불법(不法)이라고 할 수도 없고 트집을 잡을 수도 없기 때문에 알면서도 당하는 경우가 있습니다."

전흠의 눈이 크게 뜨였다.

"비무의 방식을 이용한다는 게 어떤 것인가?"

"가장 일반적인 것은 무공의 상성(相性)을 이용하는 것입니다. 다시 말해서 그 무공에 가장 상극(相剋)인 무공을 지닌 자를 상대로 내보내는 것이지요."

"그 정도라면 굳이 잘못된 것이라고 할 수 없지 않겠나?"

"이치상으로야 그렇습니다만, 오늘처럼 본 파의 출전자가 거의 정해져 있는 상황이라면 청의방은 얼마든지 심사숙고하여 가장 상대하기 까다로운 인물들로만 선별하여 내보낼 수 있습니다."

"그거야 비무행을 시작할 때부터 이미 각오한 일 아닌가?"

"더욱 중요한 일이 있습니다. 그건 우리가 결코 심각한 부상을 입어서는 안 된다는 겁니다. 피육(皮肉)의 가벼운 상처라면 몰라도 뼈가 다치거나 치명적인 부상을 당하는 일은 무조건 피해야 합니다."

"그건 왜 그렇지?"

동중산은 진중한 음성을 내뱉었다.

"우리의 진정한 목표는 청의방이 아니기 때문입니다."

전흠은 표정이 무겁게 굳어졌다가 이내 입술을 질끈 깨물었다.

"그건 정말 만만한 일이 아니로군."

종남파의 비무행은 이제 겨우 시작이었다. 그런데 여기서 한두 명이라도 심각한 부상을 당하게 되면 비무행을 계속하는 데 막대한 지장을 초래하게 될 것이다. 만약에 전흠과 낙일방이 모두 다치는 상황이라도 된다면 비무행은 실패로 돌아갈 수밖에 없을 것이다.

지금까지의 비무가 가벼운 몸 풀기에 불과했다면 이번 청의방과의 비무야말로 처음으로 문파의 명예를 걸고 벌이는 제대로 된 일전(一戰)이라고 할 수 있었다. 조금 전에 보았던 청의방 고수들의 면면을 생각해 본다면 전력을 기울인다 해도 쉽사리 승리를 장

담할 수 없는 상황이었다. 그런데 이쪽은 상대가 수작을 부릴 것에 대비해야 할뿐더러 큰 부상을 당하지 않도록 신경 써야 하는 것이다. 승패를 장담하기 어려운 치열한 격전에서 상대방은 부상을 염두에 두지 않고 마음껏 실력을 발휘하는 데 비해 이쪽은 부상을 신경 써서 몸을 사린다면 그 결과는 명약관화할 것이다.

전흠이 비장한 표정을 짓는 것도 그 때문이었다.

하나 진산월은 그 점에 대해서는 별로 걱정하지 않는 모습이었다. 전흠이 이런 팽팽한 긴장감 속에서 오히려 자기의 실력을 십분 발휘하는 성격임을 잘 알고 있기 때문이었다.

동중산도 말과는 달리 전흠에 대해서는 크게 우려하지 않았다. 그가 신경 쓰는 것은 다른 부분에 있었다.

"장문인께서는 조금 전에 보았던 곽승이란 인물을 어떻게 생각하십니까?"

"그는 상당히 뛰어난 실력을 지닌 검객이다."

"장문인께서 그자에게 관심이 많은 줄 알았는데 나중에는 별로 신경을 쓰시는 것 같지 않아 의아한 생각이 들었습니다."

"그가 무형지기를 발출할 정도의 고수라서 정체가 궁금했었다."

동중산의 외눈이 번쩍 빛났다.

"그렇다면 그의 정체를 알아내셨단 말씀이십니까?"

"이름을 알았지."

"예?"

뜻밖의 대답에 놀라 동중산이 외눈을 크게 뜨며 되묻자 진산월은 담담한 음성으로 말했다.
"너도 듣지 않았느냐? 그자는 곽존해의 막냇동생이며, 다른 문파에서 수학하고 돌아온 인물이다. 그 정도면 충분히 그자에 대해 알 만큼 안 것이다."
동중산의 머리가 비상하게 굴러가기 시작했다.
'장문인께서 이렇게 말씀하셨다면 곽존해의 말만으로 그자의 정체를 알아내셨다는 뜻이다. 대체 내가 놓친 게 무엇일까?'
동중산이 외눈을 깜박이지도 않고 생각에 골몰하자 뇌일봉이 대신 나섰다.
"나도 궁금하구나. 혼자 알고 있지만 말고 속 시원히 털어놓아 보아라. 내가 보기에도 제법 기도가 범상치 않기는 했지만 그렇다고 네가 경계해야 할 만큼 뛰어난 고수로도 보이지 않았는데, 그의 정체가 대체 무엇이란 말이냐?"
중인들의 시선이 모두 자신에게로 쏠리자 진산월은 어쩔 수 없이 입을 열어야만 했다.
"뇌 숙부께서 그자에게서 특이한 점을 찾지 못한 것은 그자가 제게만 무형지기를 발출했기 때문입니다. 자신이 원하는 자에게만 무형지기를 발출하는 것은 검도가 절정의 수준에 이르지 않고서는 어려운 이야기지요."
"그래서 노부의 눈에는 평범한 젊은이로만 보였던 것이로군."
"그 정도의 나이에 그런 실력을 지닌 검객을 배출할 수 있는 곳은 강호에서도 그리 많지 않습니다. 그의 검을 보니 손잡이 부근에 매의 눈알을 연상시키는 특이한 문양이 새겨져 있더군요. 마침

저는 얼마 전에 그와 유사한 문양의 검을 지닌 자들을 본 적이 있습니다."

동중산이 무언가를 느낀 듯 짤막한 경호성을 터뜨렸다.

"점창파!"

진산월은 살짝 고개를 끄덕이고는 뇌일봉을 향해 말을 이었다.

"더구나 곽(藿)씨란 그리 흔한 성이 아닙니다. 그리고 며칠 전의 그자들 중에도 같은 성을 쓰는 인물이 있었지요."

뇌일봉은 무겁게 침음했다.

"음…… 네 말은 그자가 점창파의 고수이며, 소림사에서 일방과 겨루었던 곽희와 형제라도 된다는 것이냐?"

"그럴 확률이 높습니다. 곽승이 동생이 되겠지요. 나이가 몇 살 어려 보이니 말입니다."

"그렇다면 곽희는……."

"그도 또한 곽존해와 형제일 겁니다. 그들 세 사람의 얼굴을 자세히 보면 아래턱과 눈매에 유사한 부분이 있습니다. 단지 나이 차이가 제법 많이 나고 체격이 서로 달라서 쉽게 알아차리지 못한 것뿐입니다."

동중산의 외눈에서 쉴 새 없이 기광이 번쩍거렸다.

"장문인의 말씀을 듣고 보니 확실히 그렇군요. 곽존해가 곽승을 막내라고 한 것은 곽존해와 곽승 사이에 다른 형제가 있다는 뜻입니다. 단순히 두 형제뿐이라면 막내라는 단어를 쓰지 않겠지요."

"그렇다."

"곽승과 곽희가 점창파에서 함께 수학했다면 곽승 또한 진공검을 익혔을 가능성이 높지 않겠습니까?"

그 말에 중인들의 얼굴이 모두 굳어졌다. 심지어는 지금까지 한쪽에서 허공을 응시한 채 무언가 깊은 상념에 잠겨 있던 낙일방마저 퍼뜩 정신을 차리고 그를 돌아볼 정도였다.

진산월은 고개를 끄덕였다.

"그럴 것이다. 그리고 내 짐작이 맞다면 그의 진공검은 곽희보다 뛰어난 수준일 것이다. 그렇지 않았다면 곽희 대신 그가 이 자리에 있지 않았을 테니까."

"곽승이 이번 비무에 나오리라고 보십니까?"

"반드시 그럴 것이다."

그때 낙일방이 불쑥 그들의 대화에 끼어들었다.

"만약 그렇다면 그자는 제가 상대하겠습니다."

사람들이 깜짝 놀라 그를 쳐다보았다. 지금까지 아무 말도 없이 생각에만 잠겨 있었기에 그가 자신들의 대화를 듣고 있을 줄은 짐작도 못했던 것이다.

뇌일봉이 신기한 얼굴로 그를 쳐다보았다.

"이제 정신을 차렸나 보구나. 대체 오늘 하루 종일 무슨 생각을 그리하고 있었던 거냐?"

낙일방의 얼굴에 멋쩍은 웃음이 떠올랐다.

"별거 아닙니다. 그저 최근에 익히고 있는 구반장법의 초식들이 뇌리에 어른거려 그 배합을 궁리하고 있었습니다."

뇌일봉이 어처구니없다는 듯 너털웃음을 터뜨렸다.

"허허…… 초식 연구에 빠져서 그렇게 넋이 나간 놈처럼 있었다니, 이제는 정말 무공광(武功狂)이 다 되었구나."

동중산의 표정은 여전히 무거웠다.

"곽승이 이곳에 나타난 것이 단순히 자신의 형을 찾아온 것이라면 모르지만 본 파와의 비무를 미리 염두에 둔 것이라면 사태가 심각해집니다. 저는 아직도 점창파가 왜 이토록 집요하게 본 파를 노리고 있는지 쉽게 이해가 되지 않습니다. 석가장에서의 비무 때문이라면 소림사에서 벌어진 삼 파 비무로 충분히 체면치레를 한 셈일 텐데, 굳이 이곳까지 따라와서 기어이 승부를 내려고 하니 말입니다."

진산월 또한 그 점이 의아스럽기는 마찬가지였다. 종남파와 점창파는 교분이 두터운 사이도 아니지만 그렇다고 특별한 원한을 맺은 적도 없었다. 그런데 지금 자신들의 짐작대로라면 점창파는 종남파에 대해 이상한 적개심을 가지고 있음이 분명했다.

그는 소림사에서 잠깐 보았던 백리장손의 표독스러운 얼굴을 떠올리고는 내심 침음을 했다.

'곽승이 곽희와 형제라면 두 사람 모두 백리장손을 사사했을 확률이 높다. 그렇다면 곽승이 이곳에 온 것은 백리장손의 지시가 있거나 적어도 그의 입김이 작용했을 것이다.'

진산월은 설사 자신들이 청의방과의 비무를 무사히 끝낸다 해도 조만간에 어떤 식으로든 백리장손과 만나게 될 것 같은 강한 예감이 들었다.

제 212 장
생사비무(生死比武)

제212장 생사비무(生死比武)

한 시진의 휴식을 끝내고 다시 연무장으로 돌아온 종남파 고수들은 커다란 당혹감을 느껴야만 했다. 조금 전까지만 해도 청의방의 고수들만이 도열해 있던 연무장이 각양각색의 사람들로 가득 에워싸여 있었던 것이다. 그들은 대부분이 병장기를 소지한 무림인들이었고, 남녀노소가 뒤섞여 있어 특정한 방파의 소속은 아닌 듯 보였다.

"와아…… 종남파의 고수들이다!"

그들은 진산월 일행을 보고는 우렁찬 함성을 내질렀다.

좀처럼 냉정을 잃지 않던 동중산마저도 당황스러운 표정을 감추지 못했다. 마침 그들을 마중 온 청의방의 수석총관 서일명을 보자 동중산은 황급히 물었다.

"이게 어찌 된 일입니까?"

서일명은 태연스러운 음성으로 대꾸했다.

"본 방과 종남파가 비무를 벌인다는 소문이 알려지자 여남은 물론이고 이 일대의 무림인들이 모두 구경하기를 간절히 원했소. 본 방의 방주께서 이를 승낙하시어 사람들이 몰려든 것이니 신경 쓰지 않아도 되오."

동중산은 어이가 없다는 듯 언성이 높아졌다.

"이게 어떻게 신경 쓰지 않을 일이란 말이오? 이런 일을 하려면 적어도 사전에 우리와 상의라도 해야 하는 거 아니오?"

서일명의 눈초리가 싸늘하게 변했다.

"본 방에서 벌어지는 비무에 본 방이 자발적으로 연무장을 공개하는 일조차 다른 문파의 승낙을 받아야 한다는 말이오?"

동중산은 더 말을 해 보았자 아무 소용이 없음을 깨닫고 입을 다물었다. 이미 일은 저질러졌는데 뒤늦게 왈가왈부해 보았자 모양새만 이상해질 뿐이었다.

연무장 주위는 이미 흥분한 사람들의 고함 소리와 격정에 가득 찬 시선이 어우러져서 뜨거운 열기가 뿜어 나오고 있었다. 모르는 사람이 보았다면 사전에 무슨 커다란 집회라도 계획된 줄 알았을 것이다.

'사전에 계획되긴 한 셈이군. 청의방에서 일방적으로 계획한 것이긴 해도 말이지.'

동중산은 쓸쓸한 고소를 머금으며 진산월의 표정을 살폈으나, 진산월은 평상시와 전혀 달라진 바가 없었다. 전혀 흔들림 없는 진산월의 모습을 보고는 동중산은 이내 들끓었던 마음이 차분하게 가라앉는 것을 느꼈다.

동중산은 저런 점이야말로 진산월을 진산월답게 하는 것이라고 생각했다. 어떤 상황에서도 결코 흔들리지 않고 무리의 중심을 잡아 주는 것은 우두머리라면 반드시 가지고 있어야 할 필수 조건이었다. 하나 실제로 이런 조건을 갖추고 있는 사람은 쉽게 찾아보기 힘들었다.

진산월은 무공이 보잘것없던 시절에 감당하기 힘든 상황에서도 침착함을 잃지 않은 인물이었다. 몸과 마음이 모두 성장한 지금은 더 말할 나위도 없을 것이다.

종남파 인물들이 단상에 마련된 자리로 올라가자 관중들의 흥분은 최고조에 달해 여기저기서 고함 소리가 연거푸 터져 나왔다.

"저 사람이 바로 일검에 구름을 일으킨다는 진산월이다. 그 유명한 대종남파의 장문인이다!"

"신검무적 일검운해!"

일부는 종남파 만세를 외치기도 했다.

중인들의 열렬한 환호에 종남파 사람들은 어안이 벙벙하면서도 그다지 싫은 기분은 아니었다. 하나 그만큼 부담이 되는 것도 사실이었다. 그동안 몇 차례의 비무가 있기는 했으나 이토록 많은 사람들이 지켜보는 곳에서의 비무는 처음이었다. 이런 상황에서의 패배는 생각도 하기 싫은 것이었다.

단상에는 조금 전에 보았던 청의방의 수뇌들이 모두 자리하고 있었고, 곽존해의 옆으로 새롭게 세 명의 노인들이 단정한 자세로 앉아 있었다.

세 노인 모두 하얀 백발에 푸른 학창의를 입고 있었는데, 이목이 청수하고 눈빛이 맑아서 속세와는 어울리지 않는 선인(仙人)들을 보는 것 같았다. 단상으로 올라온 뇌일봉이 그 노인들을 보고는 반색을 하며 성큼성큼 그들에게 다가가더니 정중하게 포권을 했다.

"세 분 선배께서는 별래무양하신지요?"

세 노인 중 가운에 앉은, 이마에 작은 점이 있는 노인이 온화하게 웃었다.

"자네를 이곳에서 보게 될 줄은 몰랐군. 몸이 불편하다는 소식을 들었는데 이제 쾌차한 것인가?"

"아직은 염라대왕이 부를 때가 아니었나 봅니다. 그나저나 세 분께서는 오대산(五臺山) 선운봉(仙雲峰)에서 신선 같은 생활을 즐기시고 계실 줄 알았는데 여기까지는 어인 일이신지요?"

"친우의 초대를 받고 호북성 쪽으로 가다가 이곳을 지나게 되었네. 예전에 안면이 있던 곽 방주가 마침 비무의 참관인을 부탁하기에 승낙을 했는데, 자네가 종남파 고수들과 동행을 하고 있는 줄은 미처 알지 못했군."

뇌일봉은 약간은 수척한 얼굴에 한 줄기 웃음을 매달았다.

"많지 않은 친우 중에 한 명이 마침 종남파의 전대 장문인이었는지라 오래전부터 이들과는 친족처럼 가깝게 지내고 있습니다."

"그렇군. 자리에 앉게."

뇌일봉이 착석하자 세 노인의 시선이 진산월에게로 향했다.

물처럼 맑은 세 개의 시선이 진산월의 얼굴을 구석구석 스치고 지나가더니 이내 부드러운 미소를 그려 냈다.

"정말 범상치 않은 기도로군. 우리는 하삭삼은이라는 별 볼 일 없는 노인네들일세. 자네가 바로 종남파의 장문인인 진산월인가?"

진산월은 그들을 향해 정중하게 포권을 했다.

"진모가 하삭삼은 선배님들을 뵙니다."

진산월이 비록 일파의 장문인 신분이라고 해도 하삭삼은의 강호에서의 명성이나 배분이 워낙 높아서 공대를 하지 않을 수 없었다. 하삭삼은은 가장 나이가 어린 선유농학(仙遊弄鶴) 구조홍(具照虹)조차 칠십이 훨씬 넘었을 정도로 나이가 많았고, 자연히 배분도 대문파의 장로보다 반 배가 높았다. 특히 가장 연장자인 풍설무진(風雪無盡) 육장청(陸長靑)은 구십에 가까운 고령이어서, 강호의 최고 어른인 환우삼성(寰宇三聖)과 비슷한 연배였다.

이마에 점이 있는 노인이 바로 하삭삼은의 첫째인 육장청이었다. 육장청은 주름 가득한 노안에 엷은 미소를 지으며 고개를 끄덕였다.

"자네의 명성은 익히 들어서 알고 있네. 강호에서 좀처럼 보기 드문 희대의 검객이 나타났다고 해서 그렇지 않아도 호기심에 좀이 쑤셨던 참일세. 오늘 자네의 솜씨를 볼 생각을 하니 벌써부터 가슴이 설레는군."

"부족한 실력으로 공연히 세 분의 눈을 어지럽히지 않을까 걱정이 되는군요."

"허허…… 그럴 일은 없을 것 같군. 비무의 규칙은 간단하네. 독을 사용해서는 안 되며, 암수(暗手)를 써서도 안 되네. 하지만 암기는 허용이 되며, 어느 한쪽의 우열이 분명하게 판가름 나면 우리가 비무를 중지시키겠네. 어떤가?"

"좋습니다."

"그나저나 올 사람이 모두 온 것 같으니 이제 슬슬 시작하는 게 어떻겠는가? 벌써 오후 해가 조금씩 지고 있으니 말일세."

곽존해가 진산월을 향해 당당한 음성을 내뱉었다.

"본 방은 준비가 되었소. 종남파는 어떠시오?"

"우리도 괜찮소."

곽존해는 날카로운 눈으로 진산월을 응시하다가 이내 입가에 의미를 알 수 없는 미소를 매달았다.

"그럼 시작합시다."

이어 그는 자리에서 일어나 주위를 한 차례 훑어보았다. 그러자 시장 바닥처럼 소란스러웠던 장내가 쥐 죽은 듯 조용해졌다. 이것만 보아도 여남에서 그의 위세가 어떠한지 여실히 알 수 있었다.

곽존해는 만족스러운 미소를 지으며 천천히 입을 열었다.

"본 방과 종남파와의 비무를 시작하겠소. 출전자는 각파에서 다섯 명씩 나오게 되며, 비무의 방식은 이긴 자가 패할 때까지 계속 싸우는 연승식이오. 강호에서 명망이 높은 하삭삼은 세 분을 참관인으로 모셨으니 이분들이 비무의 판정에 대해 공평한 심사를 해 주실 거요."

그제야 중인들 사이에서 요란한 함성이 터져 나왔다.

"와아!"

"그럼 비무를 시작하겠소. 연 호법(燕護法)은 앞으로 나오게."

단상에 있던 청의방 고수들 중 비쩍 마른 체구의 중년인이 날렵한 신법으로 연무장의 중앙으로 내려섰다. 그의 표홀한 신법을 보자 중인들은 흥분에 가득 찬 환성을 내질렀다.

"와아! 비영무궁(飛影無窮)이다."

중년인은 주위를 향해 포권을 한 후 종남파 고수들을 쳐다보았다. 누가 나와도 거리낄 것이 없다는 듯 자신에 찬 모습이었다.

진산월의 시선이 전흠에게로 향했다. 전흠은 진산월이 말하기도 전에 이미 연무장을 향해 신형을 날리고 있었다. 그 화급한 모습에 뇌일봉은 나직이 혀를 찼다.

"쯧. 저 성미는 영락없이 제 할아버지를 닮았군."

중년인은 전흠을 한 차례 훑어보더니 약간은 거만한 표정으로 말했다.

"나는 청의방 삼대호법 중 인자호법(人字護法)인 비영무궁 연소명(燕召命)이라고 하네. 자네의 이름은?"

전흠의 대답은 짤막했다.

"종남파의 전흠이오."

"처음 듣는 이름이군. 별호는 없나?"

자신을 무시하는 듯한 연소명의 말에 전흠의 눈꼬리가 꿈틀거렸다.

"궁금하면 알아보시오. 아니면 새로 하나 지어 주든가."

연소명의 입가에 냉막한 미소가 떠올랐다.

"흐흐…… 별호도 없는 애송이와 다투게 생겼군. 종남파라고 해서 잔뜩 기대를 했는데 오늘 일진이 별로 좋지 못한 것 같구나."

"그 일진을 정말 사납게 만들어 주지."

연소명의 거듭된 놀림에 격분했는지 전흠은 사전 예고도 없이 장검을 뽑았다.

창!

날카로운 검명과 함께 시퍼런 검광이 번뜩이자 연소명의 신형이 한 차례 흔들거리더니 옆으로 이 장 떨어진 곳에 나타났다. 그야말로 귀신이 무색할 신법이 아닐 수 없었다.

하나 그것은 시작에 불과했다.

일단 검을 뽑게 되자 전흠은 두 눈을 무섭게 번뜩이며 연소명을 향해 질풍처럼 달려들어 빗발치는 듯한 검광을 뿌려 댔다. 그 기세가 어찌나 살벌했던지 주위에서 지켜보고 있던 중인들이 놀란 경호성을 터뜨릴 정도였다. 금시라도 연소명의 전신을 난도질할 듯 사방을 휘몰아치는 검광이 자신들에게 날아오는 듯한 착각이 들었던 것이다.

시작하자마자 맹렬한 기세로 연소명을 몰아치고 있는 전흠을 보고 사람들이 역시 종남파의 고수답다고 탄성을 내질렀으나, 동중산의 표정은 오히려 무겁게 굳어졌다.

"전 사숙께서 상대의 도발에 흥분하여 처음부터 무리하시는 게 아닐까 걱정이 됩니다."

진산월은 조용한 눈으로 그를 돌아보았다.

"그렇게 보이느냐?"

"연소명은 청의방의 천지인 삼호법(三護法) 중 서열은 세 번째에 불과하지만 신법이 뛰어나고 심기가 깊어서 상대하기에는 가장 까다로운 인물입니다. 전 사숙께서 자칫 그를 경시하셨다가는 의외의 고전을 하실지도 모릅니다."

"네가 그렇게 봤다면 그들도 그렇게 생각하겠지."

"예? 그게 무슨 말씀이십니까?"

"전흠은 겉으로는 투박하고 성격이 거친 것 같아도 싸움에 임해서는 누구보다도 진지한 사람이다. 상대의 사소한 말장난에 흔들리거나 상대를 무시하는 일 따위는 하지 않는단 말이지. 전흠이 처음부터 맹공을 펼치는 것은 상대의 신법이 자신보다 뛰어나다고 판단했기 때문이다. 상대에게 마음 놓고 신법을 펼칠 수 있는 여유를 주지 않기 위해 전흠은 나름대로 최선을 다하고 있는 것이다."

"아!"

"문제는 네 말대로 연소명의 신법이 예상보다 뛰어나다는 것이다. 전흠의 검을 저토록 쉽게 피하는 자는 좀처럼 보지 못했다. 이번 싸움은 아무래도 누가 먼저 지치느냐 하는 것이 관건이 될 것 같구나."

동중산은 새삼스러운 눈으로 비무가 벌어지고 있는 연무장으로 시선을 돌렸다.

전흠은 마치 선불 맞은 멧돼지처럼 무서운 기세로 연소명을 몰아치고 있었다. 사방이 온통 그가 뿌려 대는 검광에 휩싸여 사람의 모습은 제대로 보이지도 않을 정도였다.

그에 비해 연소명의 신형은 마치 허깨비처럼 검광과 검광 사이로 조금씩 보일 뿐이었다. 그런데 그 신법이 어찌나 표홀하고 영활한지 전흠의 가공할 검광 사이에서도 옷자락만 몇 군데 잘렸을 뿐 몸에는 작은 상처 하나 나지 않았다.

지금 연소명이 펼치고 있는 것은 무궁무종보(無窮無綜步)라는 것으로, 이름 그대로 보법의 변화가 무궁무진하여 움직임이 끝도 없이 이어져서 마침내는 종적조차 제대로 찾기 어려운 상승(上乘)의 절학이었다. 연소명은 이 무궁무종보와 비영추풍신법(飛影追風身法)만으로 청의방의 호법 자리에 올랐거니와, 특히 임기응변에 능하고 성격이 냉정해서 남과의 싸움에서 좀처럼 손해를 보지 않았다.

전흠은 처음에는 천하삼십육검을 위주로 초식을 펼치다가 연소명의 보법이 생각보다 훨씬 대단한 것을 알고는 이내 성라검법으로 변화시켰으나 좀처럼 우세를 점하지 못했다.

순식간에 백여 초가 지나갔다. 전흠은 여전히 폭풍 같은 검초를 퍼붓고 있었고, 연소명 또한 반격은 생각도 하지 않고 계속 이리저리 신형을 움직여 검광 속을 누비고 있었다.

동중산은 전흠의 얼굴이 땀으로 범벅이 되어 있는 것을 보고는 가슴이 덜컥 내려앉았다.

'아무래도 전 사숙의 체력이 생각보다 많이 소진되어 가는 것 같은데…… 이러다가는 설사 승리한다 해도 다음의 비무를 치르기에는 힘들지 않을까?'

연소명이 반격을 하지 않고 피하기만 하는 것도 신경에 거슬렸다. 아무리 전흠의 공격이 매섭다고 해도 몸에 상처 하나 입지 않고 피할 수 있다는 건 반격을 가할 충분한 여지가 있다는 의미였다. 그런데도 연소명은 피하는 일에만 매진하기로 결심한 사람처럼 허리춤에 매달린 장검을 뽑을 생각도 하지 않았다.

아무리 신법이 뛰어나다고 해도 이런 식으로 피하기만 해서는 비무에서 승리할 수 없는 법이다. 당장 구경을 하던 군웅들 중에서도 연소명의 행동에 대해 이런저런 비난의 소리가 흘러나오기 시작했다.

동중산은 연소명의 행동을 어떻게 해석해야 할지 궁리하고 있다가 퍼뜩 스치는 생각이 있었다.

연소명의 검법은 경이적일 정도로 뛰어난 보법이나 신법에 비하면 아무래도 손색이 있었다. 그가 만약 무리하게 반격을 가했다면 오히려 보법에 허점을 노출시켜 낭패를 당하게 될지도 모른다.

그렇다면 연소명은 계속 이런 식으로 피해서 전흠의 체력을 떨어지게 하여 역전의 기회를 노리는 것일까?

'어쩌면 연소명의 목적은 당장의 승리보다는 전 사숙의 체력을 바닥나게 하는 것일지도 모르겠구나. 전 사숙이 특별한 돌파구를 찾지 않는 한 이번 싸움은 예상보다 훨씬 힘들 것 같구나.'

동중산의 우려를 입증이라도 하듯 전흠의 검이 조금씩 느려지기 시작했다. 그런데 어찌 된 일인지 연소명의 얼굴에는 조금 전과는 다른 당혹스러운 표정이 스치고 지나갔다. 검의 속도가 떨어지는 대신에 시퍼런 검기가 줄기줄기 흘러나왔던 것이다.

찌익!

연소명의 옆구리 부근 옷자락이 찢어지며 그의 옆구리에서 처음으로 핏자국이 내비쳤다. 조금 전이었다면 단순히 옆구리의 옷만 조금 잘려 나갔을 텐데 검기가 워낙 강력해서 피부까지 베인 것이다.

연소명의 몸도 땀으로 흠뻑 젖은 지 오래였다. 아무리 보법이 뛰어나다고 해도 이토록 강력한 검광 속을 이백초에 가깝게 피해 다니는 것은 심력(心力)을 막대하게 소모하는 것이었다. 게다가 전흠의 검에서 검기가 흘러나오자 연소명으로서는 더욱 위험을 느끼지 않을 수 없었다.

'이놈은 지치지도 않는단 말인가?'

대부분의 고수들은 자신의 보법에 지레 놀라 기세가 꺾이거나 무리하게 무공을 펼치느라 진력이 바닥나서 제풀에 나가떨어지기 마련인데, 전흠은 오히려 시간이 갈수록 더욱 무섭게 검을 휘둘러 대고 있었다.

지금도 무질서하게 그어 대는 검기의 다발이 연소명의 상반신을 맹렬하게 압박해 들어왔다. 성라검법 중의 절초인 낙성빈분이라는 초식이었는데, 연소명의 눈에는 시퍼런 검기의 그물이 허공에서 자신의 머리 위로 떨어져 내리는 것 같았다. 그 검기에 한 가닥이라도 격중되었다가는 팔다리가 무 조각처럼 잘려 나갈 것이 분명했다.

연소명은 무궁무종보 중의 무궁연운(無窮煙雲)을 펼쳐 허공으로 신형을 날렸다. 그의 몸이 마치 한 가닥 연기처럼 흐릿한 잔상을 남기며 전흠의 머리 위로 날아올랐다.

팟팟!

그 와중에 연소명의 양쪽 어깨가 검기에 스쳐 피투성이가 되었으나, 연소명은 이를 악물어 고통을 눌러 참으며 전흠의 머리를 뛰어넘어 그의 뒤로 내려섰다. 그의 눈에 전흠의 뒷등이 송두리째 들어왔다. 여기서 검을 앞으로 내찌르기만 해도 전흠에게 치명적인 일격을 가할 수 있을 것이다.

하나 연소명은 검을 찌르기는커녕 오히려 몸을 뒹굴듯 공중회전을 하며 뒤로 날아가는 것이었다.

그 순간, 전흠의 몸이 무섭게 선회하며 눈부신 검광 한 가닥이 조금 전까지 연소명이 서 있던 공간을 휩쓸고 지나갔다. 연소명의 동작이 조금만 느렸어도 그 검광에 허리가 두 동강이 나고 말았을 것이다.

방금의 일식은 성라검법 중의 성이두전이라는 것으로, 등 뒤의 상대를 단숨에 쓰러뜨리는 무서운 초식이었다. 연소명이 이 살인적인 초식을 피할 수 있었던 것은 순전히 그의 풍부한 경험과 순간적인 임기응변 때문이었다. 자신이 너무 쉽게 전흠의 뒤를 잡았다는 생각이 들자마자 거의 무의식적으로 몸을 피했던 것이다.

공중회전을 하던 연소명의 몸이 채 바닥에 내려서기도 전에 전흠은 재차 그를 향해 돌진해 들어갔다. 거친 숨을 몰아쉬면서도 이글거리는 눈으로 연소명을 쏘아본 채 검을 휘두르는 전흠의 모습은 그야말로 성난 늑대를 보는 것 같았다.

연소명의 두 발이 허공에서 정신없이 춤을 추며 그의 신형이 다시 허공으로 솟구쳐 올랐다. 회전을 하던 상태에서 몸을 멈추지도 않고 두 발만을 움직여 허공으로 오르는 것은 그야말로 눈으로 보고도 믿을 수 없는 광경이었다. 동중산조차도 놀라 탄성을 터뜨리지 않을 수 없었다.

"대단하구나!"

하나 그 순간 전흠의 신형이 그보다 더 높이 뛰어오르더니 위에서 아래로 화살처럼 내리꽂히는 것이었다. 시퍼런 검광이 번득이며 외마디 신음성이 터져 나왔다.

"큭!"

중인들이 놀라 보니 허공으로 솟구쳐 올랐던 연소명의 몸이 바닥에 떨어진 채 나뒹굴고 있었고, 전흠의 검이 그의 앞가슴에 꽂혀 있었다.

전흠은 그의 가슴을 찔렀던 검을 뽑았다.

팟!

핏줄기가 뿜어 나왔으나, 의외로 연소명의 상처는 그리 깊지 않았다. 전흠의 검은 피육만을 살짝 뚫고 들어갔던 것이다.

전흠은 검을 거둔 채 광망이 이글거리는 눈으로 연소명을 쏘아보았다.

"별호도 없는 애송이한테 진 기분이 어떤가? 정말 일진 한번 더럽지?"

연소명의 얼굴이 여러 차례 변했다. 자신의 조카뻘밖에 되지 않은 전흠에게 패한 데다 모욕적인 말을 듣자 분기를 참기 힘들었던 것이다.

하나 패자(敗者)가 무슨 말을 할 수 있겠는가?

"이번 비무는 종남파의 승리요."

육장청의 선언에 그제야 중인들은 환호성을 내질렀다.

"와아! 최고다!"

"종남파의 이름 없는 고수가 비영무궁을 꺾었다."

"이 사람아, 이름이 없긴…… 서안에서는 폭뢰검 하면 울던 아이도 울음을 멈춘다고 하네."

"아니, 왜?"

"성격이 불같은 데다 검법마저 난폭해서 그렇다고 하더군."

"폭뢰검이라…… 정말 딱 어울리는 별호로군."

사람들의 흥분된 고함과 박수 소리가 한동안 연무장을 뒤흔들었다.

그 우레와 같은 환호성을 들으며 연무장의 중앙에 우뚝 서 있는 전흠의 사정은 사실 그리 좋지 않았다. 연소명의 보법은 그가 지금까지 상대했던 어떤 고수보다도 뛰어난 것이었다. 그 보법을 따라잡느라 전력을 다해 이백여 초를 퍼부었으니 아무리 강철 같은 체력을 지닌 그일지라도 피곤함을 느끼지 않을 수 없었다.

땀에 흠뻑 젖어 찰싹 달라붙은 무복 사이로 그의 건장한 앞가슴이 세차게 뛰고 있는 광경이 여실히 드러나 보였다. 하나 그 모습은 추레하기보다는 오히려 보는 이의 마음을 뜨겁게 만드는 무인다운 강렬함을 진하게 느끼게 했다.

군웅들의 환성이 잦아들 즈음, 청의방에서 다시 한 명의 인물이 그의 앞으로 다가왔다.

그는 체구가 건장하고 손에 커다란 안령도(雁翎刀)를 든 텁석부리 장한이었다. 텁석부리 장한은 성큼성큼 전흠에게 다가오더니 이내 이를 드러내며 씨익 웃는 것이었다.

"멋진 검법이었네. 마지막 초식은 무어라고 하는 건가?"

"괴성척두(魁星剔斗)요."

"괴성척두라…… 정말 위력에 어울리는 이름이군. 멋진 초식을 보여 준 답례로 이번에는 내 칼솜씨를 맛보게 해 주겠네. 어떤가, 지금 싸울 수 있겠나?"

"당연히."

전흠이 조금도 주저하지 않고 고개를 끄덕이자 텁석부리 장한은 굵은 손가락으로 자신의 가슴을 가리켰다.

"나는 장호(張豪)라는 사람이네. 청의방에서 천자호법(天字護法)을 맡고 있지."

그는 오른손에 들고 있는 안령도를 왼손으로 부드럽게 쓰다듬었다.

"나는 다른 재주는 보잘것없고, 평생을 오직 이 칼 한 자루에 의지해 살아왔네. 이 칼의 이름은 염왕(閻王)이고, 내가 익힌 도법은 초혼십팔도(招魂十八刀)일세. 그래서 사람들은 나를 염왕초혼(閻王招魂)이라고 부르지. 자네는 올해 들어 내 염왕도에 쓰러진 열다섯 번째 인물이 될 걸세."

전흠의 입꼬리에 냉랭한 미소가 내걸렸다.

"말 많은 자치고 실속 있는 자를 보지 못했소. 쓸데없는 헛소리는 집어치우고 어서 그 염왕인지 뭔지 하는 칼을 뽑으시오."

텁석부리 장한, 장호는 호탕한 웃음을 터뜨렸다.

"크하하…… 좋아, 무인이라면 말보다는 실력으로 자신을 나타내는 법이지."

그는 주저하지 않고 안령도를 칼집에서 뽑아 들고 전흠을 향해 겨누었다.

단순히 칼을 쳐들기만 했는데도 장호의 기도가 몰라보게 달라졌다. 미소를 짓고 있던 얼굴은 냉막한 기운으로 뒤덮였고, 전신에서 날카로운 기운이 구름처럼 피어올랐다. 그의 몸 전체가 예리한 칼날로 변해 버린 것 같았다.

전흠 또한 수중의 장검을 힘주어 움켜잡은 채 불타는 눈으로 장호를 뚫어지게 응시하고 있었다. 두 사람이 뿜어내는 기도가 어찌나 살벌했던지 방금 전까지도 시끌벅적했던 장내가 바늘 떨어지는 소리도 들을 수 있을 만큼 조용해졌다.

"꿀꺽……."

누군가의 침 삼키는 소리가 유난히 크게 들려왔다.

그 순간, 두 사람의 신형이 서로를 향해 무서운 속도로 움직이기 시작했다.

차차창!

검과 도가 부딪치는 음향이 고막을 찢을 듯 쉴 사이 없이 터져 나오는 가운데 연무장은 삽시간에 검풍과 도영에 휩싸여 버렸다.

동중산은 안력을 돋우어 장내의 격전을 지켜보았으나 두 사람의 신형이 워낙 빠르고 격전이 치열하여 도무지 누가 우세한지 짐작조차 할 수 없었다. 할 수 없이 그는 진산월을 향해 조심스러운 음성으로 물었다.

"전 사숙은 어떻습니까?"

의외로 진산월의 음성은 무겁게 가라앉아 있었다.

"좋지 않다."

동중산의 표정 또한 덩달아 무거워질 수밖에 없었다.

"어느 정도입니까? 제 안력으로는 도저히 현재의 상황을 파악하기 힘들군요."

"속도는 전흠이 더 빠르지만 힘에서 장호에게 조금씩 밀리고 있다. 전흠의 몸 상태로 보아 그의 속도는 앞으로 점차 느려질 것이 뻔하니 시간이 흐를수록 그가 불리할 수밖에 없다."

"염왕초혼 장호의 칼이 무섭다는 소문은 많이 들었지만 전 사숙의 실력으로 당해 내지 못하지는 않으리라고 생각했는데, 아무래도 조금 전에 연소명과의 비무에서 너무 힘을 뺀 게 아닌가 싶습니다."

"연소명은 이것을 노리고 비무를 장기전으로 끌고 간 모양이다."

동중산은 억지로 미소 지었다.

"설사 전 사숙께서 패한다 할지라도 낙 사숙이라면 충분히 장호를 감당할 수 있으실 겁니다."

진산월은 고개를 저었다.

"내가 걱정하는 건 전흠이 패하는 것이 아니다."

"예?"

"단순히 비무의 일승을 위해서 청의방이 이런 술수를 부렸다면 괜찮으나, 나는 비무의 승리만이 아닌 또 다른 무언가를 노리고 있는 게 아닌가 하는 불안한 생각이 드는구나."

"그게 무엇입니까?"

진산월은 평소의 그답지 않게 살짝 눈살을 찡그렸다가 이내 평정을 회복했다.

"내가 너무 넘겨짚은 것일까? 청의방에서 그렇게까지 할 이유는 없을 텐데……."

그가 혼잣말처럼 중얼거리자 동중산은 외눈을 번쩍 치켜떴다.

'장문인께선 무엇을 걱정하는 것일까? 비무의 승리 말고 청의방이 노릴 만한 것이 대체 무엇이란 말인가?'

진산월은 잠시 상념에 잠겨 있다가 격전장으로 시선을 돌렸다.

"어차피 잠시 후면 더욱 분명한 것을 알게 될 것이다. 전흠은 승부에 관한 한은 천부적인 소질을 가지고 있으니 그의 실력을 믿어 보도록 하자."

비무는 그야말로 승부를 전혀 예측할 수 없는 치열한 격전의 연속이었다. 전흠은 성라검법의 절초들을 쉴 사이 없이 펼쳐 내고 있었고, 장호 또한 자신이 자랑하는 초혼십팔도로 조금도 물러서지 않고 맞서고 있었다. 전흠의 검이 한 줄기 유성(流星)처럼 무서운 속도로 장호의 가슴팍을 노린다 싶으면, 어느새 장호의 안령도가 괴이한 궤적을 그리며 전흠의 옆구리로 파고들었다.

하나 시간이 흐를수록 서서히 우열이 판가름 나고 있었다. 간혹 그들의 검과 도가 부딪칠 때마다 귀청이 떨어지는 듯한 파열음이 터져 나왔는데, 그때마다 조금씩 전흠의 신형이 흔들렸다.

장호의 초혼십팔도에는 색혼경(索魂勁)이라는 기이한 경력이 담겨 있어서 상대의 병기와 염왕도가 부딪치는 순간 색혼경의 경력이 병기를 진동시켜 상대의 경맥을 뒤흔들게 된다. 이런 충격이 누적되면 상대는 자신도 모르는 새 치명적인 상태에 빠지게 되는 것이다.

 전흠은 시간이 갈수록 검을 든 팔이 무거워지고 자신의 몸 상태가 나빠지는 것을 알아차렸다. 이미 연소명과의 비무로 진력을 상당히 허비한 그로서는 장호의 염왕도에서 흘러나오는 색혼경의 위력에 점차로 수세에 몰릴 수밖에 없었다. 그는 이런 상태로 가다가는 자신이 필패(必敗)할 수밖에 없다는 것을 알고 이를 악물었다.

 종남파의 비무행이 어떠한 의미를 지니고 있는지를 누구보다도 잘 알고 있는 전흠이었다. 그 안에는 자신의 조부의 이십 년에 걸친 피와 땀과 눈물이 담겨 있었다. 이제 겨우 그 여정의 첫걸음을 떼었을 뿐인데 자신으로 인해 일을 그르칠 수는 없었다.

 전흠의 검법이 갑자기 거칠게 변했다. 수비는 도외시한 채 무모할 정도로 공격 일변도로 나가는 것이다. 그 바람에 그의 검법의 곳곳에 허점이 드러났지만, 장호는 쉽사리 그 허점을 파고들지 못했다. 살을 주고 뼈를 깎겠다는 의도가 뻔히 보이는데 무작정 달려들 수는 없었던 것이다.

 '누가 살을 주고 누가 뼈를 깎는지는 아무도 모르는 일이지.'

 장호는 두 눈에 날카로운 광망을 번뜩이며 안령도를 풍차처럼 세차게 휘둘렀다. 그것은 괴이한 변화를 일으켜 상대의 시야를 현혹하던 지금까지의 도법과는 판이한 것이었다. 이것이 바로 초혼십팔도 중에서 가장 무서운 세 초식 중 하나인 사향탈혼(四向奪魂)이었다. 삽시간에 사방이 온통 칼 그림자에 휘감겨 버렸다.

 까까깡!

전흠의 검과 안령도가 수십 번이나 맹렬하게 부딪치더니 전흠의 신형이 처음으로 휘청거리며 뒤로 물러났다. 비록 한 걸음에 불과 했으나 전흠이 처음으로 분명한 약세를 드러낸 것이다. 그의 소맷자락은 이미 도기에 갈가리 찢겨 맨 팔뚝이 그대로 드러나 보였다. 어찌나 검을 세게 움켜잡고 있는지 팔뚝에 시퍼런 핏줄이 지렁이처럼 여기저기에 튀어나와 있는 모습이 유난히 시선을 끌었다.

장호의 안령도가 다시 허공으로 튀어 올랐다가 뒤집히더니 더욱 빠른 속도로 떨어져 내렸다. 그와 함께 시퍼런 도기가 아직도 비틀거리고 있는 전흠의 관자놀이를 쪼갤 듯 가공할 기세로 날아들었다. 바로 추혼낙백(追魂落魄)의 일식이었다.

누가 보기에도 전흠의 머리통이 안령도에 그대로 갈라져 뇌수를 뿌려 댈 것만 같았다.

"아앗!"

여기저기서 놀란 경호성이 터져 나오는 순간, 비틀거리고 있던 전흠의 신형이 벼락이라도 맞은 것처럼 그 자리에 쓰러져 버렸다. 아니, 엄밀히 말하면 쓰러진 것이 아니라 전흠의 몸이 장호의 발을 향해서 던져졌다고 해야 옳을 것이다.

장호의 수염이 가득한 얼굴이 핼쑥하게 굳어졌다.

자신의 발을 향해 쓰러지던 전흠의 신형이 뒤집히며 바닥에서 자신의 목을 향해 한 가닥 검기가 무서운 속도로 솟구쳐 올라왔던 것이다. 이것은 완전히 상궤(常軌)를 벗어난 수법으로, 강호에서 남과 싸운 경험이 풍부한 장호로서도 전혀 예상치 못했던 놀라운 초식이었다. 전흠이 순간적인 임기응변으로 남해삼십육검 중의 절초인 해저발침(海底發針)에 성라검법의 비폭성류(飛暴星流)를 연계한 것이다.

장호의 두 눈에 악독한 빛이 어른거리더니 아래로 내려치는 안령도의 속도가 더욱 빨라졌다.

팟!

"크윽!"

"윽!"

아래에서 위로 솟구쳐 오르는 검광과 위에서 아래로 떨어지는 도기가 서로 교차하며 짤막한 비명이 연거푸 흘러 나왔다.

전흠은 가슴에 일도를 맞고 피를 뿌리며 쓰러졌다. 장호 또한 무사한 것은 아니었다. 그의 옆구리에는 전흠의 장검이 깊숙이 꽂혀 있었다.

중인들은 느닷없이 벌어진 참변에 놀라 아무도 입을 열지 못했다. 비무가 치열하긴 했으나, 설마 눈 깜빡할 사이에 두 사람이 양패구상(兩敗俱傷)하게 되리라고는 누구도 짐작하지 못했던 것이다. 더구나 한 사람은 가슴이 갈라지고 한 사람은 검에 옆구리가 관통당했으니 언뜻 보기에는 두 사람 모두 당장 죽는다 해도 이상하지 않을 치명적인 부상을 입은 셈이었다.

동중산이 황급히 연무장으로 달려와 전흠의 상세를 살피고는 안도의 한숨을 내쉬었다.

비록 가슴이 갈라져 상반신이 온통 피투성이가 되긴 했으나, 전흠의 숨은 끊어지지 않았던 것이다. 동중산은 재빨리 지혈(止

血)을 하고는 금창약을 꺼내 전흠의 상처에 골고루 발라 주었다.

청의방에서도 몇 사람이 나와서 장호의 상처를 살피고 있었다.

장호는 자신을 부축하려는 사람의 손을 뿌리치고는 자신의 옆구리에 꽂혀 있는 장검을 잡더니 힘주어 뽑아 버렸다. 덕분에 핏물이 분수처럼 뿜어 나왔으나, 장호는 인상 한번 찡그리지 않고 뽑아낸 장검을 동중산에게 내밀었다.

"좋은 승부였다고 전해 주시오."

동중산은 그의 손에서 검을 건네받으며 고개를 끄덕였다.

"꼭 전해 드리겠소."

그제야 장호의 신형이 크게 휘청거렸다. 두 사람이 양옆에서 그를 부축하지 않았다면 그는 보기 흉한 자세로 바닥에 나뒹굴고 말았을 것이다. 장호는 두 사람의 부축을 받으면서도 끝끝내 자신의 두 발로 연무장을 벗어났다.

동중산은 전흠이 비록 의식을 잃었으나 생명에는 지장이 없는 것을 확인하고는 그의 몸을 안고 종남파의 자리로 돌아왔다.

"상처가 깊기는 했으나 천만다행으로 심장까지 미치지는 못했습니다. 하지만 상처가 아물 때까지는 남과 싸우기는커녕 무공을 펼치지도 못할 것 같습니다."

진산월은 전흠의 상세를 살피고는 안도의 표정을 지었다.

"태을신공의 화후(火候)가 깊어서 다행히 주요한 경맥이 다치지 않았구나. 그러지 않았다면 살아난다고 해도 완치까지 오랜 시간이 걸렸을 것이다."

낙일방이 가까이 다가와서 전흠을 보고는 무거운 표정으로 입을 열었다.

"전 사형은 그자의 목을 꿰뚫을 수 있었는데도 일부러 옆구리를 찌르는 데 그쳤습니다. 그런데도 그자는 전 사형의 심장을 정면으로 노렸습니다. 청의방에서는 단순한 비무가 아닌 사생결단을 원하는 모양입니다."

"나도 그러지 않을까 염려하긴 했다만 아무래도 청의방은 우리와 다른 생각을 가지고 있는 것 같구나."

낙일방의 얼굴에 결연한 표정이 떠올랐다.

"그들이 그것을 원한다면 그렇게 해 주겠습니다. 본 파의 피를 보기 위해서는 어떠한 대가를 치러야 하는지 분명하게 보여 주겠습니다."

평소와는 다른 낙일방의 모습에 동중산이 불안한 얼굴인 반면 진산월은 묵묵히 고개를 끄덕일 뿐이었다.

제 213 장
살기충천(殺氣衝天)

제213장 살기충천(殺氣衝天)

참관인석에 있던 하삭삼은 세 사람이 무언가를 상의하더니 육장청이 자리에서 일어나 주위를 향해 입을 열었다.

"이번 비무는 두 사람이 양패구상을 하고 말았소. 부상의 정도는 종남파의 고수가 조금 더 심하지만, 그가 마지막 순간에 손길을 늦춘 것을 감안하여 무승부로 하겠소."

중인들은 술렁거렸으나 특별히 반대하는 목소리는 나오지 않았다.

심지어 청의방에서도 이의를 제기하지 않는 모습이었다.

육장청은 청의방과 종남파를 차례로 바라보며 말을 이었다.

"무림의 비무에서 부상자가 나오는 것은 어쩔 수 없지만, 그래도 가급적이면 원만하게 일이 마무리되었으면 했는데 그 기대는 헛된 것이 되고 말았소. 아무쪼록 두 파에서는 가급적이면 살상

(殺傷)을 자제하도록 최대한 노력해 주었으면 하오."

청의방주 곽존해는 알았다는 듯 가볍게 고개를 숙이고는 이내 한 사람의 이름을 불렀다.

"최 당주. 이번에는 자네가 수고해 줘야겠네."

집혼당주 최력이 그를 향해 포권을 하고는 연무장으로 걸어 나왔다.

최력은 청의방의 최정예인 사당에서도 수석당주일 뿐 아니라 곽존해를 제외하고는 청의방 제일의 고수로 알려진 인물이었다. 그가 나오자 그를 알아본 군웅들이 기대에 찬 함성을 내질렀다.

"철수패왕이다!"

"이번에야말로 청의방이 가장 확실한 패를 꺼내 들었군."

"아무래도 그렇지 않겠나? 일무일패로 뒤지고 있으니 분위기를 반전시킬 필요가 있겠지."

낙일방은 중인들의 고함 소리를 들으며 천천히 자리에서 일어났다.

조금 전에 최력이 나왔을 때보다 더욱 큰 함성이 일어났다.

"와아! 옥면신권이다!"

"철수(鐵手)와 신권(神拳)이 맞붙게 되었다!"

사람들이 흥분에 차 소리를 지르든 말든 낙일방은 무표정한 얼굴로 최력의 앞까지 다가와서 몸을 멈춰 세웠다.

최력은 쭉 찢어진 눈에 음산한 안광을 번뜩였다.

"신검 대신에 신권이라…… 신검을 상대해 보고 싶었는데 아쉬운 대로 신권으로 만족하도록 하지."

낙일방은 아무 대꾸도 없이 품에서 묵룡갑을 꺼내어 양손에 끼었다. 몇 차례 손가락을 꼼지락거리던 낙일방은 최력을 향해 오른손 검지를 까닥거렸다.

그것을 본 최력의 얼굴에 언뜻 붉은 노기가 스치고 지나갔다. 나이로 보나 강호에서의 경력으로 보나 애송이에 불과한 낙일방이 하늘 같은 선배인 자신을 도발하고 있는 것이다.

'나를 도발하겠다고? 그렇다면 기꺼이 도발에 응해 주지.'

최력은 양손에 공력을 끌어 올린 채 싸늘한 눈으로 낙일방을 쏘아보았다.

먼저 몸을 움직인 것은 낙일방이었다. 낙일방은 최력이 자세를 잡자마자 그를 향해 일직선으로 곧장 달려들었다. 얼핏 보기에는 상대를 완전히 무시하는 행동 같았으나, 종남파 사람들만은 낙일방이 진짜 화가 난 상태라는 것을 알고 있었다. 천단신공을 익힌 후 심상수련을 게을리하지 않았던 낙일방에게서 좀처럼 볼 수 없는 모습이었다.

최력 또한 피하지 않고 자신의 유명한 철수를 들어 낙일방을 향해 일장(一掌)을 내갈겼다.

꽝!

낙일방의 주먹과 최력의 장력이 정면으로 부딪치며 폭음이 터져 나왔다.

세찬 경기가 사방으로 휘몰아쳤으나, 두 사람 중 누구도 물러나지 않았다. 낙일방은 오히려 더욱 빠르게 최력을 향해 돌진하고 있었고, 최력 또한 이번에는 그 자리에 있지 않고 낙일방의 우측을 노리고 신형을 움직이기 시작했다.

일단 움직이자 최력의 몸은 눈부시도록 빨랐다. 그의 비마보(飛魔步)는 단혈철수(丹血鐵手)와 함께 오늘의 그를 만든 최고의 절학이었다.

순식간에 최력은 낙일방의 오른쪽을 돌아 그의 옆구리 쪽으로 다가갔다. 불그스름한 색으로 물든 그의 손이 예리한 궤적을 그리며 낙일방의 늑골을 파고들었다.

낙일방은 최력이 움직인 방향으로 몸을 반쯤 돌며 그 기세를 살려 질풍 같은 이권을 내질렀다. 쌍봉관뢰(雙峯貫雷)는 낙뢰신권 중에서도 빠르고 강력하기로 손꼽히는 초식이어서 최력은 채 철수를 반도 내뻗기 전에 낙일방의 주먹을 맞닥뜨려야만 했다.

파팡!

두 번의 폭음이 거의 동시에 울리며 최력의 신형이 한 차례 휘청거렸다. 그때를 놓치지 않고 낙일방은 최력의 앞가슴으로 뛰어들며 주먹을 휘둘렀다. 뇌력천심(雷靂穿心)의 권세가 최력의 가슴을 꿰뚫을 듯한 기세로 날아들었다.

최력의 양쪽 어깨가 한 차례 흔들렸다. 그러자 그의 신형은 어느새 낙일방의 주먹을 피해 그의 옆으로 돌아서고 있었다. 그의 양손이 번갈아 가며 폭풍 같은 십여 장을 내갈겼다.

낙일방은 내뻗었던 주먹을 거두어들임과 동시에 오른손을 앞으로 내뻗었다. 그 수발이 어찌나 신속했던지 최력이 십여 장을 모두 내갈긴 순간에 낙일방의 장력 또한 최력의 코앞에 거의 도달해 있었다.

쾅!

 엄청난 굉음과 함께 최력이 주춤거리며 뒤로 물러났다. 놀랍게도 십여 장을 날린 최력이 단 일장만을 발출한 낙일방에게 열세를 보인 것이다. 낙일방의 옥뢰신장이 십성(十成)을 넘어서면서 비로소 본연의 위력을 발휘하고 있었다.

 최력의 얼굴이 자신도 모르게 살짝 찡그려졌다. 그의 손은 단혈철수를 익힌 후로 맨손으로 병기를 잡아도 멀쩡했는데, 지금은 상당한 통증이 느껴졌던 것이다. 그가 슬쩍 자신의 손을 내려다보니 양쪽 손 모두 여기저기에 베인 상처가 나 있었다. 단혈철수공의 특이점 때문에 피는 보이지 않았으나, 자신의 철수에 절대적인 자신감을 가지고 있는 최력으로서는 적지 않게 충격적인 일이었다.

 '저놈이 손에 칼날이라도 숨기고 있단 말인가?'

 최력은 날카로운 시선으로 낙일방의 손을 응시했으나 손가락이 훤히 드러나 보이는 검은 장갑 외에는 별다른 점을 찾을 수 없었다. 최력은 직감적으로 그 장갑에 무언가 묘용이 있음을 알아차리고 경각심을 늦추지 않았다.

 낙일방은 여전히 무표정한 얼굴로 최력을 향해 돌진해 들어왔다. 옥을 깎아 놓은 듯한 준수한 얼굴에 아무런 표정도 짓지 않고 오직 두 주먹을 앞세운 채 무모할 정도로 맹렬하게 공격을 가하는 그의 모습은 보는 이의 뇌리에 진한 인상을 남기는 것이었다.

 최력 또한 여기서 약세를 보였다가는 제대로 싸워 보지도 못하고 패하리라고 생각하고 전력을 기울여 단혈철수로 맞섰다. 한동안 두 사람은 조금도 물러서지 않고 미친 듯이 양손을 휘둘렀다.

손과 손이 마주치고 주먹과 주먹이 격돌하는 그 모습은 중인들을 열광시키기에 충분한 것이었다.

"와아…… 최고다!"

경탄성이 장내를 뒤흔드는 가운데 순식간에 두 사람은 삼십여 초를 주고받았다.

아무리 두 사람이 맨손 무공의 고수라고 해도 지금같이 가까운 거리에서의 박투(搏鬪)는 위험천만한 것이 아닐 수 없었다. 자칫 한순간이라도 실수했다가는 도저히 회복할 겨를도 없이 치명적인 상태에 빠지게 되는 것이다.

눈도 깜박거릴 수 없는 살벌한 순간이 계속되자 최력의 얼굴에 초조한 표정이 떠올랐다. 그는 자신의 나이의 절반에도 미치지 못하는 낙일방이 설마 정면으로 자신과 맞설 수 있는 내공을 지녔으리라고는 짐작도 못했다. 게다가 낙일방의 주먹에서는 끊임없이 괴이한 기운이 흘러나오고 있어서 단순히 스치기만 해도 피부가 갈라지는 형편이었다. 단혈철수를 익힌 상태가 아니었다면 그의 양손은 이미 피범벅이 되어 버렸을 것이다.

다시 이십여 초가 지나가자 마침내 최력은 결단을 내렸다. 이런 상태가 지속된다면 나이가 많은 자신이 젊은 낙일방의 체력을 감당하지 못할 것으로 판단한 것이다.

'할 수 없다. 시기가 조금 이르긴 하지만…….'

그의 두 눈에서 섬뜩한 광망이 번뜩이고 지나갔다.

마침 그때 낙일방은 낙뢰신권 중의 신뢰삼격으로 최력의 앞가슴을 가격해 오고 있었다. 일권보다 이권이 빠르고, 이권보다 삼

권이 빨라서 종내에는 세 개의 주먹이 동시에 날아드는 듯한 위력을 지닌 것이 신뢰삼격이었다. 최력은 단혈철수 중의 천풍노호(天風怒號) 수법을 펼쳐 정면으로 부딪쳐 갔다.

파파팡!

세 번의 북 치는 듯한 음향과 함께 최력의 신형이 뒤로 주르르 밀려났다.

기세를 잡은 낙일방이 물러나고 있는 최력을 향해 전력으로 날아들었다. 굳게 쥐어진 그의 오른 주먹이 마치 거대한 뇌전처럼 최력의 아랫배를 향해 무서운 속도로 쏘아져 갔다. 낙일방은 단숨에 승부를 낼 요량으로 낙뢰신권 중에서도 가장 파괴적인 위력을 자랑하는 일점천뢰를 펼친 것이다.

막 낙일방의 주먹이 최력의 아랫배를 가격하려는 순간, 최력이 양손을 교차하여 자신의 아랫배를 감싸 안았다.

콰득!

뼈마디가 으스러지는 듯한 소리와 함께 낙일방의 주먹에 격중당한 그의 양 손목이 퉁퉁 부어올랐다. 하나 그 바람에 낙일방의 강력한 일격은 제지당하고 말았다.

놀라운 일이 벌어진 것은 바로 그다음 순간이었다. 낙일방이 재차 주먹을 날리려 할 때, 의당 부러진 줄만 알았던 최력의 양손이 기이하게 꿈틀거리며 그의 양쪽 팔뚝을 감싸 안는 것이 아닌가?

"엇?"

낙일방이 뜻밖의 사태에 놀라 경호성을 터뜨리자 최력이 그를 향해 음산한 웃음을 날렸다.

제213장 살기충천(殺氣衝天) 131

"흐흐…… 내가 왜 패왕이라고 불리는지 알게 해 주지."

낙일방의 양 팔뚝을 붙잡은 최력이 그의 앞가슴으로 바짝 다가오며 오른쪽 무릎을 쳐들어 낙일방의 옆구리를 가격했다.

쾅!

낙일방의 준수한 얼굴이 살짝 찡그려졌다. 전혀 예상치 못했던 최력의 반격에 상당한 통증을 느낀 것이다. 최력은 다시 왼쪽 무릎으로 낙일방의 오른쪽 옆구리를 가격하려 했다. 낙일방은 붙잡힌 양손을 잡아 빼려 했으나 최력의 손이 어찌나 강철처럼 단단하게 옭아매고 있는지 꼼짝도 할 수가 없었다.

낙일방이 할 수 있는 것이라고는 자신도 무릎을 이용해 최력의 옆구리를 공격하는 것뿐이었다.

한동안 두 사람 사이에 보기 드문 공방이 벌어졌다. 두 명의 절정 고수가 서로 손을 맞잡은 채 무릎으로 상대의 옆구리를 공격하고 있는 것이다.

이런 자세로 공격을 피한다는 건 불가능한 일이었다. 결국 두 사람은 상대의 무릎에 옆구리를 맞으면서도 쉬지 않고 공격을 가할 수밖에 없었다.

순식간에 낙일방은 일곱 번의 무릎 공격을 받았고, 다섯 번의 반격을 했다. 최력의 무릎이 옆구리를 가격할 때마다 낙일방은 갈비뼈가 으스러지는 듯한 통증을 느끼고 자신도 모르게 몸을 움찔거려야만 했다. 그런데 최력은 낙일방이 아무리 세찬 공격을 해도 전혀 표정의 변화가 없었다. 낙일방은 자신이 철탑을 상대로 싸우고 있는 듯한 느낌마저 들었다.

마치 시정잡배들의 다툼같이 어설퍼 보였으나 그 안의 흉험함은 겉으로 드러난 것과는 전혀 달랐다. 최력의 무릎 공격은 갈수록 위력을 더했고, 낙일방의 옆구리는 이미 피부가 시커멓게 죽은 채 퉁퉁 부어오르고 있었다. 아직 갈비뼈가 부러지지 않은 것은 순전히 낙일방이 천단신공 중의 천강결을 운용하고 있기 때문이었다.

하나 최력의 공격이 시간이 흐를수록 강력해지는 것으로 보아 지금처럼 무방비로 공격을 허용해서는 천강결이 아닌 그보다 더한 신공이라도 견디지 못할 게 분명했다.

최력의 무릎 공격은 그가 회심의 절기로 숨겨 둔 윤회금강슬(輪廻金剛膝)이었다. 양쪽 무릎으로 번갈아 가며 공격하여 아무리 강력한 호신강기로 보호된 신체라고 해도 철저히 파괴해 버리는 가공할 무공이었다.

그에 비해 낙일방은 제대로 된 슬격술(膝擊術)을 익힌 적이 없기 때문에 공격이 그다지 위력적이지 못했다. 이런 식으로 양손을 서로 잡은 채 무릎으로 상대의 옆구리만을 공격하는 싸움이 되리라고는 상상도 해 본 적이 없는 그였다.

마침내 낙일방의 코에서 검은 핏물이 주르르 흘러내렸다. 최력의 윤회금강슬이 천강결을 뚫고 그의 내부에 적지 않은 타격을 주고 있다는 증거였다.

낙일방은 피를 철철 흘린 채 최력을 쏘아보았다. 최력은 징그러운 미소를 지으면서도 계속 공격을 멈추지 않았다. 그 순간, 낙일방은 고개를 뒤로 젖혔다가 전력을 다해 최력의 이마를 들이받

앉다.

쾅!

머리와 머리가 부딪치는 소리라고는 믿기지 않을 정도의 굉음이 울리며 두 사람의 이마가 피범벅이 되었다. 최력은 경악과 당혹이 뒤섞인 표정으로 눈을 크게 떴다. 하나 그가 채 다른 생각을 하기도 전에 낙일방이 재차 이마를 부딪쳐 왔다.

쾅! 쾅!

세 번이나 거푸 이마를 부딪치자 두 사람의 얼굴은 그야말로 유혈이 낭자했다. 최력은 얼굴이 부서지는 듯한 통증에 정신이 없었으나, 그 와중에도 윤회금강슬을 멈추려 하지 않았다. 그 바람에 그는 낙일방의 양 팔꿈치를 잡고 있던 자신의 팔이 허술해지는 것을 미처 알아차리지 못했다.

최력이 막 낙일방의 옆구리를 무릎으로 가격하려는 순간, 낙일방의 몸이 뒤로 훌쩍 움직였다. 최력의 무릎이 허공을 가르고 지나가자마자 낙일방의 주먹이 그의 아래턱을 사정없이 가격해 버렸다.

쾅!

"크헉!"

최력의 몸이 허공으로 붕 떴다가 내려앉았다. 더 볼 것도 없었다. 최력은 아래턱이 완전히 뭉개진 채 정신을 잃고 말았다. 목숨을 잃지 않는다 해도 아마 그는 평생 고기를 씹을 수 없는 신세가 되어 버릴 것이다.

"헉…… 헉……."

낙일방은 가쁜 숨을 몰아쉰 채 옆구리를 부여잡았다. 몇 번만 더 최력의 무릎 공격을 받았다면 아무리 그라도 더 견디지 못하고 쓰러지고 말았을 것이다.

비록 승리를 거두기는 했으나, 임풍옥수 같았던 그의 얼굴은 피로 범벅이 되어 흉측스럽기조차 했다. 게다가 이마를 부딪치는 바람에 풀어헤쳐진 머리가 어깨까지 늘어져 봉두난발이 되어 있었다.

낙일방은 몇 차례 심호흡을 하고 어깨를 쭉 폈다. 옆구리에서 숨이 끊어질 듯한 통증이 느껴졌으나, 그는 인상을 찡그리지 않고 몸을 똑바로 했다.

그런 다음 참관인석을 응시했다.

"이번 비무의 결과는 어떻습니까?"

하삭삼은은 눈앞의 처참한 결과에 놀라 멍하니 그를 바라보고 있다가 퍼뜩 정신을 차렸다. 강호의 경험이 누구보다도 많은 그들로서도 조금 전에 보았던 광경은 해괴하기 이를 데 없는 것이었다. 강호의 절정 고수 두 사람이 뒷골목의 부랑아들처럼 양손을 움켜잡은 채 무릎으로 공격을 하다가 결국에는 박치기로 승부가 갈렸으니 말이다.

하삭삼은은 서로 나직하게 의견을 교환하고는 이내 비무의 결과를 발표했다.

"험. 이런 난투(亂鬪)를 비무라고 해야 할지 모르지만, 어쨌든 결과가 갈렸으니, 이번 비무는 종남파의 승리일세."

그제야 중인들이 환성을 내질렀다.

"와아…… 신권이 철수를 꺾었다!"

하나 그 환호성은 처음 낙일방이 등장했을 때와는 비교도 할 수 없는 미약한 것이었다. 그럴 수밖에 없는 것이 강호의 떠오르는 신성(新星)인 옥면신권과 하남성의 유명한 고수인 철수패왕의 비무라고 하기에는 너무도 민망스러운 싸움이었던 것이다.

동중산이 낙일방의 상처를 치료하기 위해 다가오려 했으나 낙일방은 손을 들어 그를 제지했다.

그는 옷자락을 찢어 아직도 피가 흐르고 있는 이마를 대충 감싼 다음 청의방주인 곽존해를 응시했다.

"다음 상대는 누구요, 곽 방주? 마땅한 사람이 없으면 곽 방주의 신묘한 솜씨 한번 구경해 봅시다."

그의 도발적인 음성에 곽존해의 얼굴이 살짝 굳어졌다.

곽존해 또한 눈앞의 결과가 당혹스러운 것은 마찬가지였다. 그는 최력이 낙일방에게 패할 수도 있다고 생각하긴 했으나, 이런 식의 패배를 당하리라고는 상상도 해 본 적이 없었다. 피투성이가 된 얼굴로 자신을 쏘아보는 낙일방의 모습은 단순히 애송이라고만 치부했던 자신의 생각이 틀렸음을 분명하게 나타내는 것이었다.

곽존해의 시선이 천천히 움직여 장내의 한 사람에 고정되었다.

"아무래도 이번에는 네가 나서야 할 것 같구나."

그의 시선을 받고 자리에서 일어난 사람은 곽승이었다. 곽승은 아무 말 없이 연무장으로 걸어 나갔다.

자신의 다음 상대가 곽승임을 안 낙일방은 하얀 이를 살짝 드러내며 웃었다.

"그래. 일이 이렇게 되어야지. 당신이 나오지 않았으면 서운할 뻔했소."

곽승은 무심한 시선으로 낙일방을 응시했다.

"나를 기다리고 있었다는 말투로군."

"그렇소. 점창파와는 아직 매듭짓지 못한 게 있거든."

낙일방이 이미 자신의 정체를 파악하고 있음을 알게 되었어도 곽승의 표정은 전혀 변화가 없었다.

"본 파의 응안문(鷹眼紋)을 알아본 모양이군."

그는 자신의 장검의 손잡이에 새겨져 있는 매의 눈 문양을 손가락으로 쓰다듬더니 조용한 음성을 내뱉었다.

"그렇다면 내가 자네가 며칠 전 상대했던 곽희의 동생이라는 것도 짐작할 수 있겠군."

"그때 당신의 형에게서 제법 매서운 대접을 받았지. 당신의 검도 그처럼 날카로운지 모르겠소."

곽승의 얼굴에 처음으로 희미한 미소가 떠올랐다. 냉정함을 넘어 스산해 보일 정도로 차가운 미소였다.

"둘째 형은 우리 형제 중 가장 진척이 늦어서 어렸을 때부터 늘 바보라고 놀림을 받았지. 내 검은 그와는 조금 다를 테니 각오를 단단히 하는 게 좋을 걸세."

"기대가 되는구려."

곽승의 오른손이 잠깐 흔들리는 것 같더니 어느새 그의 허리춤에 매달려 있던 장검이 뽑혀 그의 손에 쥐어졌다. 그 발검하는 자세만 보아도 낙일방은 곽승이 자신이 이제껏 상대했던 어떤 고수들보다도 뛰어난 검법의 소유자임을 짐작할 수 있었다.

　그들 사이에 더 이상 어떤 말도 오가지 않았다. 대신 질식할 듯한 침묵만이 감돌고 있을 뿐이었다. 곽승은 검을 쥔 채로 낙일방을 가만히 응시하고 있었고, 낙일방 또한 묵령갑을 낀 손을 꼼지락거리며 두 팔을 자연스레 늘어뜨리고 있었다. 그러다 누가 먼저랄 것도 없이 두 사람의 신형이 거의 동시에 움직였다.

　팟!

　그들의 신형이 교차되며 삼 장의 간격을 두고 서로 멈춰 섰다. 다시 몸을 돌려 서로를 응시하던 두 사람의 입가에 비슷한 미소가 떠올랐다.

　낙일방은 슬쩍 자신의 오른쪽 옆구리를 내려다보았다. 옆구리가 베여 시커멓게 죽은 피부가 훤히 드러나 보였다. 곽승 또한 왼손으로 검을 쥔 오른쪽 어깨를 가볍게 주물렀다. 방금 전의 일격에서 두 사람은 서로 가볍게 일검과 일권을 주고받은 것이다.

　"이제 본격적으로 시작해 볼까?"

　곽승은 오른쪽 어깨를 한 차례 돌리고는 낙일방을 향해 먼저 몸을 날렸다. 미끄러지듯 연무장을 질주해 가는 그의 신형은 흡사 먹이를 본 한 마리 매를 보는 것 같았다. 낙일방이 일전에 본 적이 있는 창응보였으나, 당시 관을진이 펼쳤을 때와는 차원이 다른 수준이었다.

　낙일방은 그 자리에 꿈쩍도 않고 있다가 곽승의 신형이 지척으로 다가오자 오른 주먹을 빠르게 두 번 앞으로 찔러 댔다. 그 순간 곽승의 검이 공간을 가르며 다가왔다.

단상에서 초조한 표정으로 비무를 지켜보고 있던 동중산이 신음 같은 음성을 흘려 냈다.

"진공검…… 확실히 저자도 진공검을 익혔군요."

진산월의 반응은 담담했다.

"그거야 이미 예상했던 일이지."

"낙 사숙께서 과연 저자의 진공검을 깨뜨릴 수 있겠습니까?"

"일방에게도 나름대로의 계획이 있을 것이다."

곽승의 검은 무풍지대처럼 낙일방의 권풍을 뚫고 들어왔다. 낙일방은 낙뢰신권의 절초들을 계속 펼쳤으나, 곽승의 검은 아무런 제지도 받지 않은 것처럼 유연하게 다가와서 낙일방의 몸을 위협했다.

불과 십 초도 지나지 않아 낙일방은 세 번이나 검에 격중당할 뻔했다. 낙뢰신권은 비록 빠르고 강력한 무공이었지만, 그만큼 동작이 크고 변화가 단순해서 진공검을 상대하기에는 난점이 있었다.

낙일방은 곽승의 검이 자신의 왼쪽 어깨 위를 아슬아슬하게 스치고 지나가자 권에서 장으로 공격 방법을 변화시켰다. 드디어 구반장법을 펼친 것이다. 눈을 현혹시킬 정도로 변화가 무쌍한 구반장법을 펼치자 과연 곽승의 검이 파고드는 기세가 주춤거렸다.

여기까지는 소림사에서 벌어진 곽희와의 비무와 유사한 전개였다.

그런데 그때부터 곽승의 검이 판이한 변화를 일으키기 시작했다. 곽승의 검이 한 차례 부르르 떨리더니 공간을 가르고 들어오는 속도가 몰라보게 빨라진 것이다. 오히려 낙뢰신권으로 상대했을 때보다 더욱 수월하게 낙일방이 펼친 구반장법의 장세 속을 파고들어 왔다. 일전에 진산월이 말한 대로 단순히 변화가 많은 정도로는 진보된 파형 진공검을 막을 수 없는 게 분명했다.

구반장법으로도 막을 수 없고, 낙뢰신권으로도 소용이 없다.

낙일방으로서는 그야말로 속수무책이라고밖에 할 수 없는 상황이었다.

하나 낙일방은 수세에 몰리면서도 전혀 놀라거나 당황하지 않고 오히려 두 눈을 번뜩이며 더욱 맹렬하게 구반장법을 펼치고 있었다. 피가 흘러내리는 이마를 옷자락으로 대충 감싼 채 상대의 진공검에 맞서 조금도 물러서지 않고 양손을 질풍처럼 휘두르며 정면으로 대항하는 그의 모습은 장중함을 넘어 비장감마저 느끼게 했다.

파팟!

곽승의 검이 장세 사이를 예리하게 파고들어 와 낙일방의 옆구리를 훑고 지나갔다. 가뜩이나 최력의 윤회금강슬에 가격당해 숨을 쉴 때마다 통증이 전해졌던 낙일방의 옆구리는 상처가 벌어지며 피범벅이 되어 버렸다.

낙일방의 안색이 순간적으로 창백하게 변했다. 하나 그는 조금도 몸을 멈추지 않고 계속적으로 곽승에게 접근하며 구반장법의 절초들을 펼쳐 냈다. 다시 십여 초가 흐르자 낙일방은 각기 왼쪽 어깨와 등에 이검을 격중당해 상반신이 온통 상처투성이가 되었다.

이번에는 곽승이 낙일방을 향해 미끄러지듯 다가왔다. 낙일방은 전력을 다해 장력을 휘둘렀으나, 곽승의 검은 너울을 타고 넘는 산들바람처럼 유연하게 낙일방의 공세를 뚫고 그의 목덜미를 찔러 갔다. 곽승이 지루한 비무를 끝내기 위해 마침내 살초를 펼친 것이다.

참관인석에 있던 육장청이 이 광경을 보고 손을 들어 비무를 제지하려 했다.

하나 그때 누구도 예상치 못한 상황이 펼쳐졌다.

진공검에 베이면서도 조금씩 곽승에게 다가가던 낙일방이 갑자기 장을 권으로 변화시키며 질풍 같은 십이권(十二拳)을 내지르는 것이었다. 곽승이 낙일방의 목을 향해 찔러 낸 검이 순간적으로 허공에서 멈췄다. 그의 검이 움직일 수 있는 모든 각도가 십이권에 완벽하게 가로막혀 버린 것이다.

그 십이권이야말로 낙뢰신권의 최절초인 뇌정만균(雷霆萬均)이었다. 진공검이 초식 사이를 파고들 때는 낙일방으로서도 막을 방법이 없었지만, 지금처럼 특정 목표를 향해 날아올 때는 강력한 권세로 사전에 공간을 압박해서 일시지간 제어할 수 있는 것이다.

곽승의 검이 멈춘 시간은 촌음(寸陰)에 불과했으나, 낙일방에게는 그것으로 충분했다. 낙일방의 오른손 중지에서 한 줄기 섬광이 번뜩거리며 곽승의 미간을 향해 쏘아져 갔다. 곽승의 검이 다시 움직이기 시작했을 때는 이미 그 섬광이 곽승의 미간에 거의 도달해 있었다.

곽승은 안색이 굳어진 채 찔러 가던 검으로 사력을 다해 자신의 미간을 가로막았다.

땅!

귀청이 떨어지는 듯한 음향과 함께 그의 검이 그대로 부러져 버렸다.

곽승은 창백하게 질린 얼굴로 주춤거리며 서 있었다. 낙일방의 오른 주먹이 어느새 그의 얼굴에 닿아 있었다. 낙일방은 오른손으로 그의 뺨을 톡톡 건드리며 웃었다.

"물결을 가르는 가장 효과적인 방법은 빠른 속도로 한 점을 찌르는 것이지. 파형 진공검은 찌르기를 위주로 하는 창법(槍法)의 고수가 상극일 것이오. 그렇지 않소?"

곽승의 안색이 몇 차례 변했다.

그는 낙일방의 피와 땀으로 범벅이 된 얼굴을 응시하고 있다가 자신의 장검을 내려다보았다. 장검의 끝부분이 부러져 있었고, 장검을 잡은 그의 손은 아귀가 찢어져 피범벅이 된 상태였다.

"방금 전의 수법은 무엇이었나?"

그가 중얼거리듯 묻자 낙일방은 짤막하게 대답했다.

"옥잠지(玉簪指)."

옥잠지는 위력이 강력한 반면 일직선으로만 발출되는 비교적 단순한 무공이었다. 평상시의 곽승이었다면 아무리 옥잠지가 가공할 위력을 지니고 있다 해도 검을 부러뜨리는 봉변은 당하지 않았을 것이다. 하나 뇌정만균에 검로가 순간적으로 봉쇄당하는 바람에 당황했고, 너무 접근을 허용해 가까운 거리에서 옥잠지가 발출되었기에 낭패를 당하고 만 것이다.

낙일방은 여전히 그의 얼굴에 닿아 있는 오른손을 거두지 않은 채 그의 눈을 빤히 들여다보았다.

"승부는?"

곽승은 한 차례 눈자위를 실룩거리다가 힘없이 말했다.

"자네가 이겼네."

그제야 낙일방은 손을 거두고 물러났다.

"이번 비무는 종남파의 승리요."

육장청의 선언이 떨어지자 군웅들의 함성 소리가 장내를 뒤흔들었다.

"와아…… 옥면신권이 최고다!"

동중산이 재빨리 낙일방에게 다가와 그의 상세를 살폈다. 그는 낙일방의 상반신이 상처로 뒤덮이다시피 한 것을 보고는 눈살을 찌푸렸다가 옆구리를 확인하고는 혀를 내둘렀다. 낙일방의 양쪽 옆구리는 피부가 거무스름하게 죽어 있는 데다 검기에 베여 그야말로 심각한 상태였던 것이다. 조금만 더 상처가 깊었다면 내장이 보였을지도 모른다.

이런 상태로 곽승을 꺾었으니 동중산의 눈에는 이제까지 어리게만 보였던 낙일방의 모습이 달리 보일 수밖에 없었다.

"정말 수고가 많으셨습니다, 낙 사숙."

동중산이 옆구리에 붕대를 감기 위해 손을 댈 때마다 낙일방의 몸이 부르르 떨렸다. 이것만 보아도 그가 지금 얼마나 심한 고통을 참고 있는지를 충분히 알 수 있었다.

낙일방은 그런 상태에서도 투지를 잃지 않고 있었다.

"대충 피가 나오지 않게만 해 줘요. 이제 곧 마지막 비무를 해야 하니까."

동중산은 고개를 저었다.

"더 이상은 무리입니다. 앞으로의 일은 장문인께 맡기고 낙 사숙은 쉬셔야 합니다."

낙일방은 고개를 내저었다.

"이 정도 방파와의 비무에 장문인까지 나서게 할 수는 없어요."

"낙 사숙의 심정은 저도 잘 알지만, 본 파의 비무행은 이제 겨우 시작에 불과합니다. 앞으로를 위해서도 지금은 상처를 치료하고 휴식을 취해야 할 때입니다."

낙일방은 입술을 질끈 깨물었다. 동중산의 말이 맞다는 것은 그도 알고 있었다. 다만 비무의 흥분으로 들끓었던 가슴이 좀처럼 쉽게 가라앉지 않아 격정을 참기 힘들었던 것이다.

그는 몇 차례 심호흡을 하고 나서야 냉정을 되찾을 수 있었다. 그는 붕대에 칭칭 감긴 자신의 몸을 내려다보고는 씁쓸한 웃음을 매달았다.

"강호에는 괴물이 살아서 자칫 방심했다가는 자신의 마음을 송두리째 먹혀 버리고 만다고 했는데, 나도 잠시나마 그 괴물을 본 것 같군요. 조금 전에 사실 곽승의 머리를 부수고 싶어서 손가락이 간질거려 애를 먹었어요."

동중산은 그의 심정을 충분히 이해하고 있기에 부드러운 음성으로 그를 달랬다.

"잘 참으셨습니다."

낙일방은 동중산의 부축을 받지 않고 제 발로 종남파의 인물들이 기다리는 곳으로 걸어왔다. 뇌일봉이 황급히 그의 상세를 살펴보고는 인상을 있는 대로 찡그렸다.

"몸이 완전히 누더기처럼 변했구나. 이러다 준수한 얼굴이 다 망가지겠다. 비무의 승리도 좋다만 꼭 이렇게까지 싸워야 하는 거냐?"

낙일방은 이마를 동여맨 옷자락을 풀고 새로운 붕대로 이마를 감으면서도 대수롭지 않은 듯 심드렁한 음성으로 대답했다.

"이 정도는 충분히 견딜 만합니다. 초가보와 싸울 때는 정말 죽는 줄 알았습니다."

"목숨을 건 격투와 비무가 비교가 되겠느냐?"

"어차피 저에겐 같은 것입니다. 비무행에서 패하느니 차라리 죽는 것이 더 나을 테니 말입니다."

그 진중한 음성에 뇌일봉은 말문을 잇지 못했다. 종남파 고수들이 이번 비무행에 대해 가지고 있는 심정을 나름대로 알고 있다고 생각했으면서도 그들이 느끼고 있는 절실함을 제대로 인식하지 못했음을 깨달은 것이다.

'이들은 이번 비무행에 목숨을 걸고 있구나.'

그제야 그는 어째서 진산월이 낙일방의 심각한 부상을 보고도 담담한 표정을 유지하고 있는지 알 수 있을 것 같았다. 이 정도의 부상은 비무행을 시작하기 전부터 이미 각오하고 있는 일이었기 때문이다. 어느 누구에게도 패하지 않고 비무행을 계속하는 것이 지금의 종남파 고수들에게는 무엇으로도 바꿀 수 없는 절대명제(絕對命題)인 것이다.

사람들의 우레와 같은 환성이 깊은 상념에 잠겨 있던 뇌일봉을 다시 제정신으로 되돌려 놓았다.

"와아! 신검무적이다!"

"드디어 강호제일검의 검법을 볼 수 있게 되었구나!"

뇌일봉이 퍼뜩 정신을 차리고 돌아보니 어느새 진산월이 연무장의 중앙을 향해 걸어가고 있었다.

진산월이 중인들의 환호를 받으며 연무장의 중앙에 우뚝 몸을 멈춰 세웠다. 그의 시선이 단상에 앉아 있는 곽존해를 향했다.

진산월이 아무 말 없이 자신을 응시하고만 있자 곽존해의 얼굴이 딱딱하게 굳어졌다. 마치 어서 나오지 않고 무얼 망설이고 있느냐는 무언의 시위 같았던 것이다.

곽존해는 천천히 자리에서 일어났다. 그가 몸을 일으키자 장내의 함성 소리가 더욱 커졌다.

"청의방주와 신검무적의 대결이라…… 이거야말로 최근 십 년 동안 하남성에서 벌어진 비무 중 최고의 볼거리로구나!"

중인들의 기대에 찬 환호성을 받으며 곽존해는 한 자루의 붉은 빛이 감도는 도를 들고 연무장으로 걸음을 옮겼다. 진산월과 그가 삼 장을 격하고 나란히 서자 중인들의 함성 소리가 잦아들었다.

곽존해는 진산월과 시선이 마주치자 묵직한 음성을 내뱉었다.

"이번 비무에서 피를 보게 되어 유감이오."

진산월은 담담한 음성으로 대꾸했다.

"강호에서 실력을 겨루다 보면 그보다 더한 일도 일어날 수 있소."

곽존해의 얼굴에 야릇한 빛이 떠올랐다. 진산월의 말은 해석하기에 따라서 전혀 다른 뜻으로 들릴 수 있기 때문이었다. 곽존해는 진산월의 의중을 파악하려는 듯 날카로운 눈으로 그의 얼굴을 뚫어지게 바라보았으나, 진산월의 표정은 전혀 변함이 없었다.

곽존해는 한 차례 어깨를 으쓱거렸다.

"옳은 말이오. 그러고 보니 다친 사람은 진 장문인의 사제들뿐 아니라 본 방의 인물들도 있었군. 이번 비무의 승부가 어떻게 난다 해도 본 방으로서는 적지 않은 손실을 입은 셈이오."

"곽 방주가 나를 이긴다면 오히려 얻는 게 훨씬 더 많을 거요."

곽존해의 입가에 메마른 미소가 떠올랐다.

"역시 듣던 대로 진 장문인의 입심은 대단하오. 검법도 소문대로이길 바라겠소."

곽존해는 수중에 들고 있는 도를 천천히 쳐들어 중단을 겨누었다. 붉은 빛이 어른거리는 도는 일견하기에도 절세의 보도(寶刀)임을 알 수 있었다. 보도의 이름은 혈룡도(血龍刀)로, 곽존해의 부친인 곽단의가 애용하던 칼이기도 했다.

진산월 또한 주저하지 않고 용영검을 뽑아 들었다.

어떠한 검명도 없이 미끄러지듯 뽑혀 나온 용영검에서 우윳빛 검광이 어른거리자 곽존해의 얼굴에도 비로소 긴장 어린 빛이 떠올랐다.

"좋은 검이로군."

진산월은 아무런 대꾸도 하지 않고 용영검을 천천히 앞으로 내밀었다.

곽존해는 예전초식(禮典招式)이겠거니 하고 있다가 용영검이 멈추지 않고 계속 자신을 향해 다가오자 비로소 그가 이미 손을 쓰기 시작했음을 알아차렸다.

느릿느릿 다가오는 용영검은 검 끝마저 흔들거리고 있어 마치 어린아이의 손에 쥐어진 검 같았다. 하나 그것을 본 곽존해의 얼굴은 딱딱하게 굳어졌다. 미약하게 흔들리는 용영검의 검 끝이 어디로 움직일지 짐작도 할 수 없었던 것이다.

마침내 진산월의 검이 일 장 거리 안으로 들어오자 곽존해는 더 이상 버티지 못하고 자신이 먼저 공격을 하기 시작했다. 그의 혈룡도가 난폭할 정도로 세차게 휘둘러지며 붉은 도광이 노도처럼 피어올랐다.

그가 사용한 무공은 혈해도법(血海刀法)이라는 것으로, 그중에서도 혈천망(血天芒)이라는 초식이었다. 혈해도법은 곽존해가 부친인 곽단의의 노호십이도(怒號十二刀)에 어렵사리 입수한 혈령참혼도(血靈斬魂刀)를 융합시켜 독자적으로 창안한 절기였다. 빠르고 강맹한 노호십이도에 다양한 변화와 기괴한 살수를 지니고 있는 혈령참혼도가 조화를 이루어 어디에 내놓아도 손색이 없는 뛰어난 절학이 탄생한 것이다. 이 혈해도법을 익힌 후 곽존해는 비로소 청의방을 하남성 최고의 방파로 만드는 일에 자신감을 가지게 되었다.

혈천망이 진산월의 전신을 에워싸듯 덮어 올 때까지도 진산월은 용영검을 천천히 전진시키고 있었다. 막 곽존해가 발출한 도광이 진산월의 몸에 도달하려는 순간, 느릿하게 움직이던 용영검이 세차게 흔들거리기 시작했다. 그와 함께 구름 같은 검영이 솟구쳐 올랐다.

　차차차창!

　귀청이 떨어지는 듯한 음향이 거푸 터져 나오며 연무장이 온통 우윳빛 검광과 붉은 도광에 휩싸여 버렸다. 하나 붉은 도광은 이내 우윳빛 검광에 가려 급속도로 사그라져 버렸다.

　곽존해는 얼굴이 시퍼렇게 변한 채 연신 뒷걸음쳤다. 그토록 엄밀하고 광폭하기까지 한 혈천망이 진산월의 검광에 마치 햇살을 받아 녹아 없어지는 찬 서리처럼 너무도 맥없이 허물어져 버린 것이다.

　하나 그가 채 신형을 안정시키기도 전에 진산월의 검이 다시 뭉게구름처럼 피어올랐다. 곽존해는 사력을 다해 혈해도법 중의 절초인 혈망개(血網開)와 혈천심(血穿心), 혈운파(血雲破)를 거푸 전개해 정면으로 맞서 갔다.

　눈 깜박할 사이에 두 사람은 오 초를 주고받았다. 다시 그들의 몸이 떨어졌을 때, 곽존해의 얼굴은 그야말로 시체처럼 핼쑥하게 굳어 있었고 가슴팍 부근 옷자락이 너덜너덜하게 잘려 가슴이 송두리째 드러나 있었다.

　곽존해는 말로만 듣던 진산월의 검법이 이토록 무서우리라고는 정녕 상상도 못하고 있었다. 십 초 가까이 싸우는 동안 곽존해는 단 한 번도 승기를 잡지 못하고 일방적으로 몰리고 만 것이다.

　곽존해는 무어라고 입을 열려 했다. 하나 그때 다시 진산월의 용영검이 무시무시한 검기를 일으키며 날아들었다. 그 검기에 담긴 압도적인 기운을 보자 곽존해는 가슴 한구석이 서늘해졌다. 그는 눈을 부릅뜨며 수중의 혈룡도를 부러져라 움켜쥔 채로 미친 듯이 혈해도법을 펼쳤다.

"파파파팍!"

붉은 도광이 맹렬한 기세로 허공으로 솟구쳤다가 이내 구름 같은 검영에 가려졌다.

"으아아!"

고함인지 비명인지 모를 소리가 터져 나오더니 도광과 검영이 씻은 듯이 사라져 버렸다.

중인들은 영문을 몰라 황급히 장내를 주시하다가 이내 탄성을 터뜨렸다.

"아!"

곽존해는 그 자리에서 십여 걸음이나 물러난 채 금시라도 쓰러질 듯 연신 휘청거리고 있었다. 그의 상반신은 옷자락이 대부분이 잘려 나가 넝마조각을 걸친 것 같았다. 그런데도 용케도 그의 전신에는 단 하나의 핏자국도 보이지 않았다.

"으웩!"

시체처럼 푸르뎅뎅한 얼굴로 비틀거리고 있던 곽존해가 한 모금의 시커먼 핏물을 토해 냈다. 그제야 그의 안색이 정상에 가까운 색으로 돌아왔다.

그는 흔들리는 신형을 간신히 고정시킨 후 떨리는 눈으로 앞을 바라보았다. 진산월은 어느새 용영검을 거둔 채 산책이라도 나온 사람처럼 담담한 신색으로 우뚝 서 있었다. 흉터가 나 있는 그의 얼굴에는 아무런 표정도 떠올라 있지 않았고, 눈빛 또한 무심하여

한 점의 흔들림도 없었다.

하나 그를 쳐다보는 곽존해의 눈에는 경악과 분노, 은은한 두려움의 빛이 복잡하게 뒤엉켜 있었다.

중인들은 벌린 입을 다물지 못했다. 하남성 일대를 금시라도 석권할 듯 무서운 기세로 세력을 확장했던 청의방의 방주가 불과 십 초 만에 패하고 만 것이다.

그들은 신검무적의 소문을 귀가 따갑도록 들어 왔지만, 실제로 그의 검술을 본 사람은 거의 없었다. 서안에서 퍼진 소문이 전 중원을 뒤흔든 지는 몇 달이나 되었으나, 막상 신검무적의 그 가공하다는 검술을 눈으로 직접 목격한 사람의 수는 서안 일대를 제외하고는 손가락으로 헤아릴 정도였다.

그래서 신검무적의 실력을 반신반의하는 자들도 적지 않은 형편이었다.

이제 그들은 오늘에야 비로소 신검무적의 검법을 직접 보게 되었다. 그리고 그들은 소문이 결코 과장되지 않았으며, 오히려 신검무적의 가공함을 제대로 표현하지 못하고 있다는 것을 절실하게 깨달았다.

장내는 전율과 경악에 휩싸여 한동안 고요한 정적이 감돌고 있었다. 그러다 누군가의 박수 소리와 함께 우렁찬 함성이 연무장을 뒤흔들었다.

"우와아! 과연 신검무적이다!"

"신검무적 일검운해!"

"신검무적은 강호제일검이다!"

중인들은 박수를 치고 함성을 내지르며 발을 굴렀다. 그들의 열광적인 환호는 강호의 전설을 눈으로 목격했다는 환희와 감격을 웅변적으로 나타내는 것이었다.

곽존해는 그때까지도 넝마 조각 같은 옷을 입은 채 그 자리에 우두커니 서 있었다. 그는 아직도 자신이 제대로 힘도 써 보지 못하고 불과 십 초 만에 진산월의 손에 처참하게 패한 것을 믿지 못하는 모습이었다.

"이럴 수가 없는데…… 내 혈해도법이 이토록 무력할 수가 없는데……."

진산월은 넋이 나간 사람처럼 무언가를 중얼거리는 곽존해를 보고 있다가 조용한 음성을 내뱉었다.

"당신의 도법은 나쁘지 않았소."

곽존해는 멍하니 그를 쳐다보았다.

"그런데 어째서……."

"당신은 남과 싸운 지 얼마나 되었소?"

진산월의 돌연한 물음에 곽존해는 어리둥절한 표정으로 되물었다.

"그게 무슨 말이오?"

"당신의 도법은 빠르고 강력했지만, 그 안에는 가장 중요한 한 가지가 빠져 있었소. 그건 바로 상대를 반드시 쓰러뜨리고야 말겠다는 치열한 살기(殺氣)요. 살기 짙은 도법을 만들어 놓고는 막상 살기가 빠진 무공을 펼쳤으니 내 손에 십 초를 버틴 것도 용하다고 해야 할 거요."

곽존해의 몸이 벼락이라도 맞은 사람처럼 부르르 떨렸다.

"그건 아마도 당신이 남과 직접 손을 겨루어 본 적이 없기 때문에 벌어진 일이겠지. 남과 칼을 맞대고 승부를 해 보지 않았기 때문에 자신의 도법에 꼭 필요한 살기를 일으키지 못했던 거요."

진산월의 말을 듣고서야 곽존해는 자신의 패인이 무엇인지 깨달았다.

진산월의 말대로 지난 십여 년간 그는 다른 사람과 칼을 들고 싸워 본 적이 없었다. 아니, 싸울 기회가 없다고 해야 옳을 것이다. 청의방의 세력이 일정 수준을 넘어간 순간부터 감히 그에게 싸우자고 달려드는 사람은 찾아볼 수 없었으니까.

그는 연공장에서 혈해도법을 만들고 누구보다도 열심히 무공을 수련했으나, 실전을 겪지 못한 그 무공은 죽은 무공이나 마찬가지였다. 진산월과의 비무는 바로 그 사실을 극명하게 보여 주었던 것이다.

진산월은 망연자실한 표정으로 그 자리에 서 있는 곽존해를 한동안 응시하더니 천천히 몸을 돌렸다.

"설욕하고 싶다면 언제든지 나를 찾아오시오. 살기가 갖추어진 당신의 도법이 어떤 것인지 나도 보고 싶으니 말이오."

제 214 장
금계탁속(金鷄啄束)

제214장 금계탁속(金鷄啄束)

"유운검법의 묘미는 무수히 변하는 검초에 있는 것이 아니라 그 변화가 끝없이 이어진다는 데 있다. 다시 말해서 한번 펼쳐진 초식이 다음 초식과 연계되어 두 개의 초식이 원래 하나의 초식이었던 것처럼 자연스럽게 합쳐진다는 것이지. 이 면면부절(綿綿不絕)함이야말로 유운검법의 가장 큰 장점이다."

방화는 소지산의 말에 귀를 기울인 채 미동도 않고 있었다.

그가 유운검법에 입문한 지는 열흘 남짓에 불과했다.

유운검법은 종남파의 검법 중에서도 특별한 위치에 있는 무공이었다.

오 대 장문인인 풍운무정검 곽일산이 처음 창안한 이후 유운검법은 종남파의 제자들이 가장 사랑하는 검법 중 하나가 되었다. 하나 그 변화무쌍함만큼이나 익히기가 수월치 않아 점차로 익히는 사람이 줄어들다가 종내에는 삼락검보다 낮은 평가를 받게 되었다.

그런데 진산월이 삼 년의 폐관을 마치고 돌아온 후 유운검법은 새로운 각광을 받게 되었다. 진산월의 손에 펼쳐진 유운검법은 그야말로 광세(曠世)의 절학(絕學)이라고 할 수 있었다. 누구도 그의 손에서 구름처럼 펼쳐져 나오는 검법을 제대로 받아 내지 못했다. 초가보와 서안의 절정 고수들이 유운검법 아래 추풍낙엽처럼 쓰러지는 광경을 목격한 종남파 고수들의 가슴에는 유운검법이야말로 종남파 검법의 최고봉이며 반드시 익혀야 할 무공으로 각인되었다.

방화 또한 소지산에게서 유운검법을 처음 배우게 되었을 때에는 너무나 흥분하여 전날 밤을 꼬박 뜬 눈으로 지새우고 말았다. 하나 막상 유운검법에 입문하게 되자 그 엄청난 검로의 다양함과 복잡함에 넋이 나가 버렸다. 아무리 생각해도 도저히 그 복잡 무궁한 변화를 익힐 수 있을 것 같지 않았다. 다른 사람은 몰라도 자신의 능력으로는 절대로 안 될 것이라는 이상한 확신마저 들었다.

그때 소지산은 자신 또한 유운검법을 아직 팔성밖에 익히지 못했음을 말해 주었다.

"유운검법은 본 파 무공의 정화(精華)일 뿐 아니라 당금 무림에서 가장 다양한 변화를 지닌 검법이다. 이런 무공을 일조일석에 쉽게 익힐 수 있다고 생각한다면 그는 천하에서 가장 어리석은 인물일 것이다. 무릇 본 파의 제자라면 평생을 두고 유운검법을 연마해야 하는 것이다."

"평생을 말입니까?"

"그렇다. 장문인 또한 본 파를 떠날 때까지도 매일 밤마다 유운검법을 수련하셨다. 그리고 그건 나도 마찬가지다."

소지산의 말을 듣고서야 방화는 도저히 유운검법을 익힐 수 없다는 절망감에서 벗어날 수 있었다.

소지산은 성격적으로 나약한 구석이 있는 방화에게 무공을 전수해 줄 때는 여러모로 신경을 써야 한다는 것을 잘 알고 있었다. 지속적인 관심을 가지고 칭찬과 격려를 베풀어 주어야 했다.

소지산은 언젠가는 방화의 이런 성격을 뜯어고쳐야 한다고 생각했으나 결코 서두르거나 성급하게 몰아붙이지 않았다. 그런 점에서 본다면 유운검법을 익히는 것이야말로 방화의 성격을 고치는 데 가장 좋은 방법이라고 할 수 있었다.

그 복잡한 검로와 그것에서 파생된 다양한 변화에 빠져들다 보면 자신도 모르게 검도의 깊은 경지에 젖어 들게 된다. 그리고 그런 세월이 어느 정도 흐르다 보면 유운검법의 특성상 필연적으로 내포되어 있는 날카로운 예기(銳氣)와 질식할 듯한 살기에 자연스레 적응하게 되는 것이다.

요새 소지산이 방화에게 전수하고 있는 것은 유운검법의 첫 번째 초식인 유운출곡(流雲出谷)이었다. 십팔 초로 이루어진 유운검법의 가장 근간이 되면서도 유운검법 특유의 복잡한 변화를 어렵지 않게 맛볼 수 있는 중요한 초식이었다.

"유운출곡의 가장 중요한 점은 이 초식이 다른 열일곱 가지의 초식 중 어느 것과 연환해도 잘 어울린다는 것이다."

소지산은 멋들어진 자세로 유운출곡을 시전해 보였다. 방화는 황홀한 표정으로 허공을 가르며 창공을 유영(遊泳)하는 듯한 검의 움직임을 바라보고 있었다.

소지산의 유운검법에 대한 경지는 팔성에 불과하다는 자신의 말과는 달리 거의 구성에 육박하고 있었다. 그래서인지 그의 검은 조금도 어색하거나 막히는 구석이 없이 너무도 유연하게 유운출곡과 이어지는 유운축월의 연환초식을 그리듯 펼쳐내고 있었다.

한데 소지산이 막 유운축월에 이은 탄운적월(吞雲摘月)의 변화를 선보이려 할 때였다. 허공을 가르던 그의 신형이 갑자기 선회하더니 오 장 밖의 나무 위를 향해 날아가는 것이 아닌가?

"앗?"

방화가 놀란 경호성을 터뜨리는 순간, 나무 위에서 굉량한 웃음소리와 함께 하나의 인영이 떨어져 내렸다.

"크하하…… 내 종적을 알아차리다니 제법이구나!"

그 인영은 작달막한 키에 뚱뚱한 체구를 지닌 흑의인이었다. 흑의인은 체구와는 달리 탄력 있는 동작으로 바닥을 박찬 후 자신의 머리 위로 떨어져 내리고 있는 소지산을 향해 몸을 날렸다.

"유운검법에 대한 설명은 제법 그럴듯했다만, 어디 말만큼 실력도 좋은가 보자!"

흑의인의 손에서 눈부신 검광 한 가닥이 소지산의 목덜미를 향해 쏘아져 갔다. 그 검광이 어찌나 빠르고 영활했던지 소지산은 상대의 정체를 물을 겨를도 없이 수중의 장검으로 유운검법 중의 추운축전을 펼쳐 검광을 막아 갔다.

막 두 사람의 검이 서로 부딪치려는 순간, 흑의인의 검이 옆으로 미끄러지더니 두 가닥의 검화(劍花)를 일으켰다. 소지산의 검영에서 튀어나온 검광이 검화와 마주치며 불똥이 튀었다.

차창!

원래 추운축전은 검영 속에 진검을 숨기고 있는 초식이었는데, 흑의인이 이를 알고 있기라도 하듯 검을 교묘하게 변화시켜 추운축전의 살수를 봉쇄해 버린 것이다.

그것을 시작으로 두 사람은 십여 초간 맹렬한 초식을 주고받았다. 소지산이 유운검법의 초식들을 집중적으로 펼친 반면, 흑의인은 상식을 벗어난 듯 보이는 괴이한 검초로 대응해 왔다.

소지산은 흑의인의 검법이 보기에는 무질서하고 두서없는 것 같아도 사실은 무척이나 정교하게 짜인 상승의 검학(劍學)임을 깨닫고 육성에 머물렀던 공력을 팔성까지 끌어 올렸다.

그러자 그의 검법이 조금 전과는 비교도 할 수 없을 정도로 맹렬한 기세를 일으켰다.

"이크! 이제 진짜 실력을 선보일 모양이구나! 하지만 유운검법만으로는 내 검을 당해 낼 수 없을 것이다."

흑의인은 유운검법의 초식들을 훤히 꿰뚫고 있는지 소지산의 검이 변화를 일으킬 때마다 교묘하게 진로를 막거나 공간을 선점했다. 그 바람에 소지산의 유운검법은 번번이 제 위력을 발휘하지 못하고 허공을 가르고 말았다.

소지산의 침착하게 가라앉아 있던 눈에서 한 줄기 기광이 번쩍였다. 다음 순간, 그의 신형이 미칠 듯 선회하며 줄기줄기 검광을 뿌려 댔다. 그 검광은 작은 소용돌이를 이루며 흑의인의 전신을 감싸기 시작했다.

흑의인의 입에서 탄성이 흘러나왔다.

"멋진 승룡와운(昇龍渦雲)이로구나. 하지만 이 초식의 약점은 소용돌이의 한가운데가 비어 있다는 것이지."

흑의인은 수중의 장검으로 소용돌이를 이루는 검광의 한복판을 찔러 들어갔다. 그런데 의당 비어 있을 줄 알았던 검광 속에서 돌연 세 줄기의 검광이 폭사해 나오는 것이 아닌가?

"앗?"

흑의인은 다급한 경호성을 내지르며 황급히 몸을 비틀었다.

팟!

검은 옷자락 한 가닥이 잘려 허공에 나풀거렸다. 흑의인은 삼 장 밖에 내려선 채 식은 땀을 흘리더니 버럭 노성을 질렀다.

"이건 무슨 초식이냐?"

흑의인의 왼쪽 소맷자락이 잘려 팔뚝까지 훤하게 드러나 보였다. 흑의인은 잘린 소맷자락은 신경도 쓰지 않은 채 성난 눈으로 소지산을 노려보고 있었다.

의외인 것은 소지산의 반응이었다. 제자에게 무공을 가르쳐 주는 연무장에 외인(外人)이 침입하여 소리를 지르는데도 화를 내기는커녕 오히려 검을 거두고 그를 향해 정중하게 포권을 하는 것이었다.

"종남파의 이십일 대 제자 소지산이 사숙을 뵙니다."

흑의인의 표정이 이상야릇하게 변했다.

"내가 누구인지 아느냐?"

"사숙조님께 들었습니다. 하동원(河東元) 사숙이 아니십니까?"

흑의인은 한 차례 몸을 찔끔거렸다가 머쓱한 표정으로 머리를 벅벅 긁었다.

"사부님이 벌써 내 이야기를 했단 말이냐? 그런데 사부님의 제자는 두 사람인데, 내가 하동원인 줄은 어떻게 알았느냐?"

소지산은 공손한 음성으로 대답했다.

"사숙조께서 말씀하시길 대제자인 성락중(成樂重) 사숙께서는 키가 훤칠하고 침착한 성격이고, 반면에 이 제자인 하동원 사숙께서는 단신에 활달한 성품을 지니셨다고 하셨습니다."

흑의인의 얼굴이 구겨졌다.

"사부님 성격에 행여나 그렇게 말씀하셨겠다. 필시 대제자는 앙상하게 마르고 키만 껑충하게 큰 데다 쓸데없이 무게만 잡는 놈이라고 하셨을 테고, 나는 불어 터진 찐빵 같은 몸에 경솔하기 짝이 없는 한심스러운 놈이라고 하셨겠지. 내 말이 틀리느냐?"

소지산의 얼굴에 한 줄기 난처한 표정이 스치고 지나갔다.

"저로서는 무어라고 말씀드릴 수 없군요."

흑의인은 어깨를 들썩이며 웃었다.

"흐흐…… 이놈, 보기보다 순진한 구석이 있구나. 너무 불편해 할 필요 없다. 사부님 말씀이 아주 틀린 것도 아니니 말이다. 그나저나……."

흑의인은 돌연 정색을 하고 날카로운 눈으로 소지산을 응시했다.

"조금 전에 네가 펼친 초식이 무엇이냐? 정녕 승룡와운이더냐?"
"그렇습니다."
"승룡와운에 무슨 그런 해괴망측한 변화가 숨어 있단 말이냐? 내가 아홉 살 때부터 유운검법을 익혀서 눈을 감고도 모든 초식을 훤히 그려 낼 수 있는데, 그런 변화가 있다는 것은 금시초문이다."

소지산은 침착한 음성으로 말했다.
"장문인께서 유운검법의 창시자인 곽일산 조사의 비전을 연구하여 새롭게 구성한 초식입니다."

흑의인은 가뜩이나 동그란 눈을 휘둥그렇게 떴다.
"오, 신검무적인가 하는 녀석이 새로 구성한 초식이라고?"
"그렇습니다. 당초에 있던 허점을 보완하고 상대가 예상치 못한 변화를 일으키는 데 주안점을 두셨다고 하셨습니다."

흑의인은 통통한 손가락으로 자신의 아래턱을 긁으며 무언가 생각에 잠겨 있더니 문득 소지산의 전신을 쓰윽 훑어보았다.
"신검무적이 그렇게 대단한 놈이란 말이지? 네 솜씨를 보니 이미 검법이 절정에 이르러 있는데, 신검무적에 비하면 어느 정도냐?"

참으로 곤란한 질문이 아닐 수 없었다. 하나 소지산은 조금도 당황하지 않고 차분하게 대답했다.
"저 같은 게 어찌 장문인에 비할 수 있겠습니까?"
"누가 너의 겸손함을 몰라줄까 봐 그러느냐? 너를 통해서 본 파를 이끌고 있는 장문인의 실력을 간접적으로나마 알고 싶어서 그런다. 솔직하게 말해 보아라."

소지산은 잠시 생각에 잠겨 있다가 진중한 음성으로 말했다.

"두 사람이 똑같이 전력을 기울인다면 저로서는 장문인의 십 초를 감당할 자신이 없습니다."

그 말에 흑의인의 표정이 굳어졌다. 그가 조금 전에 겪어 본 바로는 소지산의 무공은 절대로 그의 아래가 아니었다. 그런 실력으로도 십 초를 버티지 못한다니 대체 신검무적의 실력은 얼마나 가공스러운 것이란 말인가?

흑의인은 평생 동안 종남파의 무공을 익혀 왔기 때문에 종남파의 무공에 대해 누구보다도 잘 알고 있었다. 종남파의 무공은 비록 정심하고 현묘했으나, 많은 절학이 유실되어 현재 남아 있는 무공만으로는 아무리 노력해도 어느 수준 이상의 고수는 될 수가 없었다.

그런데 종남파의 무공으로 그런 엄청난 고수가 배출되었다니 도무지 믿기지가 않았다.

흑의인은 전풍개의 제자인 하동원이란 인물이었다. 원래 전풍개에게는 하동원 외에도 성락중이라는 제자가 있었다. 기산취악 후에 종남파를 떠날 때, 전풍개는 가족들 외에도 두 명의 제자를 데리고 해남도로 내려갔다.

그곳에서 수십 년의 세월을 보낸 후 종남파가 멸문했다는 소식에 격분한 전풍개가 손자인 전흠만을 데리고 길을 떠난 것은 주지의 사실이었다. 그때 공교롭게도 하동원과 성락중은 다른 곳에 일이 있어 자리를 비운 상태였었다. 그들이 나중에 거처로 돌아와서 전풍개가 종남파로 떠났다는 사실을 알게 된 것은 한참이나 시간이 흐른 뒤의 일이었다. 두 사람은 부랴부랴 전풍개의 뒤를 따라나섰는데, 어찌 된 일인지 하동원 혼자만 종남파에 모습을 나타낸 것이다.

소지산은 한쪽에 엉거주춤한 자세로 서 있는 방화를 불러 하동원에게 인사하게 했다.

"종남파의 이십이 대 제자인 방화가 사숙조님을 뵈옵니다."

방화가 공손하게 인사를 하는 모습을 하동원이 흐뭇한 얼굴로 지켜보고 있을 때였다.

"이놈! 어디 가서 무슨 짓을 하고 있었기에 이제야 나타난단 말이냐?"

불같은 노호성과 함께 무서운 경력이 하동원의 등을 후려쳐 왔다. 하동원은 그 음성만 들어도 누가 왔는지 알아차리고 그 자리에 넙죽 엎드렸다.

"아이고, 사부님! 이 못난 제자가 이제야 겨우 찾아왔습니다. 그동안 별래무양하셨는지요."

그가 몸을 엎드린 시기가 무척이나 교묘해서 등 뒤에서 날아든 경력이 아슬아슬하게 그의 머리 위를 스치고 지나가 버렸다.

그와 함께 싸늘한 표정을 지은 전풍개가 모습을 드러냈다. 하동원은 그를 향해 더 이상 정중할 수 없는 모습으로 절을 올렸다.

하나 그를 보는 전풍개의 시선은 결코 곱지 않았다.

"사부가 없어졌으면 냉큼 찾아올 일이지 무얼 하다 삼 개월이나 늦게 기어온 것이냐?"

절을 마친 하동원은 전풍개의 표정을 살피며 조심스런 표정으로 입을 열었다.

"원래 저희 두 사람은 사부님께서 종남파로 떠나셨다는 걸 알자마자 그날 밤으로 행장을 꾸려 길을 떠났습니다."

"그런데?"

"워낙 오랜만에 중원을 오는지라 길을 제대로 찾지 못해서 이리저리 헤매다 보니……"

"그게 아니라 모처럼 중원에 오니 구경하고 싶은 게 많아서 이리저리 쏘다니다 보니 늦은 거겠지."

하동원은 배시시 웃어 보였다.

"헤헤…… 구경도 조금 한 것은 사실입니다. 하지만 정말 섬서성까지 오는 길을 잘 알지 못해서……"

전풍개는 싸늘한 눈으로 그를 쏘아보았다.

"늙은 사부는 이곳에서 생사(生死)가 오가는 격전을 치르고 있는데, 새파랗게 젊은 제자 놈들은 중원을 유람하고 다녔다는 말이지?"

하동원은 뒤통수를 긁적이며 어색한 미소를 흘렸다.

"사부님. 정말 저희는 나름대로 최선을 다해 이곳으로 달려왔습니다. 해남에서 여기까지가 가까운 거리가 아니지 않습니까? 저희가 사부님의 위중을 알았다면 어찌 한 치라도 한눈을 팔 수 있었겠습니까? 넓은 마음으로 헤아려 주십시오."

전풍개는 여전히 분기가 가라앉지 않는 모습이었다. 하동원은 슬쩍 한쪽에 서 있는 방화를 돌아보았다.

"더구나 이곳에는 처음 만나는 사손도 있는데 이만 화를 푸시는 게 어떨지……."

전풍개는 그제야 방화를 발견하고는 굳었던 표정을 조금 누그러뜨렸다. 문파의 법도를 무엇보다 중요시하는 그로서는 아무리 제자가 괘씸하다고 해도 나이 어린 사손 앞에서 그를 무한정 꾸짖을 수만은 없었다. 제자의 체면이 곧 자신의 체면이 아니겠는가?

하동원은 전풍개의 분노가 조금씩 숙여지는 것을 재빨리 알아차리고는 예의 활기찬 표정으로 넉살 좋게 웃었다.

"헤헤…… 그나저나 소문으로 듣던 것과는 달리 본 파 고수들의 무공이 상당합니다. 소 사질의 실력을 알아보려고 덤벼들었다가 하마터면 호된 꼴을 당할 뻔했습니다."

전풍개는 다시 그를 꼬나보았으나, 조금 전보다는 많이 가라앉은 모습이었다.

"지산은 너희 밥버러지들과는 달리 지금도 하루의 대부분을 무공을 연마하는 데 보내고 있다. 그러니 어찌 실력이 늘지 않을 수 있겠느냐?"

"과연 그렇군요. 정말 나이답지 않게 노련하고 능숙한 솜씨였습니다."

"그나저나 네 사형은 어디로 가고 너 혼자 이곳에 온 것이냐?"

하동원의 얼굴에 다시 난처한 기색이 떠올랐다.

"저…… 그게 말입니다, 사부님."

전풍개의 눈이 다시 험상궂게 일그러졌다.

"이실직고하지 못할까?"

전풍개가 버럭 노성을 지르자 하동원은 찔끔하여 황급히 입을 열었다.

"원래 우리는 하남성까지는 함께 왔습니다. 그런데 공교롭게도 마침 그때 그곳에서……."

* * *

이곳은 한 채의 호화로운 장원이었다.

장원의 크기는 여타 장원의 몇 배나 될 정도로 넓었고, 담장 또한 끝을 볼 수 없을 정도로 길었다. 사람의 키보다 훨씬 높은 담장 때문에 가까이에서는 안이 전혀 보이지 않았고, 상당히 떨어진 거리에서만 붉은색으로 단장한 전각의 지붕들이 살짝살짝 보일 뿐이었다.

장원의 입구에는 사두마차가 지나갈 수 있을 정도로 널찍한 대문이 있었고, 대문의 옆에는 사람 한두 명이 통과할 만한 넓이의 쪽문이 나 있었다.

대문 앞에는 네 명의 장한들이 나란히 선 채 장원으로 접근하는 사람들을 통제하고 있었다. 그들의 두 눈에서는 연신 정광(精光)이 이글거렸고 양쪽 태양혈이 불룩 솟아올라 있어 내외공(內外功)을 상당한 경지까지 쌓은 고수들임이 분명해 보였다. 이 정도 수준의 고수들이 정문을 지키는 문지기의 역할을 하고 있으니 이 장원의 위세가 얼마나 대단한지를 여실히 알 수 있었다.

한낮의 햇살이 중천을 향해 기를 쓰고 기어오를 무렵, 장원의 정문 앞으로 한 명의 여인이 다가왔다. 정문을 지키고 있던 네 명의 무사들은 그 여인을 보자 정신이 번쩍 나는지 표정들이 일변했다.

그들의 앞으로 다가오고 있는 여인은 굴곡이 완연한 몸매에 보기 드문 미모를 지닌 미녀였던 것이다. 이십 대를 갓 넘어 보이는 미녀의 두 눈에는 생동감이 가득했고, 걷고 있는 모습 또한 탄력이 넘쳐서 보기만 해도 사람의 마음을 흥겹게 만들었다.

네 명의 무사들은 정문을 지키느라 조금 지루했던 참이어서 뜻하지 않는 미녀의 접근에 크게 흥미가 동하는 표정들이었다.

여인은 정문의 앞까지 다가오더니 옥구슬이 구르는 듯한 음성으로 물었다.

"여기가 손 노태야의 손가장인가요?"

그녀의 음성은 얼굴만큼이나 매혹적인 것이었다.

네 명의 장한들 중 가장 체격이 건장하고 이목구비가 반듯한 삼십 대 초반의 장한이 그녀의 말을 받았다.

"그렇소. 소저는 무슨 일로 본 장을 찾아오셨소?"

"만날 사람이 있어서 왔어요."

"본 장에 말이오? 그가 누구요?"

"응계성이라고 해요."

네 사람의 표정이 모두 굳어졌다. 특히 말을 꺼냈던 삼십 대 장한은 보기에 험악함을 느낄 정도로 인상을 찡그리고 있었다.

"그자는 무슨 일로 만나려는 거요?"

여인은 네 사람의 반응에서 그들과 응계성의 사이가 그다지 좋지 않음을 알았으나 크게 신경 쓰지 않고 말했다.

"개인적인 일이므로 굳이 당신들에게까지 말할 필요는 없다고 생각되는군요."

삼십 대 장한의 입에서 거친 숨소리가 흘러나왔다.

"흐…… 그자만큼이나 건방진 소저로군. 용건을 알려 주기 전에는 그자를 만날 수 없소."

여인의 눈꼬리가 살짝 꿈틀거렸으나 입 밖으로 흘러나오는 음성은 여전히 달콤하고 부드러웠다.

"당신들은 당신들이 해야 할 도리를 하면 되는 거예요."

"우리가 해야 할 도리라니?"

"손님이 찾아왔으니 안으로 들어가서 알리는 게 도리 아니겠어요?"

삼십 대 장한의 얼굴에 어처구니없다는 표정이 떠올랐다.

"소저가 본 장의 손님이란 말이오?"

"응계성은 귀 장에 몸을 담고 있으니 그를 찾아온 나는 당연히 귀 장의 손님이지요. 내 말이 잘못되었나요?"

그녀의 말이 잘못된 것은 아니었다. 오히려 너무 정확해서 꼬투리를 잡을 건더기도 없었다. 하나 삼십 대 장한은 반드시 트집을 잡아야 직성이 풀리는지 퉁명스런 음성을 내뱉었다.

"병기를 가지고는 본 장에 들어갈 수 없으니 소지하고 있는 병장기를 모두 꺼내시오. 뒤져 보면 나올 테니 숨겨도 소용없을 거요."

여인의 고운 아미가 처음으로 살짝 찌푸려졌다.

"손가장에 들어가는데 몸수색을 한다는 말은 들어 보지 못했군요."

"방문자가 누구인지에 따라 그냥 통과시킬 수도 있고, 몸수색을 할 수도 있소. 그건 어디까지나 우리의 권한이오."

장한은 그녀의 전신을 위아래로 훑어보며 음충맞게 웃었다.

"흐흐…… 소저의 몸은 유달리 수색할 곳이 많아 보이는군."

그 말에 다른 세 명의 장한들도 모두 어깨를 들썩이며 웃었다.

"헤헤…… 이번 몸수색은 내가 해야겠으니 자네들이 양보하게."

"무슨 소리인가? 나이를 먹어도 내가 더 먹었고, 이 일을 한 것도 내가 더 오래되었으니 당연히 내가 해야 하네."

"안 돼! 저 여자는 내 거야. 내 손으로 구석구석 확실히 뒤져 보도록 하겠네."

그들이 서로 옥신각신하는 모습을 여인은 냉정한 눈으로 바라보고 있었다.

'이들의 모습만 보아도 응 사형이 손가장에서 어떤 대우를 받고 있는지 짐작이 가는구나. 대체 장문 사형이 왜 응 사형을 이런 곳으로 보냈는지 도무지 이해가 되지 않는구나.'

네 명의 장한이 조금만 머리를 굴렸다면 응계성을 만나러 온 여자가 평범한 여염집 아녀자가 아니라는 것을 알 수 있을 것이다. 그리고 응계성이 어느 문파 출신인지 알았다면 그녀의 정체 또한 파악할 수 있었을 것이다.

만약 그랬다면 요사이 욱일승천의 기세로 서안 일대에서 명성을 떨치고 있는 종남파의 여고수를 상대로 희롱에 가까운 행태를 보이지는 못했을 것이다.

하나 그들은 그러지 못했고, 그에 따른 합당한 대가를 치러야만 했다.

파파팍!

눈앞에서 무언가 그림자가 어른거린다고 느낀 순간, 세 명의 장한은 각기 입을 감싸며 바닥을 나뒹굴었다.

"억!"

"어이구!"

여인이 거의 보이지도 않는 동작으로 세 사람의 입을 가격한 것이다. 아무리 그들이 방심하고 있었다고 해도 단 일수(一手)에 세 사람을 동시에 공격한 그녀의 솜씨는 그야말로 대단하다고 하지 않을 수 없었다.

그녀는 다름 아닌 응계성의 사매인 방취아였다. 그리고 서안 사람들에게는 종남파 제일의 여고수인 무영낭랑으로 더욱 널리 알려져 있었다.

제일 처음 말을 꺼냈던 삼십 대 장한은 자신의 동료들이 단숨에 쓰러져 버리자 놀란 경호성을 토해 냈다.

"앗? 이년이 감히……."

그것으로 그의 운명도 결정되었다.

방취아의 어깨가 한 차례 흔들린다 싶은 순간, 장한은 복부를 작살에 관통당하는 듯한 통증을 느끼고 허리를 절반으로 꺾었다.

"크흑!"

그의 몸이 앞으로 숙여질 때 하나의 고운 손이 그의 입을 살짝 두드렸다. 마치 애무를 하는 듯한 부드러운 동작이었으나 그 결과는 전혀 그렇지 않았다.

뿌드득!

장한의 앞니가 송두리째 부러져 버린 것이다.

"어어어……."

장한은 이가 부러진 충격과 배에 구멍이 뚫린 듯한 통증 때문에 말도 제대로 하지 못하고 몸을 부르르 떨었다.

방취아는 장한의 이빨을 박살 낸 자신의 손을 내려다보고 있다가 가느다란 한숨을 내쉬었다.

"확실히 장문 사형이 말한 대로 약류장은 사용하기 편해서 좋기는 한데, 힘 조절을 하기가 힘들단 말이야. 언제쯤 장문 사형처럼 능숙하게 펼칠 수 있을까?"

그녀는 바닥을 나뒹굴고 있는 네 명의 장한에게는 시선조차 주지 않은 채 비어 있는 대문 안으로 걸음을 옮겼다.

한데 그녀가 막 손가장의 장원 안으로 한 걸음을 내딛으려 할 때였다.

"소저는 누구요? 본 장과 무슨 원한이 있기에 백주 대낮에 이런 일을 벌인단 말이오?"

싸늘한 외침과 함께 하나의 인영이 그녀의 앞을 가로막았다. 나타난 인물은 청의를 입고 건장한 체격을 지닌 삼십 대 초반의 인물이었다.

청의인은 날카로운 눈으로 바닥에 쓰러져 있는 네 명의 장한들을 훑어보고는 살짝 눈살을 찌푸렸다. 세 명의 장한은 단순히 따귀를 조금 세게 맞은 정도에 불과해서 금세 몸을 추스르고 일어났으나, 장한 하나는 아직도 굼벵이처럼 몸을 구부린 채 바닥에서 꿈틀거리고 있었다. 장한의 입에서 부러진 이가 시뻘건 피에 섞여 꾸역꾸역 흘러나오는 모습이 처참해 보일 정도였다.

'이놈들의 실력이 비록 일류는 아닐지라도 어지간한 고수는 충분히 제지할 수 있는데 이 여자가 누구이기에 이런 꼴을 당한단 말인가?'

청의인의 시선이 재빨리 방취아를 훑고 지나갔다.

청의인은 손가장을 지키는 호위 무사들의 우두머리로, 신풍검(迅風劍) 표일립(表一立)이라는 인물이었다. 쾌검의 달인으로, 인물 됨됨이가 진중하고 신의가 있어서 서안 일대에서는 상당한 명성을 떨치고 있었다.

그는 요사이 손 노태야를 노리는 암습이 몇 차례나 있었다는 것을 누구보다도 잘 알고 있기 때문에 신경이 잔뜩 곤두서 있는 상태였다. 그의 성격이 침착하고 냉정하지 않았다면 부하들이 쓰러져 있는 모습만 보고도 그녀에게 손을 썼을지도 모른다.

방취아는 표일립이 쉽게 경동하지 않고 침착한 표정으로 자신을 바라보자 붉은 입술을 살짝 열었다.

"나는 응계성의 사매인 방취아라고 해요."

표일립의 얼굴에 흠칫하는 빛이 떠올랐다.

"이제 보니 종남파의 무영낭랑 방 여협이셨구려. 본 장에는 무슨 일로 오신 거요?"

"그야 당연히 응 사형을 만나러 왔지요. 그런데 저자들이 나를 들여보내기는커녕 오히려 몸을 수색해야 한다며 희롱하더군요."

표일립은 그녀의 말을 듣고는 이내 사정을 짐작했다.

'이놈들이 며칠 전에 소벽력(笑霹靂)에게 호된 꼴을 당하고는 애꿎은 여자에게 화풀이를 하려 했구나.'

그는 노한 시선으로 한쪽에 엉거주춤하게 서 있는 세 명의 장한들을 쏘아보았다. 그들은 표일립과 시선이 마주치자 찔끔하여 고개를 떨구었다.

'본 장의 정문을 지키는 것은 본 장의 얼굴을 대변하는 것이나 마찬가지이니 매사에 신중하고 모든 사람들에게 예의를 잃지 말라고 누누이 말했거늘…….'

표일립은 그들에 대한 분노가 치밀어 올랐으나 일단 사태를 수습하는 게 먼저였다.

그는 방취아를 향해 정중하게 포권을 했다.

"이들에게는 본 장의 규율에 따른 처벌을 내리도록 하겠소. 본 장을 대신해 이들의 잘못을 사과하겠으니 방 여협께서는 화를 풀기 바라오."

"화나고 자시고 할 것도 없어요. 그저 어이가 없었을 뿐이니까."

표일립의 시선이 아직도 바닥에 쓰러져 있는 장한에게로 향했다.

"그런데 한 사람에게는 유독 심하게 손을 쓰신 듯하구려. 저자가 비록 방 여협을 몰라보고 실수를 했다고 해도 평생 밥을 제대로 먹지도 못하는 신세로 만들어 버리는 것은 너무 과한 처사가 아닌가 하오."

방취아도 내심 자신의 손속이 조금 지나쳤다고 생각하고 있던 참인지라 상대가 예의를 차리면서도 그 점을 예리하게 지적하자 순순히 자신의 실수를 시인했다.

"그 점에 대해서는 미안하게 생각해요. 그가 욕을 하기에 무심결에 지나친 힘이 들어가고 말았어요."

표일립은 그녀가 선뜻 사과를 하자 그녀의 솔직함에 내심 호감이 생겼다.

강호에서 명성이 자자한 고수가 자신의 잘못을 인정하는 경우란 좀처럼 찾아보기 힘든 법이었다. 특히 여고수일수록 그런 경향이 더욱 심했다. 그런데 요즘 최고의 성가를 드높이고 있는 종남파에서도 첫손가락으로 꼽히는 여고수인 무영낭랑은 여타의 여고수들와는 달라 보였다.

표일립은 새삼스런 눈으로 그녀를 응시하며 입을 열었다.

"이들이 방 여협을 몰라보고 실수를 한 죄가 있으니 이쯤에서 일을 마무리하는 게 좋을 듯하오. 방 여협의 생각은 어떠시오?"

방취아의 얼굴에 엷은 미소가 떠올랐다.

"내 생각도 마찬가지예요. 그런데 당신은 여자의 이름은 물어보면서 자기가 누구인지는 밝히지 않는군요."

방취아의 반쯤 농담 섞인 말에 표일립의 얼굴이 조금 붉어졌다.

제214장 금계탁속(金鷄啄束)

"인사가 늦었소. 나는 본 장의 경비를 책임지고 있는 표일립이라 하오."

"당신이 바로 신풍검이군요. 응 사형에게서 당신의 이야기를 들은 적이 있어요."

표일립의 눈이 번쩍 빛났다.

"응 소협이 나에 대해 무어라고 했소?"

방취아의 얼굴에 떠올라 있는 미소가 조금 더 짙어졌다.

"성격이 너무 고지식해서 융통성이 부족하다고 하더군요. 하지만 믿을 만한 사람이라고 했어요."

표일립은 어색한 표정을 숨기지 못했다.

"응 소협이 나를 그렇게 보아 주었다니 예상치 못한 일이오."

"이제 응 사형을 만나러 들어가도 괜찮은가요?"

표일립은 퍼뜩 정신을 차리고 흔쾌히 고개를 끄덕였다.

"물론이오. 내가 응 소협의 거처까지 안내해 드리겠소."

"부탁드리겠어요."

표일립은 부상이 심한 장한을 약방으로 데려가게 한 후 정문을 지키는 인원을 전원 다른 사람들로 교체했다. 그러고는 방취아를 안내하여 손가장 안으로 들어갔다.

손가장은 겉으로 보던 것과는 달리 화려함보다는 차분함이 돋보이는 장원이었다. 건물들도 하나같이 고풍스러웠고, 사치스런 가구나 번쩍이는 금빛 장식 같은 건 아예 보이지도 않았다.

대신 구석구석에 크고 작은 화원들이 잘 꾸며져 있었고, 손님들이 머무르는 전각이 도처에 늘어서 있었다. 그 전각들마다 손님들로 가득 차 있었다.

어찌 보면 손가장 자체의 인원보다는 손가장에 머무르는 손님들의 수가 더 많아 보이기도 했다. 전국시대(戰國時代)의 사공자(四公子) 중 맹상군(孟嘗君)이 인재들을 모으는 것을 좋아해서 수천 명의 식객(食客)들을 거느리고 있었다고 했는데, 손가장의 식객 또한 그 정도는 아니어도 수백 명은 족히 되는 것 같았다.

바로 이 식객들과 수십 년의 경험으로 쌓은 탄탄한 인맥과 신용이 손 노태야를 서안뿐 아니라 섬서성 제일의 거부로 만든 원동력이었다.

표일립 또한 원래는 손가장의 식객으로 머물러 있다가 손 노태야의 눈에 띄어 경비 책임자로 발탁된 인물이었다. 표일립은 방취아를 안내하면서 특히 식객들이 머물러 있는 건물들에 대해 상세하게 설명해 주었다.

"손가장의 식객들은 대부분이 스물네 개의 건물에서 기거하고 있소. 그들이 있는 곳을 이십사숙(二十四塾)이라고 하는데, 저 건물이 그중에서도 가장 큰 청명숙(淸明塾)이오. 저곳에는 거의 오십 명에 가까운 식객들이 머물러 있소."

"건물의 이름들을 절기(節氣)에서 따온 모양이군요."

"방 여협의 지혜가 대단하구려. 옳게 보았소."

"이십사라는 숫자와 청명이라는 이름을 연상시켜 보니 자연적으로 떠오르는군요. 이십사숙에 있는 식객들의 수는 모두 얼마나 되지요?"

"정확한 숫자는 나도 모르오. 식객들 중에는 수십 년을 머물러 있는 자들도 있지만 수시로 들락거리는 자들도 적지 않은 편이라 인원은 계속 변동이 있소. 대략적으로는 적게 잡아도 오백 명이 넘지 않을까 생각되는구려."

방취아는 나직하게 감탄을 했다.

"정말 대단한 숫자로군요. 그들을 먹이고 재우는 일도 만만치 않겠어요."

표일립은 빙긋 웃으며 고개를 끄덕였다.

"그들을 수발하는 하인과 시비들의 수만 해도 백 명이 넘는다고 알고 있소. 하루 식비만 해도 어지간한 문파의 한 달 수입은 될 거요. 하지만 결국은 그 모두가 본 장의 힘이 아니겠소?"

방취아는 수긍을 했다.

"그렇지요. 관리만 제대로 할 수 있다면 언제든 손을 빌릴 수 있는 오백 명의 고수들을 보유하고 있는 셈이니 말이에요."

"그들 중에는 무공의 고수들도 적지 않지만, 의외로 무림인이 아닌 자들도 상당수 있소. 어느 한 가지라도 재주만 있고 본 장의 규율을 지키기로 약속만 한다면 자신이 원할 때까지 식객으로 머무를 수 있소."

"규율이란 어떤 거지요?"

"모두 세 가지요. 본 장을 적대시하지 않으며, 본 장 내에서 살인을 하지 않고, 적어도 일 년에 한 번은 손 노태야와 식사를 하는 것이오."

방취아는 고개를 갸웃거렸다.

"첫째와 둘째 규율은 이해가 되는데 셋째 규율은 조금 이상하군요."

"특별한 의미는 없소. 단지 손 노태야는 자신의 집에서 자고 자신의 돈으로 먹고사는 사람이라면 일 년에 한 번쯤은 주인 된 도리로 얼굴을 보고 서로 아는 척이라도 하는 게 당연하다고 생각하고 있소."

방취아는 배시시 웃었다.

"손 노태야의 용인술(用人術)이 어디에서 나오는지 알겠군요. 그럼 정말 그 세 가지만 약속하면 손가장 내에서 마음껏 활보해도 상관이 없단 말인가요?"

표일립은 멀리 보이는 작은 가산(假山)과 그 앞에 있는 수정처럼 맑고 깨끗한 호수를 가리켰다.

"저 산은 보정산(寶停山)이라고 하고 그 앞의 호수는 보정호(寶停湖)라고 하는데, 저 두 곳만이 유일하게 외인들이 출입할 수 없는 금지요. 그러니 차후라도 저곳으로 가는 일이 없도록 주의하기 바라오."

"보석이 머무르는 산이라…… 무척 의미심장한 이름이군요."

"그래서 간혹 호기심이 많은 자들이 식객을 가장하고 들어와서 보정산에 침입한 적이 있었소."

"그들은 어떻게 되었나요?"

표일립의 표정이 처음으로 무겁게 굳어졌다.

"그들 중 누구도 살아서 나오지 못했소."

"경비가 철저한 모양이군요."

"어떤 사람들은 손 노태야의 거처보다 오히려 보정산의 경계가 더욱 철저할 거라고 말하기도 하오. 그곳은 경비를 전담하는 조직이 따로 있고, 수많은 기관 장치가 설치되어 있어서 아무리 뛰어난 무공의 소유자라도 손 노태야의 허락을 받기 전에는 침입을 할 수 없다고 알고 있소."

방취아는 상계(商界)의 거두인 손 노태야가 그토록 꽁꽁 감춰 둔 보정산의 비밀이 무엇일까 잠시 생각하다가 이내 도리질을 했다.

'내가 그곳에 갈 일은 없을 텐데 신경 쓸 게 뭐람.'

대화를 나누는 도중 그들은 붉은색 기와를 씌운 아담한 건물 앞에 도착했다.

"이곳이 웅 소협의 거처요."

방취아는 건물이 그리 크지 않았으나 대신에 깨끗하고 단정할 뿐더러 주변의 경치 또한 좋은 것을 보고는 흡족한 미소를 지었다.

"웅 사형이 손 노태야의 보표로 들어온 지 그리 오래되지 않았는데 벌써 개인 숙소를 얻은 것을 보니 대우가 그리 나쁘지 않은 모양이군요."

표일립은 정색을 했다.

"웅 소협은 짧은 시간에 손 노태야의 목숨을 두 번이나 구해서 손 노태야의 상당한 신임을 받고 있소. 그래서 본 장에서는 은근히 웅 소협을 경계하는 자들이 적지 않소. 정문의 경비들이 방 여협에게 무례했던 것도 밑바탕에 웅 소협에 대한 시기심이 깔려 있기 때문이오."

"그랬군요. 웅 사형은 책임감이 강하고 끈기가 있지만 무뚝뚝하고 거친 성격이어서 보표 일을 잘할 수 있을지 은근히 걱정이 되었는데 정말 다행이군요."

"조만간 응 소협의 상세(傷勢)가 모두 낫는다면 손 노태야께서 중용(重用)하실 게 분명하니 방 여협은 걱정하실 필요 없소."

표일립이 무심코 내뱉은 말에 방취아가 깜짝 놀랐다.

"상세가 낫다니…… 응 사형이 어디 다치기라도 했단 말인가요?"

표일립은 자신이 괜한 말을 꺼낸 게 아닌가 싶어 표정이 굳어졌다.

"한 달 전쯤에 손 노태야에 대한 암습이 있었소. 그때 응 소협은 손 노태야 대신 가슴에 일검(一劍)을 맞고 지금 요양 중이오. 나는 방 여협께서 그 때문에 응 소협을 병문안 온 줄 알았는데 그게 아닌 모양이구려."

방취아의 짙은 속눈썹이 부르르 떨렸다.

"나는 전혀 모르고 있었어요. 별다른 소식이 없기에 그냥 잘 지내고 있는 줄 알았는데……."

"다행히 위급한 순간은 넘어가고 회복이 빨라서 얼마 전부터는 혼자 힘으로 산책도 할 수 있을 정도로 나아졌소."

이 말을 하던 표일립의 얼굴에 쓴웃음이 떠올랐다. 근 한 달 만에 자리에서 일어나 산책을 나왔던 응계성이 경비 무사들과 시비가 붙어 상처가 낫지도 않은 몸으로 그들을 모두 때려눕힌 일이 떠올랐던 것이다. 당시에 그와 시비가 붙었던 경비들이 바로 오늘 방취아에게 혼쭐이 난 자들이었다.

응계성의 숙소는 침실과 손님을 맞을 객청(客廳), 그리고 아담한 정원으로 이루어져 있어 혼자 지내기에는 충분히 만족할 만한 곳이었다. 정원의 한쪽에는 연무(鍊武)를 할 수 있는 공간마저 있어 무인(武人)의 숙소로는 더 바랄 것이 없어 보였다.

안으로 들어서자 은은한 약향이 흘러나왔다.

그 냄새를 맡은 방취아의 안색은 더욱 딱딱하게 굳어져서 표일립이 말을 건네지도 못할 정도였다. 표일립이 할 수 있는 일이라고는 그녀보다 먼저 안으로 들어와서 방문을 두드리는 것뿐이었다.

똑똑…….

"누구요?"

"표일립이오."

"들어오시오."

응계성의 목소리를 듣자 방취아의 표정이 조금 풀어졌다. 그리 크지 않은 음성이었으나 응계성 특유의 날카로운 기운이 담겨 있어 안심이 되는 모양이었다.

방문을 열고 들어가자 제법 커다란 침상이 눈에 들어왔다. 응계성은 웃통을 벗은 채 침상 위에 단정한 자세로 앉아 있었다. 자세를 보아하니 연공(練功)을 하고 있던 게 분명했다.

그의 가슴에는 아직도 붕대가 칭칭 감겨 있었으나, 안색은 걱정했던 것보다는 훨씬 더 좋아 보였다.

응계성은 무심코 고개를 들었다가 표일립 뒤에 서 있는 방취아를 보고는 눈을 살짝 치켜떴다.

"네가 무슨 일이냐?"

모처럼 만나는 사매에게 대하는 태도로는 지나치게 차가운 것이었다. 하나 방취아는 응계성의 성격을 잘 알고 있기에 조금도 서운하지 않았다. 오히려 심각한 부상을 입고도 예전의 모습을 전혀 잃지 않은 그가 반갑기조차 했다.

방취아의 시선이 힐끗 표일립에게로 향했다. 표일립은 그녀의 속뜻을 알아차리고는 이내 몸을 돌렸다.

"그럼 두 분이 말씀을 나누시오."

표일립이 문을 닫고 사라지자 방취아는 침상 가까이에 있는 의자로 가서 앉았다. 그러고는 유심한 시선으로 응계성의 가슴을 살펴보는 것이었다.

비록 붕대가 감겨 있다고는 해도 벌거벗은 남자의 상반신을 뚫어지게 바라보는 것은 어지간히 낯이 두꺼운 여인이 아니라면 꿈도 꾸지 못할 일이었다. 방취아는 한동안 그의 상세를 살피고는 한숨을 내쉬었다.

"사형은 정말 운이 좋았군요. 검이 한 치만 옆을 찔렀어도 심장이 관통당해 즉사했을 거예요."

응계성은 퉁명스런 음성을 내뱉었다.

"의원들도 그런 말을 하더군. 그게 뭐 어때서? 어쨌든 나는 살았고, 암습을 한 놈은 죽었다. 그러면 된 거 아니냐?"

방취아의 얼굴에 씁쓸한 표정이 스치고 지나갔다.

"응 사형은 자신의 몸을 소중히 다룰 필요가 있어요. 응 사형의 뒤에는 늘 응 사형을 걱정하는 사람들이 있다는 걸 잊지 마세요."

응계성의 입꼬리가 실룩거렸으나 결국 아무 말도 하지 않았다.

방취아는 한숨을 내쉬더니 품속에서 얇은 책 한 권을 꺼내어 응계성에게 내밀었다.

"받으세요."

"이게 뭐냐?"

"한번 살펴보세요."

응계성이 책을 들고 몇 장 뒤적거리더니 갑자기 눈을 번뜩이며 방취아를 쳐다보았다.

"보법을 적어 놓은 것이로구나. 네가 만든 것이냐?"

"그래요. 응 사형의 다리가 불편해서 몸을 움직이는 데 제약이 많은 것을 알고는 장문 사형이 부탁을 했어요. 두 달 가까이 끙끙거렸는데, 얼마 전에 그런대로 쓸 만한 게 만들어져서 응 사형에게 주려고 가져온 거예요."

"장문 사형이 괜한 짓을 했군. 난 이런 게 없어도 충분하니 도로 가져가거라."

응계성이 책을 내밀었으나 방취아는 받지 않고 그를 빤히 쳐다보았다. 그 시선이 너무 따가워서 응계성은 눈을 부라리며 그녀를 쏘아보았다.

"왜 그런 눈으로 보는 거냐?"

방취아는 한참 동안이나 의미를 알 수 없는 눈으로 응계성을 응시하더니 돌연 그의 손을 꼬옥 잡았다.

"응 사형. 응 사형은 본 파의 제자지요?"

응계성은 그녀의 돌연한 행동에 놀라 붙잡힌 손을 잡아 뺄 생각도 못하고 퉁명스럽게 대꾸했다.

"쓸데없는 질문을 하는구나."

"응 사형이 아직도 본 파의 제자라면, 그리고 나를 사매로 생각한다면 이걸 받으세요. 이 무공을 익혀서 사형이 건재하다는 걸 사람들에게 보여 주세요."

그녀의 음성에는 간절한 빛이 담겨 있었다.

응계성은 한동안 눈자위를 실룩거리더니 그녀의 손에 붙잡힌 자신의 손을 잡아 뺐다.

"너는 나이를 먹을수록 점점 더 뻔뻔해지는구나. 아무리 사형이라고 해도 남자의 손을 제멋대로 잡아 버리니 말이다."

방취아의 얼굴에 엷은 미소가 떠올랐다.

"사형은 남자가 아니에요. 가족이지."

"여전히 말은 잘하는구나."

"이 책을 받아 주실 거죠?"

응계성은 그녀가 자신의 손에 꼬옥 쥐어 준 책을 물끄러미 내려다보았다.

여인 특유의 정교한 필치로 꼼꼼히 써 내려간 책에는 군데군데 인물의 그림과 도해가 그려져 있었다. 그리 많지 않은 분량이었으나, 이 책을 만들기 위해 그녀가 어떠한 노력을 했는지는 충분히 짐작할 수 있었다.

응계성은 말없이 그 책을 보고 있다가 갑자기 퉁퉁 부은 음성을 내뱉었다.

"그런데 무공의 이름이 이게 뭐냐? 금계탁속(金鷄啄束)이라니…… 나보고 닭이라도 되란 말이냐?"

방취아는 배시시 웃었다.

"사형에게 가장 어울리는 동물이 무언가 고민하다가 고른 거예요. 사형은 누가 뭐래도 종남파 제일의 싸움닭이잖아요."

응계성은 더 이상 어떤 불만도 표하지 않았다. 아마 속으로는 그녀의 싸움닭이라는 말을 무척이나 마음에 들어 했음이 분명했다.

제215장 비전행공(秘傳行功)

 청의방과의 비무가 벌어진 지 삼 일이 지났는데도 진산월 일행은 여남에 머물러 있었다. 전흠이 좀처럼 의식을 회복하지 못해 길을 떠나지 못하고 있는 것이다.
 동중산은 의식을 잃고 누워 있는 전흠의 상태를 살피고는 무거운 표정으로 입을 열었다.
 "아무래도 장호의 칼에 격중될 때 심맥(心脈)에 상당한 충격을 받은 모양입니다. 처음에는 가슴의 상처를 걱정했는데, 지금은 오히려 의식이 돌아오지 않는 것에 더 신경이 쓰이는군요."
 뇌일봉이 고개를 갸웃거렸다.
 "단순히 도기에 당했다고 이토록 오랫동안 정신을 잃을 리는 없는데…… 혹시 그들이 독을 사용한 것은 아닐까?"
 "중독된 증상은 없습니다. 차라리 그랬다면 해독(解毒)할 방법이라도 찾아볼 텐데, 지금은 원인을 모르겠으니 더욱 난감한 형편입니다."

"이것 참…… 아무튼 전흠이 정신을 차릴 때까지는 당분간 비무행을 하지 못하겠구나."

뇌일봉의 말은 당연한 것 같았는데, 의외로 동중산은 고개를 저었다.

"비무행은 계속될 겁니다."

뇌일봉의 얼굴이 살짝 굳어졌다.

"그게 무슨 말이냐? 이런 상태에서도 비무행을 계속하겠다는 말이냐?"

동중산이 무어라고 대답하기도 전에 진산월이 먼저 입을 열었다.

"이틀 후에 길을 떠날 계획입니다. 다음 목표는 애초에 정한 대로 정양(正陽)에 있는 흑기보(黑旗堡)가 될 것입니다."

뇌일봉은 자신도 모르게 눈살을 찌푸렸다.

"그때까지 전흠이 깨어나지 않으면 어쩌겠느냐?"

"마차에 침상을 설치할 생각입니다."

"설사 깨어난다고 해도 그의 몸으로 비무를 하기는커녕 먼 길을 떠나는 것도 쉽지 않을 것이다."

"그래도 가야 합니다."

"왜 그렇게 서두르는 것이냐?"

"유월 일일까지 안휘성을 거쳐 호북성으로 가기에는 일정이 빠듯합니다. 여남에서 오 일을 지체하게 되면 저희들에게 더 머뭇거릴 시간이 남아 있지 않습니다. 비무행을 중지하든가, 아니면 늦어도 이틀 후에 길을 떠나야 합니다."

뇌일봉은 진산월의 생각이 확고한 것을 깨닫고 무거운 한숨을 내쉬었다.

"정말 쉽지 않은 일이로구나."

"애초부터 각오한 일입니다."

"전흠이 빠진다면 비무에 나설 인원이 모자라지 않겠느냐?"

진산월의 대답은 막힘이 없었다.

"전흠이 몸을 회복할 때까지는 중산이 대신 나설 겁니다."

"그의 머리는 나도 인정한다만, 무공은 아무래도 손색이 있지 않겠느냐?"

"저와 일방이 조금 더 힘을 내면 됩니다."

그 말에 뇌일봉은 문득 고개를 돌려 낙일방을 쳐다보았다. 낙일방은 아직도 며칠 전의 비무에서 입은 상처가 낫지 않아 이마에 붕대를 매고 있었다. 그런데도 뇌일봉과 시선이 마주치자 빙긋 웃으며 태연하게 입을 여는 것이었다.

"너무 걱정 마십시오, 뇌 숙부. 장문 사형과 저, 두 사람만으로도 충분합니다. 우리 두 사람만 패하지 않으면 어떤 방식으로 비무를 벌인다 해도 결과는 마찬가지일 테니까요."

뇌일봉은 그의 태평해 보이는 얼굴을 멍하니 바라보고 있다가 문득 고개를 돌려 다른 종남파 고수들의 표정을 살폈다. 그들 중 누구도 걱정스러운 빛을 띠고 있는 사람은 없었다. 심지어는 사려 깊고 조심성이 많은 동중산조차도 비무 자체에 대해서는 낙관하고 있는 모습이었다. 그는 단지 전흠의 부상이 빨리 회복되지 않는 것을 걱정하고 있을 뿐이었다.

'정작 주인은 느긋한데 객이 먼저 나서서 법석을 떤 격이로군.'

뇌일봉은 그저 허탈한 웃음을 지을 수밖에 없었다.

동중산이 진산월을 향해 입을 열었다.

"이번 청의방과의 비무는 득(得)과 실(失)이 뒤섞여서 정확한 손익계산을 하기가 힘들군요. 장문인의 생각은 어떠십니까?"

"얻은 건 세 가지이고 잃은 건 하나이니 이번 일은 우리가 절대적으로 이득을 본 셈이다."

"잃은 건 알겠는데, 얻은 게 무엇인지는 명확치 않은 것 같습니다."

"첫째로 본 파의 비무행이 단순한 과시욕이나 허장성세가 아니라 강호 무림을 향한 진지한 도전임을 무림인들에게 각인시켰다는 것이다."

그 점은 동중산도 선뜻 수긍을 했다. 청의방과의 비무는 강호 거파들 간의 비무치고는 지나치게 유혈 낭자했고, 부상자가 속출했다. 전흠은 물론이고 낙일방의 부상도 가벼운 것은 아니었다.

청의방의 타격은 더욱 큰 것이었다. 그들 문파의 최고 고수 두 사람이 당분간 활동을 못할 정도로 심각한 중상을 입었고, 방주인 곽존해는 치욕적인 패배를 당하고 말았다.

그 비무를 직접 눈으로 본 사람이라면 누구나가 종남파에서 얼마나 진지하게 비무에 임했는지를 여실히 느낄 수 있을 것이다.

"둘째로 본 파의 무공 수준을 강호에 널리 알렸다는 것이다. 앞으로 웬만한 수준의 고수들로는 본 파를 상대로 승리를 거둘 수 없다는 것을 누구나가 인정할 것이다."

확실히 청의방과의 비무에서 종남파 고수들이 보여 준 무공은 구경하던 모든 사람들을 놀라게 하기에 충분한 것이었다. 심지어는 그들과 동행했던 뇌일봉조차도 전흠과 낙일방의 진정한 무공 실력을 보고 감탄을 금치 못할 정도였다. 더구나 하남성의 유력한 문파인 청의방의 방주를 불과 십 초 만에 격파한 진산월에 대해서는 더 말할 나위도 없었다.

"셋째로는 개인적인 이득이다."

"개인적인 이득이라니요?"

"이번의 비무에 나섰던 자들은 크든 작든 얻은 바가 적지 않았을 것이다. 그렇지 않느냐?"

진산월의 마지막 물음은 낙일방을 향한 것이었다. 낙일방은 눈을 반짝이며 선뜻 시인을 했다.

"사실 조만간 장문 사형께 말씀드리려고 했는데 벌써 눈치채고 계셨군요. 저는 이번에 태인장을 익힐 실마리를 얻었습니다."

그 말에 동중산이 반색을 했다.

"그게 정말이십니까?"

태인장은 종남파 고수들에게는 그야말로 동경과 원망의 대상이었다. 태인장은 한때 종남파가 천하에 자랑했던 최고의 장공(掌功)으로, 대성할 수만 있으면 강호 무림의 어떠한 장공과 자웅을 겨루어도 뒤지지 않는다고 알려진 최고의 절학이었다.

하나 이백 년 전의 소선 우일기 이후 종남파에서 태인장을 익힌 사람은 아무도 없었다. 태인장의 구결은 남아 있었지만, 특이한 운용 방법이 실전(失傳)되어 버린 것이다.

한때 종남파 부흥의 기대를 한 몸에 받았던 십오 대 장문인 풍운신룡 담명이 오랜 참수 끝에 태인장에 입문한 적이 있었다. 그때 시간만 넉넉했다면 아마도 담명은 백 년 만에 처음으로 태인장을 익힐 수 있었을 것이다. 하나 전혀 예상치 못했던 토굴 사건으로 인해 그가 자결하는 바람에 그 맥(脈)이 완전히 끊어지고 말았다.

진산월 또한 몇 차례나 태인장을 익히려 했으나 도저히 낙일방이 입수한 비급에 적힌 방법대로 내공이 운용되지 않아 거의 포기한 상태였다. 그나마 종남파 고수들 중 가장 먼저 태인장을 접하고 오랫동안 수련한 낙일방조차도 태인장의 초식 변화만을 절반 정도 터득했을 뿐 실제로 태인장을 펼치지는 못했다.

내공이 움직여야 익히든 말든 할 게 아니겠는가?

그런데 낙일방이 태인장의 운용 방법에 대한 실마리를 얻었다고 하니 어찌 놀라지 않을 수 있겠는가?

"네가 며칠 전부터 특이한 행공(行功)을 하고 있는 모습을 보았다. 본 파의 무공과 비슷한 것 같으면서도 어딘지 모르게 달라 보여서 의아해하던 참이었다. 그게 태인장의 행공이었느냐?"

진산월의 물음에 낙일방은 고개를 끄덕이며 입을 열었다.

"그렇습니다."

"자세한 설명을 해 주겠느냐?"

"사실 이번에 곽승의 진공검을 상대할 때 마지막의 결정타로 옥잠지를 사용할지 아니면 낙뢰신권의 일점천뢰를 쓸지 순간적으로 갈등이 일었습니다. 그래서 무심결에 오른손으로는 옥잠지의 공력을 끌어 올리고, 왼손으로는 천단신공의 폭섬결(暴閃訣)을 운용했습니다. 폭섬결로 펼쳐야 일점천뢰의 진정한 위력이 나타나거든요."

중인들은 모두 낙일방의 말에 정신없이 귀를 기울이고 있었다.

"그런데 그 두 가지 공력을 끌어 올리자마자 몸속의 내공이 미친 듯이 요동을 치는 겁니다. 이거 큰일 났구나 싶어 다급한 대로 먼저 옥잠지를 발출했습니다. 그런데 곧이어 폭섬결의 공력을 거두자마자 금시라도 폭발할 듯했던 내공이 언제 그랬느냐는 듯 순식간에 가라앉아 버리는 겁니다. 당시에는 비무 때문에 정신이 없어서 아무 생각도 하지 못했는데, 그날 밤 숙소에서 혼자 앉아 있다가 아무래도 이상해서 다시 옥잠지와 폭섬결의 공력을 끌어 올려 보았습니다."

"그건 너무도 경솔하고 위험한 행동이었다."

낙일방은 멋쩍게 웃었다.

"저도 그렇게 생각합니다. 다만 그때는 옆구리의 통증이 너무 심해서 그런 것에라도 집중하지 않으면 밤을 꼬박 새울 것 같았습니다. 아무튼 두 공력을 끌어 올렸는데 그때와는 달리 아무런 현상도 일어나지 않았습니다."

"신기한 일이로구나."

"저도 이상해서 몇 번이나 공력을 끌어 올렸다가 풀었다가를 반복했습니다. 그러다 문득 제가 반대로 행하고 있다는 것을 알았습니다. 비무 시에는 오른손에 옥잠지의 공력을, 왼손에 폭섬결을 운용했었는데, 그때는 오른손에 폭섬결을, 왼손에 옥잠지를 운용하고 있다는 걸 깨달은 겁니다. 무의식적으로 손에 익은 순서대로 운용하고 있었던 거지요."

옆에서 듣고 있던 동중산이 짤막한 탄성을 터뜨렸다.

"아! 그렇다면……."

낙일방이 그를 돌아보며 웃었다.

"그래요. 비무 때처럼 오른손에 옥잠지를 끌어 올리고 왼손에 폭섬결을 운용하자 다시 내공이 미친 듯이 끓어오르기 시작했어요. 처음에는 겁이 덜컥 나서 곧 공력의 운용을 취소했지만, 몇 차례 반복해도 내공이 요동치기만 할 뿐 역류(逆流)하거나 폭발하지는 않는다는 걸 알았어요. 그래서 계속 그 현상을 연구하고 있었는데, 그러다 문득 이렇게 내공이 들끓은 상태에서 장력을 펼치면 어떠한 위력이 나타날지 궁금한 생각이 들었어요."

동중산은 황급히 물었다.

"어떻게 되었습니까?"

"그날 밤에 몰래 밖으로 나가 인적이 없는 강변에서 두 개의 공력을 운용하여 장력을 날려 보았어요. 그 결과는 놀라울 정도였어요. 단순히 일장을 내뻗었을 뿐인데도 사람의 키보다 두 배는 더 큰 바위가 송두리째 박살 나고 말았으니까요."

동중산의 외눈이 크게 뜨였다.

"정말 대단하군요. 그 정도 위력이라면 능히 천하제일장(天下第一掌)이라 할 만합니다."

"반드시 그렇지만도 않았어요. 장력을 펼친 순간 들끓었던 내공이 손바닥을 따라 모조리 밖으로 나가 버리는 것 같았거든요. 결국 일장을 펼치고는 진력이 바닥나서 한참 동안이나 바닥에 주저앉아 있어야만 했어요. 결국 그건 일회용 무공인 셈이었지요."

"그것이 태인장이었습니까?"

낙일방이 웃으며 고개를 저었다.

"그럴 리가 있겠어요? 다만 몸이 회복된 후 곰곰이 생각해 보았지요. 만약 한 번에 진력이 바닥나지 않고 장력의 위력을 계속 유지할 수만 있다면 정말 좋겠다는 생각을 하고 있다가 문득 태인장을 떠올렸어요. 태인장의 비급에 적힌 방식이라면 한 번에 진력이 모조리 빠져나가지 않고 내가 마음먹은 대로 조절할 수 있지 않을까 하는 생각에 태인장의 구결을 암송해 보았는데, 뜻밖에도 그토록 꼼짝도 않던 태인장의 행공이 이루어진 거예요."

동중산은 자신도 모르게 감탄성을 발했다.

"아! 강호의 절학들 중에는 특이한 행공법을 모르면 익힐 수 없는 것들이 있다고 했는데 본 파의 태인장이 그런 종류였군요."

"그래요. 소가 뒷걸음치다가 쥐를 잡은 격으로, 우연히 끌어 올린 두 가지 공력의 운용법이 바로 그토록 찾아 헤맸던 태인장의 행공법이었던 거지요."

동중산은 빙그레 미소 지었다.

"우연이라고 해도 그 작은 실마리를 놓치지 않고 탐구를 계속한 낙 사숙의 집념이 아니었다면 태인장의 행공법은 영원히 미궁 속으로 사라져 버렸을 것입니다."

진산월이 동중산의 말을 거들었다.

"중산의 말이 맞다. 태인장의 행공법을 알아낸 것은 전적으로 너의 공(功)이다."

낙일방은 계면쩍은 웃음을 흘렸다.

"아직은 확실한 게 아닙니다. 태인장의 행공이 완벽하게 이루어져서 태인장을 온전히 펼칠 수 있어야만 비로소 안심할 수 있지요. 그런데 이 행공법은 그다지 어려운 것도 아닌데 왜 비급에는 아무런 언급도 되어 있지 않았을까요?"

"아마 그 어렵지 않다는 점 때문에 비급에 적기보다는 은밀히 믿을 수 있는 자에게만 구전(口傳)해 주었을 것이다. 그래서 특별히 인정받은 자들만 익힐 수 있다고 알려진 것일 테고."

"그래도 겨우 이런 간단한 운용법 때문에 지난 이백 년간 아무도 태인장을 익히지 못했다는 것이 이상합니다. 공연히 억울한 생각도 들고 말입니다."

"무엇이든 알고 나면 대단치 않아 보이는 법이다. 간단하다고 했지만, 본 파의 많은 무공들 중 옥잠지와 폭섬결을 오른손과 왼손에 나누어 끌어 올려 본 사람이 얼마나 되겠느냐? 누군가가 알려 주지 않는다면 절대로 익힐 수 없으니, 비전이란 바로 이를 두고 하는 말일 것이다."

낙일방은 잠시 생각에 잠겨 있다가 그답지 않은 씁쓸한 표정을 지었다.

"저 이전에 담명 조사께서도 이 방법을 발견하셨을 겁니다. 그분이 불의의 변(變)을 당하지만 않으셨어도 본 파는 진즉에 태인장을 복원할 수 있었을 겁니다."

 진산월도 그 점이 아쉽기는 마찬가지였다. 이런 식으로 사라진 종남파의 절학이 얼마나 많겠는가?

 비전이란 문파의 절학을 보호하는 좋은 수단이기도 하지만, 때로는 절학 자체를 사라지게 하는 위험천만한 면도 가지고 있었다. 그래서 역사가 오래된 명문 정파일수록 비전에만 의존하지 않고 알려진 무공을 발전시키는 일에도 노력을 기울이는 것이다.

 중인들이 이런저런 복잡한 상념에 잠겨 있을 때 방문이 벌컥 열리며 한 사람이 뛰어 들어왔다.

 "장문인!"

 들어온 사람은 다름 아닌 손풍이었다.

 동중산은 그의 버릇없는 행동에 무어라고 한마디 하려다 급히 입을 다물었다. 안으로 들어온 손풍의 얼굴에 다급한 기색이 가득했던 것이다.

 "큰일 났습니다. 소응이……, 아니 유 사형이 납치당했습니다."

 뜻밖의 말에 중인들은 대경실색할 수밖에 없었다.

 "그게 무슨 말이냐? 소응이 납치당하다니……."

 손풍은 식은땀을 줄줄 흘리며 횡설수설했다.

 "제가 유 사형과 함께 여남의 거리를 구경하고 있었는데, 웬 이상한 죽립인(竹笠人)이 자꾸 따라오는 겁니다. 그래서 제가 그 죽립인에게 무어라고 잔소리를 했는데, 그 죽립인이 갑자기 유 사형의 팔을 잡더니 쏜살같이 달아나 버렸습니다."

 동중산이 그의 등을 두드렸다.

"차근차근 말해 보게. 소응은 뒤쪽의 후원에서 무공을 연마하고 있었는데 언제 자네와 거리 구경을 나갔단 말인가?"

손풍은 두서없이 주절거렸다.

"그게…… 나 혼자 방 안에 있으려니 너무 갑갑해서 산책이라도 나가려고 방을 나왔다가 유 사형이 무공을 익히고 있는 걸 보게 되었소."

"그래서?"

"자기 키만 한 장검을 용케도 놓치지 않고 잘 휘두르기에 그 모습이 너무 귀여워서 당과(糖菓)라도 사 줄 생각에 거리로 나갔소."

"자네 혼자 말인가?"

"당연히 유 사형도 함께 나갔지요."

동중산은 어리둥절한 표정으로 물었다.

"소응이 무공을 익히다 말고 당과를 사 먹겠다고 밖으로 나갔단 말인가?"

손풍이 답답하다는 듯 자기의 가슴을 탁탁 쳤다.

"유 사형이 사 먹겠다는 게 아니라 내가 사 주겠다는 거였소."

그제야 동중산은 어떻게 된 일인지 알아차렸다.

"그렇다면 자네가 억지로 소응을 끌고 나갔다는 말이로군."

동중산의 눈빛이 냉엄해지자 손풍은 움찔거리다가 한풀 꺾인 음성으로 말했다.

"쪼끄만 게 어찌나 고집이 세던지 내가 몇 번이나 타일렀는데도 자기는 계속 무공을 익혀야 하니 나 혼자 나가라고 하지 않겠소? 홧김에 그가 잠시 쉬고 있는 틈을 타서 검을 빼앗아 달려갔더니 그제야 어쩔 수 없이 내 뒤를 따라왔소."

 동중산은 어처구니가 없다는 듯 멀거니 손풍을 쳐다보았다.

 "혼자 나가서 사 오면 될 일을 왜 그렇게 소응을 데리고 가려고 애를 썼나?"

 "아는 사람도 한 명 없는 거리를 혼자 무슨 재미로 돌아다닌단 말이오? 그래도 사형이라고 내 딴에는 신경을 써서 맛있는 음식을 파는 곳으로만 골라 다녔소. 그런데 무슨 아이가 군것질도 별로 좋아하는 것 같지 않더구려."

 "납치되었다는 건 무슨 말인가?"

 "들어 보시오. 내가 유 사형을 데리고 여남의 거리를 구경하고 있는데, 아까부터 누군가가 쳐다보는 것 같은 기분이 들더란 말이오. 내가 그런 쪽으로는 보통 예민한 게 아니지 않소? 물건을 사는 척하며 슬쩍 돌아보니 아니나 다를까, 웬 죽립을 깊게 눌러쓴 자가 거리 한편에서 우리를 뚫어지게 쳐다보고 있었소."

 "그래서?"

 "그래서는? 당장 그자에게 달려가서 왜 우리를 훔쳐보느냐고 호통을 쳤지."

 동중산은 너무 어이가 없어서 화도 나지 않았다.

 "이상한 자가 뒤를 쫓아왔으면 숙소로 돌아오면 될 일이 아닌가?"

 "난 누가 뒤를 쫓아오면 찜찜해서 견디지 못하는 성미요."

 "알았네. 빨리 소응이 납치당한 경위를 말해 보게."

 "지금 말하고 있지 않소? 자꾸 엉뚱한 말만 하게 하고는……."

손풍은 구시렁거리다가 주위 사람들의 눈초리가 험악해지자 재빨리 말을 이었다.

"아무튼 내 호통을 듣자 그자는 약간 당황하는 것 같았소. 그러더니 나보고 종남파의 제자냐고 묻는 게 아니겠소? 당연히 그렇다고 하자 그자가 갑자기 불쑥 손을 내밀었소. 나는 악수라도 하려는 줄 알고 마주 손을 잡으려고 했는데, 그자는 다시 손을 거두더니 혼잣말로 중얼거리는 거였소."

"그가 무어라고 중얼거렸나?"

"아직 유운비수도 배우지 않았단 말인가? 뭐 그런 말 같았소."

그때 묵묵히 손풍의 말을 듣고만 있던 진산월이 불쑥 물었다.

"그가 분명히 유운비수라고 말했느냐?"

손풍은 움찔하여 동중산을 대할 때와는 달리 공손하게 대답했다.

"저는 그렇게 들었습니다, 장문인."

진산월은 계속 말하라는 듯 고개를 끄덕였다.

손풍은 목이 타는지 옆에 있던 차를 한 모금 마시고는 다시 말을 계속했다.

"아무튼 그자는 그 뒤로 나에게는 신경도 쓰지 않고 유 사형을 쳐다보았소. 그러다 유 사형이 장검을 들고 있는 것을 보고는 갑자기 눈을 번뜩이더니 아까처럼 오른손을 앞으로 내밀었소."

동중산이 황급히 물었다.

"그래서 어떻게 되었나?"

"유 사형은 옆으로 움직이더니 장검을 들지 않은 왼손으로 그자의 손을 탁 쳤소. 이렇게 말이오."

손풍이 유소응의 흉내를 내려는 듯 왼손을 아래에서 위로 쳐들자 낙일방이 나직하게 중얼거렸다.

"영양괘각(羚羊卦角)이로군."

손풍이 고개를 갸웃거리자 낙일방은 아무렇지도 않은 듯 말했다.

"신경 쓰지 말고 계속해라."

손풍은 알았다는 듯 고개를 끄덕이고는 재차 입을 열었다.

"그러자 그 죽립인은 오른손을 비틀어 유 사형의 손목을 잡으려 했소. 유 사형은 처음 보는 사람에게 손목을 잡히기는 싫었던지 다시 옆으로 움직이며 이번에는 팔꿈치로 그의 손등을 찍으려 했소. 죽립인은 재빨리 손을 흔들었는데, 이상하게도 손 그림자가 여러 개로 번져 보이더니 유 사형의 손목이 어느새 그의 손에 잡혀 있었소."

이번에도 낙일방이 중얼거렸다.

"낙성연적(落星然迹)을 삼환투일(三環偸日)로 제압했군."

손풍은 그를 힐끗 쳐다보다가 그가 더 이상 아무 말이 없자 내심 투덜거렸다.

'제길. 할 말이 있으면 속 시원히 하든지. 꼭 내가 한마디 할 때마다 말을 막고 있으니…….'

손풍은 아직 장괘장권구식을 익히지 않았기 때문에 낙일방이 말한 것들이 모두 장괘장권구식의 초식들임을 전혀 알지 못했다.

손풍은 속으로 불만을 삭이고는 재빨리 입을 놀렸다.

"유 사형은 그제야 검을 사용할 생각을 하는지 검을 뽑으려 했으나, 죽립인이 먼저 유 사형의 마혈을 제압했소. 그러고는 그대로 유 사형을 안고 어딘가로 날아가 버린 거요."

동중산이 한심스럽다는 표정으로 그를 쳐다보았다.

"그동안 자네는 무얼 했나?"

"무얼 하긴. 열심히 지켜봤지. 아무튼 그자는 무공을 익힌 고수란 말이오. 내가 따라가려 했으나 그자의 뒤통수도 제대로 보지 못했소."

동중산이 재차 무어라고 말하려 했으나, 그때 진산월이 조용한 음성으로 물었다.

"죽립인이 떠나기 전에 다른 말은 없었느냐?"

손풍은 고개를 갸웃거리다 손뼉을 탁 쳤다.

"그러고 보니 제가 멍하니 그의 모습이 사라지는 광경을 보고 있었는데 갑자기 귓전으로 깨알 같은 음성이 들려왔습니다."

"무어라고 했느냐?"

"오늘 저녁에 찾아올 테니 술상을 봐 놓으라고……."

손풍의 음성이 점점 작아졌다. 말을 해 놓고도 자신이 잘못 들은 거라고 생각하는 모양이었다. 하나 진산월은 담담하게 고개를 끄덕일 뿐이었다.

"알았다. 수고했으니 네 방에 가서 쉬도록 해라."

손풍은 어리둥절한 얼굴로 그를 쳐다보았다.

"유 사형을 구하러 가지 않을 셈이십니까?"

"그럴 필요 없다."

"예? 그게 무슨 말씀이신지……."

동중산이 재빨리 그의 팔을 잡아끌었다.

"자네 방으로 가세. 내가 자세한 이야기를 해 주겠네."

동중산이 아직도 영문을 몰라 하고 있는 손풍을 이끌고 밖으로 나가자 낙일방이 진산월을 향해 입을 열었다.

"누군지 짐작이 가는 사람이 있습니까? 본 파의 무공을 알고 있는 것을 보면 아주 남은 아닌 것 같은데……."

진산월은 고개를 끄덕였다.

"두 사람이 있는데, 둘 중 누구인지는 모르겠구나."

"누굽니까?"

진산월은 한동안 허공을 응시하다가 조용한 음성을 내뱉었다.

"잠시 후에 직접 확인하면 될 일이다. 혹시라도 내 짐작이 틀렸을 수도 있으니 말이다."

제 216 장
전화위복(轉禍爲福)

제216장 전화위복(轉禍爲福)

그날 저녁.

거리에 하나둘씩 등불이 내걸릴 때 과연 누군가가 종남파의 고수들이 머무르는 숙소를 찾아왔다. 죽립을 깊게 눌러쓴 그 인물은 훤칠한 체구에 등 뒤에 검을 멘 전형적인 무인의 복장을 하고 있었다.

죽립인을 본 손풍이 호들갑을 떨었다.

"저자입니다. 저자가 유 사형을 납치해 갔습니다."

그때 죽립인의 뒤에서 하나의 작은 인영이 걸어 나왔다. 그는 다름 아닌 유소응이었다.

"어? 유 사형, 무사했군요."

손풍이 반색을 했으나, 유소응은 별반 표정 없는 얼굴로 그에게 살짝 고개를 까닥거리고는 진산월에게 다가가 머리를 조아렸다.

"걱정을 끼쳐 드려 죄송합니다, 사부님."

"불편한 곳은 없느냐?"

"예."

유소응은 여전히 견정검을 가슴에 안은 모습이었다. 그의 말마따나 혈색이나 표정에서 어떠한 이상한 점도 보이지 않았다.

진산월의 시선이 그에게서 죽립인에게로 옮겨졌다.

죽립인은 그 자리에 우뚝 선 채 종남파 고수들을 찬찬히 훑어보고 있었다. 그러다 진산월과 시선이 마주쳤는데, 죽립 사이로 번뜩이는 안광이 얼음처럼 차갑고 예리하게 느껴졌다.

진산월은 조용한 시선으로 그의 칼날 같은 눈빛을 마주 보다가 담담한 음성을 내뱉었다.

"성락중 사숙이십니까?"

죽립인은 천천히 죽립을 벗었다. 드러난 얼굴은 검은 수염을 기르고 이목이 청수한, 준수한 용모의 중년인이었다. 나이는 갓 사십을 넘었을 정도였으며, 중년 특유의 여유와 침착함이 배어 있는 얼굴이었다.

"내가 바로 성락중일세."

진산월은 그를 향해 정중하게 포권을 했다.

"종남파의 이십일 대 장문인 진산월이 사숙을 뵙니다."

그는 이미 상대의 정체에 대해 대충 파악하고 있었기 때문에 별로 놀라거나 당황해 하지 않았다.

종남파의 무공에 능숙한 사십 대의 중년인은 거의 없었다. 그리고 진산월은 종남파를 떠나기 전에 전풍개로부터 혹시라도 중원에서 만나게 될지도 모를 두 명의 사숙에 대해 언질을 받았던 것이다.

낙일방과 동중산이 황급히 그에게 인사를 했다.

성락중은 전풍개의 두 명의 제자 중 첫째였다. 전풍개가 말한 대로 그의 인상은 비범해 보였고, 태도는 장중해서 절로 호감이 일었다.

"안으로 드시지요. 간단한 술상을 준비했습니다."

성락중은 주저하지 않고 성큼성큼 안으로 들어왔다. 자리에 앉아 술이 일 순배 돌자 그제야 진산월은 성락중을 향해 오늘 일에 대해 물었다.

"여기까지는 어떻게 찾아오시게 되었습니까?"

성락중은 검은 수염을 쓰다듬으며 진중한 음성으로 입을 열었다.

"나에게 사제가 한 명 있다는 것은 사부님께 들어서 알고 있을 테지?"

"그렇습니다. 하동원 사숙이라고 들었습니다."

성락중은 갑자기 한숨을 내쉬었다.

"그 녀석 때문에 일이 엉망으로 꼬여 버렸네."

원래 성락중과 하동원은 같은 고향 출신이었다. 나이는 성락중이 다섯 살이 많으나, 어려서부터 워낙 흉허물 없이 친하게 지내온 사이인지라 친형제나 마찬가지였다.

처음 전풍개의 눈에 뜨인 사람은 성락중이었다. 전풍개는 성락중의 나이답지 않은 의연한 태도와 침착한 성품에 호감을 느끼고 그를 제자로 삼았다. 뒤늦게 그것을 안 하동원이 울고 불며 떼를 써서 자신도 전풍개의 제자로 들어가게 되었다. 물론 전풍개의 성격에 어린아이가 떼를 쓴다고 받아들일 리는 없었고, 쾌활하고 낙천적인 성격에 몸이 유연한 하동원의 재질을 나름대로 인정한 결과였다.

전풍개의 제자가 된 후 두 사람의 무공은 무섭도록 상승하여 전풍개를 흡족하게 만들었다.

그러다 기산취악의 일을 당한 후, 그들은 전풍개를 따라 해남도로 거처를 옮겼다. 해남도에서 두 사람의 처지는 판이해졌다.

낙천적인 성격인 하동원은 금세 시름을 떨치고 해남도의 구석구석을 누비고 다닌 반면, 성락중은 크게 의기소침하여 두문불출하다시피하고 무공 연마에만 주력했다. 가뜩이나 성락중이 조금 앞섰던 두 사람의 무공 실력은 불과 몇 년 사이에 천양지차로 벌어지게 되었고, 그럴수록 전풍개는 성락중을 더욱 가혹하게 채찍질했다.

성락중이 전풍개의 혹독한 다그침에 시달리고 있을 때 하동원은 해남도를 자기 집 안마당처럼 들락거리며 많은 사람들을 친구로 사귀었다. 워낙 성격이 밝고 구김살이 없어서 그를 아는 대부분의 사람들이 그를 좋아했다.

그러던 어느 날, 하동원과 절친한 친구 사이인 채일상(蔡溢祥)이란 인물이 시체로 발견되어 해변으로 떠 내려왔다.

채일상은 하동원과 동갑으로, 얼굴이 준수하고 성격이 시원시원한 데다 술을 잘 마셔서 하동원이 가장 좋아하는 유형이었다.

두 사람은 사귄 지 얼마 되지 않았을 때부터 그야말로 죽마고우보다 더욱 친한 사이가 되었다. 그러니 하동원이 얼마나 분노하고 슬퍼했는지 쉽게 짐작할 수 있었다.

하동원은 채일상의 복수를 위해 그를 죽인 범인을 미친 듯이 찾아다녔다. 그러다 결국 채일상이 죽기 전날에 해남도에서 멀리 떨어진 남사군도(南沙群島)의 해적 집단인 남해방(南海幇)의 해적선 한 척이 근처를 지나갔음을 알게 되었다.

성락중이 그 소식을 들었을 때는 이미 하동원은 채일상의 복수를 위해서 단신으로 배를 구해 남사군도로 떠난 뒤였다.

성락중은 사부인 전풍개에게 알릴 사이도 없이 하동원의 뒤를 따라 남사군도로 향했다. 하동원 혼자로는 죽었다 깨어나도 남해방의 해적들을 당해 낼 수 없다는 것을 알고 있었던 것이다.

성락중은 하동원이 남사군도에 도착하기 직전에야 간신히 그를 따라잡을 수 있었다. 그들은 남사군도에서 암약하고 있는 남해방의 수적들을 은밀히 제거하기 시작했고, 근 두 달에 걸친 각고의 노력 끝에 마침내 남해방을 무너뜨리고 채일상의 복수를 이루게 되었다.

하나 해남도로 다시 돌아온 그들을 청천벽력과도 같은 소식이 기다리고 있었다. 사부인 전풍개가 종남파가 멸문했다는 소문을 듣고 분기탱천하여 손자인 전흠만을 대동한 채로 중원으로 떠나 버렸던 것이다.

더욱 그들을 허탈하게 한 것은 채일상의 복수를 마쳤다는 말을 전하기 위해 채일상의 집으로 갔을 때였다. 그곳에서 그들은 채일상이 남해방의 해적들에게 당한 것이 아니라, 전날 지나치게 과음하여 해안가 절벽에서 실족(失足)했음을 알게 되었다. 낙천적인 성격만큼이나 성급했던 하동원이 제대로 알아보지도 못하고 경솔한 판단을 했던 것이다.

결국 그들은 맥없이 어깨를 늘어뜨린 채 부랴부랴 행장을 꾸려 전풍개를 찾아 중원으로 향할 수밖에 없었다. 그때는 이미 전풍개가 중원으로 떠난 지 두 달이나 지난 후였다.

중원에 와서도 그들의 고난은 계속되었다.

근 이십 년 만에 중원 땅을 다시 밟은 감격에 취했는지 하동원은 가는 곳마다 술판을 벌여 가뜩이나 마음 급한 성락중의 발길을 늦추었다.

그러다 결국 사달이 벌어졌다. 술에 취한 하동원이 다른 무리들과 시비가 붙어 커다란 싸움을 벌인 것이다. 강호에서 무인들끼리 칼부림을 하는 것이야 흔하게 볼 수 있는 일이지만, 이번에는 상대가 너무 나빴다.

하필이면 광동성(廣東省)에서 최고의 성세를 자랑하는 백학문(百鶴門)의 소문주와 시비가 붙은 것이다. 두 사람 모두 술이 잔뜩 취한 상태였으나, 그래도 뚱뚱한 체구 덕분에 주량이 남달랐던 하동원이 좀 더 빨리 술기운을 몰아내고 제정신을 차릴 수 있었다. 하동원은 자신과 시비가 붙은 젊은 녀석을 실컷 두들겨 패서 그동안 묵혔던 울분을 마음껏 털어 냈다.

하나 술이 깬 그를 기다리고 있는 것은 성난 백학문주의 추명첩(追命牒)이었다. 그제야 자신이 어제 반쯤 묵사발을 내 놓았던 버르장머리 없는 젊은 녀석이 백학문주의 애지중지하는 외동아들임을 알게 되었으나 이미 엎질러진 물이었다. 하동원은 그저 두 발이 보이지 않게 줄행랑을 칠 수밖에 없었다.

덕분에 성락중은 영문도 모르고 덩달아 하동원을 따라 도망 다녀야만 했다. 두 사람이 백학문의 끈질긴 추적을 피해 광동성을 벗어났을 때는 이미 이십 일이 넘는 시일이 경과된 후였다.

그 뒤로는 하동원도 정신을 차리고 사고를 저지르지 않아 열흘 만에 그들은 세 개의 성(省)을 지나는 기염을 토했다.

그러다 하남성을 지날 때 그들은 뜻밖의 소식을 들었다. 멸문한 줄 알았던 종남파가 이미 몇 달 전에 훌륭하게 재건되었을 뿐 아니라, 종남파의 장문인과 몇몇 고수들이 강호로 나와 비무행을 벌이고 있다는 것이다.

처음에 그 소식을 듣고 그들은 반신반의했으나 이어지는 소문은 갈수록 점입가경이었다.

종남파의 당대 장문인은 일검에 구름을 일으키는 초절정의 검객으로, 백 년 동안 강북에서 배출된 검객들 중 최고의 실력을 지니고 있다고 했다. 그뿐만 아니라 그의 사제들 또한 하나같이 뛰어난 절정 고수들이어서 강호에 나오자마자 점창파의 고수들을 물리쳤고, 소림사에서는 삼 파 비무를 벌여 백중세를 이루었다는 소문이 그들의 귀를 따갑게 했다.

두 사람은 소문의 진위를 파악하기 위해 삼 파 비무가 벌어졌던 소림사로 향했다. 하나 그때는 이미 종남파의 고수들은 소림사를 떠난 후였다.

그들은 서로 상의 끝에 하동원은 사부인 전풍개를 찾아 종남산으로 가고, 성락중은 비무행을 벌이는 종남파 고수들을 따라가기로 했다.

성락중은 종남파 고수들이 여남에서 청의방과 비무를 벌이기로 한 소식을 전해 듣고는 부지런히 신형을 놀린 끝에 간신히 비무에 늦지 않게 여남에 도착할 수 있었다.

그곳에서 그는 비무를 직접 보았고, 강호의 소문이 전혀 잘못된 것이 아님을 절실하게 느낄 수 있었다. 종남파의 젊은 장문인은 정말로 일검으로 구름을 일으키는 존재였던 것이다. 그때 성락중의 가슴에 휘몰아쳤던 복잡한 감정의 소용돌이는 누구도 상상할 수 없는 것이었다.

성락중이 비무의 흥분에서 깨어나 종남파 고수들을 찾았을 때는 이미 종남파는 청의방 총단을 떠난 뒤였다. 성락중은 종남파 고수들이 아직 여남을 벗어나지 않았음을 알고는 여남의 구석구석을 뒤지며 종남파 고수들의 행적을 수소문했다. 그러다 오늘 오후에 저잣거리에서 비무장에서 먼발치로 잠깐 보았던 종남파의 어린 제자들을 발견한 것이다.

성락중의 시선이 한쪽에서 열심히 술을 홀짝거리고 있는 손풍에게 향했다.

"그런데 잠시 그들을 지켜보고 있는데 저 녀석이 다짜고짜 내게 소리를 지르더군. 그래서 버르장머리를 고쳐 주려고 손을 썼는데, 곧 저 녀석이 무공은 아무것도 모르는 생판 초짜임을 알게 되었지."

손풍은 자신이 화두에 오르자 몸을 움찔하더니 어색한 웃음을 흘렸다.

"헤헤…… 저는 며칠 전부터 운기토납법을 배우고 있으니 사숙조께서 제 실력을 보시려면 조금 더 기다리셔야 할 겁니다."

성락중은 손풍의 천연덕스러운 말에 어이가 없는지 한동안 그를 쳐다보다가 피식 웃고 말았다.

"재미있는 녀석이군. 하 사제가 보면 무척이나 좋아하겠구나."

손풍은 눈을 동그랗게 떴다.

"예? 왜 그렇습니까?"

"그놈은 너같이 어딘가 모자라거나 특이한 구석이 있는 자들을 보면 아주 환장을 하고 좋아한다. 자신이 그 모자란 부분을 채워 줄 수 있다고 믿고 있기 때문이지. 너를 보면 아마도 네 옆에 붙어서 떨어지려 하지 않을 것이다."

손풍의 얼굴이 확 구겨졌다.

'제길. 새로 사문의 어른이 생겼다고 좋아했더니 이자도 정상은 아니로구나. 아! 본 파에는 정녕 제대로 된 인물은 아예 없는 것일까?'

손풍이 나름대로 사문의 앞날을 걱정하고 있을 때, 성락중의 시선이 한쪽에 조용히 앉아 있는 유소응에게로 이동되었다. 한동안 유소응을 보고 있던 성락중이 진산월을 향해 물었다.

"저 아이는 자네 제자인가?"

"그렇습니다."

"몹시 특이한 아이더군."

"어떤 면에서 그렇습니까?"

"놀라지를 않아. 내가 갑작스럽게 손을 써서 공격을 했을 때도 침착했고, 내 손에 제압당해 끌려왔을 때도 전혀 두려워하거나 흥분된 기색이 없었네. 일부러 두려움을 참는 것이 아니라 아예 두려움을 느끼지 못하는 것 같았네."

진산월은 묵묵히 그의 말을 듣고 있었다.

성락중은 고소를 머금었다.

"나중에 내 신분을 밝히고 이것저것을 물어보았을 때도 전혀 당황하는 기색이 없더군. 묻는 말에 꼬박꼬박 대답을 하긴 하는데, 정작 중요한 이야기는 한마디도 하지 않았네. 아마도 내 정체를 완벽하게 믿을 수 없기 때문이었겠지. 그러니 정말 아이답지 않은 모습이 아닌가?"

듣고 있던 손풍이 점잖게 한마디를 했다.

"그래서 우리들은 그를 애늙은이라고 부르고 있지요."

동중산이 제발 그 입 좀 다물라는 신호를 보냈으나, 이미 손풍은 할 말을 모두 내뱉은 후였다.

성락중은 손풍의 버르장머리 없는 모습에도 조용한 미소를 지어 보일 뿐이었다. 하나 성락중의 성격이 전형적인 외유내강임을 알았다면 손풍도 지금처럼 넉살 좋게 웃고 있지는 못했을 것이다.

성락중이 문득 정색을 하고 진산월을 쳐다보았다.

"그런데 흠아(欽兒)의 상세가 심각하다고 들었네. 내가 볼 수 있겠나?"

"물론입니다. 저를 따라오십시오."

진산월은 자신이 직접 성락중을 전흠이 누워 있는 방으로 안내했다.

전흠은 비단 금침이 깔린 침상 위에 누워 있었다. 낯빛이 시체처럼 핼쑥했고, 가슴은 두툼한 붕대로 칭칭 동여매여 있었다. 성락중은 그의 상세를 살피더니 무거운 표정으로 입을 열었다.

"그때 비무장에서 보기는 했지만 이토록 상세가 심할 줄은 미처 몰랐군. 비무가 끝난 지 벌써 삼 일이나 지났는데 아직도 정신을 차리지 못하고 있다니…… 아마도 상대의 도기가 심맥을 침투하면서 머리 쪽을 지나는 경맥이 충격을 받아 막힌 것 같군. 처방은 어떻게 했나?"

"저희 중에는 의술(醫術)을 아는 사람이 없어서 일대에서 제일 용하다는 의원 몇 사람을 불러왔습니다. 하지만 별 차도가 없군요."

"막힌 경맥을 뚫기 위해서는 영약을 써서 체내의 진기를 일깨우는 게 가장 효과적인데, 특별히 복용시킨 영약이라도 있나?"

"본 파에는 남아 있는 영약이 없습니다."

성락중은 살짝 눈살을 찌푸리더니 한숨을 내쉬었다.

"하긴…… 몰락한 지 이십 년이 넘었는데 쓸 만한 영약이 남아 있을 리가 없지. 그래도 용케 본 파를 부흥시켰으니 자네의 재주가 실로 놀랍네."

"저 혼자가 아닌 모두가 힘을 합친 결과였습니다."

"그렇겠지. 어쨌든 아직 영약을 복용하지 않았다면 내가 써 볼 만한 방법이 하나 있군."

성락중은 품속에서 작은 갑을 하나 꺼내 들었다. 그러자 청량한 향기가 실내에 감돌았다.

성락중이 조심스레 갑을 열자 그 안에는 어린아이의 엄지손톱만 한 크기의 금빛 환약이 담겨 있었다. 환약에서는 사람의 마음을 취하게 하는 듯한 달콤하면서도 청아한 향기가 흘러나오고 있었다.

성락중은 신중한 표정으로 그 금환(金丸)을 집어 들어 의식을 잃고 누워 있는 전흠의 입으로 가져갔다. 입술을 살짝 열고 금환을 넣자 금환은 스르르 녹아 전흠의 목구멍 속으로 흘러 들어갔다.

"흐음……."

성락중은 탄성인지 아쉬움인지 모를 한숨을 내쉬고는 침상 옆에 앉아서 공력을 끌어 올려 전흠의 몸을 추궁과혈(推宮過穴)하기 시작했다. 그러다 문득 생각난 듯 진산월을 돌아보았다.

"오늘 밤은 이 녀석을 위해 땀을 좀 흘려야겠으니 자네는 그만 가서 볼일을 보도록 하게."

"추궁과혈이라면 저도 할 수 있습니다만……."

"내가 이 녀석의 부친에게 신세 진 것이 조금 있네. 이번 기회에 그걸 갚지 않으면 언제 갚을지 모르니 자네가 양보해 주게."

진산월은 어쩔 수 없음을 알고 정중하게 고개를 숙였다.

"그럼 부탁드리겠습니다."

성락중의 입가에 엷은 미소가 떠올랐다.

"걱정 말게. 해남에 있을 때부터 이 녀석의 몸은 지겹도록 지켜보아서 속속들이 알고 있으니 말일세."

* * *

 전흠이 정신을 차린 것은 새벽의 여명이 조금씩 주위를 밝혀 오고 있을 무렵이었다.
 '여기가 어디지?'
 전흠은 자신이 지금 어디에 있는지 몰라 몇 차례 눈을 깜박거렸다. 주위는 아직 어둠이 가시지 않아 천장도 제대로 보이지 않았다.
 한동안 멍하니 허공을 응시하고 있다가 전흠은 비로소 자신이 청의방과의 비무에서 장호의 칼을 가슴에 맞고 정신을 잃어버린 것을 떠올릴 수 있었다.
 '내가 패했단 말인가?'
 마지막 순간에 자신의 검이 장호의 옆구리를 뚫고 들어가는 것은 알았지만 그때는 이미 도저히 장호의 칼을 피할 수 없는 상황이었다.
 '역시 그때 옆구리가 아니라 처음 노렸던 대로 목을 찔렀어야 했을까?'
 전흠은 비무에 대해 이런저런 생각을 했으나 이미 승부는 끝이 났고 결과는 정해진 상태였다.
 '내가 얼마나 누워 있었지?'
 전흠은 일어나려고 몸을 뒤척이다가 가슴이 부서지는 듯한 통증을 느끼고 고통스러운 신음을 토해 냈다.

"윽!"

그제야 그는 자신의 가슴이 단단한 붕대로 감겨 있음을 알게 되었다.

그가 일어나려고 버둥거리고 있을 때, 하나의 손이 다가와 그의 가슴을 가만히 눌렀다.

"무리하게 일어나지 말고 누워 있어라."

누군가가 침상의 옆에서 자신을 지켜보고 있었다. 전흠은 그 음성이 어딘지 모르게 귀에 익음을 알고 누구의 음성인지 잠시 생각해 보았다.

그러다 그의 눈이 점차 크게 뜨였다.

"혹시……."

그는 사력을 다해 고개를 돌려 침상 옆에 앉아 있는 인물을 쳐다보았다. 조금씩 밝아 오는 여명 덕분에 그 인물의 얼굴을 어렵지 않게 볼 수 있었다.

"성 사숙……."

성락중은 부드러운 눈으로 그를 바라보며 고개를 끄덕였다.

"그래, 나다. 그동안 잘 지냈느냐?"

전흠은 도저히 믿을 수 없다는 듯 몇 번이나 눈을 깜박거리고 있다가 다시 몸을 일으키려 했다. 성락중은 그를 제지하며 차분한 음성으로 말했다.

"아직은 움직이지 말고 가만히 누워 있어야 나중에 더 빨리 일어날 수 있다."

그 말에 전흠은 일어나는 것을 포기하고 침상에 반듯하게 누웠다. 하나 그의 시선은 줄곧 성락중의 얼굴에 고정되어 있었다.
"성 사숙께서 어떻게 이곳에 오셨는지……."
"네 녀석을 찾아 제법 먼 길을 달려왔다. 그 안의 복잡한 사정은 나중에 차차 설명하도록 하마. 지금은 일단 한잠 푹 자 두도록 해라."
성락중이 오른손을 내밀자 전흠이 황급히 말했다.
"아직 여쭈어 볼 말이 많이……."
하나 그가 채 말을 맺기도 전에 성락중은 내밀었던 오른손으로 그의 수혈(睡穴)을 짚었다.
전흠이 잠에 빠져들자 성락중은 그를 내려다보고 있다가 혼잣말처럼 나직하게 중얼거렸다.
"그나저나 이 녀석이 자신이 먹은 것이 어떤 것인지 알면 무슨 반응을 보일지 궁금하군."

* * *

낙일방은 태인장의 행공에 열중하고 있었다.
그동안은 도저히 잡을 수 없는 꿈으로만 여겼던 태인장을 익힐 수 있는 계기가 주어진 이상 촌각의 시간도 헛되이 보낼 수가 없었다.
며칠 동안의 피나는 수련으로 그는 옥잠지와 폭섬결의 공력을 끌어 올리는 동작을 숨 쉬는 것처럼 자연스럽게 할 수 있게 되었다. 그때마다 전신의 내공이 끓어오르는 것은 이제는 두렵다기보다는 오히려 은근한 쾌감으로 느껴질 정도였다.
 '가만. 이 상태에서 태인장을 펼칠 수 있다면 천단신공도 펼치지 말라는 법이 없지 않겠는가?'
 낙일방은 문득 떠오르는 생각에 용기를 내어 천단신공의 팔대신결 중 호심결을 먼저 운용하기 시작했다. 몸을 보호하고 생명력을 유지하는 데 최고의 효능을 지닌 호심결을 먼저 끌어 올려 만약의 사태에 대비하려는 것이다.
 그런데 막 호심결의 구결을 암송하자마자 가뜩이나 들끓고 있던 체내의 진기가 미친 듯이 요동을 치기 시작했다. 마치 타오르는 불에 기름을 부은 것처럼 전신의 내공이 마구 용솟음치는 것이다. 그 흔들림의 정도는 옥잠지와 폭섬결을 운용할 때와는 비교도 할 수 없는 강력한 것이었다.
 낙일방은 겁이 덜컥 나서 호심결의 운용을 멈추려 했다. 하나 태인장의 행공 때와는 달리 호심결의 구결암송을 멈추었는데도 끓어오르는 진기가 가라앉지 않았다. 오히려 시간이 흐를수록 더욱 기세가 맹렬해지는 것 같았다.
 '큰일 났구나.'
 낙일방은 사색이 된 채 진기를 가라앉히려고 노력했으나 뾰족한 방법을 찾을 수 없었다. 진기를 가라앉히려면 공력을 운용해야 하는데, 가장 안전한 호심결로도 이처럼 진기가 들끓어 오르는 상태에서 다른 공력을 운용한다는 것은 감히 엄두도 내지 못할 일이었다.
 낙일방이 당황해서 안절부절못하는 동안에도 몸속의 진기는 더욱 심하게 요동을 쳤다. 이제는 가만히 앉아 있는 그의 몸이 진기의 요동과 함께 들썩거릴 정도였다. 이 상태에서 조금만 더 진기가 심하게 움직인다면 경맥이 견디지 못하고 훼손되어 치명적인 상태에 빠져들게 되는 것이다.

낙일방의 얼굴에 절망의 빛이 떠오를 때, 갑자기 그의 귓전으로 누군가의 음성이 들려왔다.

"당황하지 말고 다시 호심결을 운용하도록 해라."

낙일방은 그 음성이 진산월의 것임을 알자 표정이 한결 밝아졌다. 하늘처럼 믿는 진산월이 옆에 있음을 아는 것만으로도 불안감에 가득 찼던 마음이 급속도로 가라앉은 것이다.

낙일방은 한 치의 주저함도 없이 다시 호심결의 구결을 암송하기 시작했다. 그와 함께 진기가 맹렬하게 요동을 쳐서 그의 경맥을 뒤흔들었다. 그 기세가 어찌나 강력한지 낙일방의 몸은 경련이라도 일어나는 것처럼 쉴 새 없이 떨렸다.

"진기의 흐름을 억제하지 말고 내버려 두도록 해라."

진산월의 음성이 다시 들려오자 낙일방은 몸을 덜덜 떨면서도 진기의 통제를 풀어 버렸다. 그러자 마치 성난 해일이 몰아치듯 들끓었던 진기가 무시무시한 기세로 그의 경맥 속을 치달려갔다.

낙일방은 불로 달군 거대한 쇠꼬챙이가 자신의 경맥 속을 지나가는 듯한 통증을 느끼고 피가 나도록 입술을 깨물어야만 했다.

"절대 입을 벌리지 말고 계속 호심결을 운용해라."

낙일방은 전신이 갈가리 찢어지는 듯한 통증을 억누르면서 계속 호심결의 구결을 암송했다.

얼마나 시간이 흘렀는지 모른다. 낙일방에게는 지옥과도 같은 고통의 시간이었다.

그러던 한순간, 낙일방은 자신이 고통스러운지 아닌지를 느낄 수 없게 되었다. 너무나 고통이 심해 신경이 모두 죽어 버린 것인지, 아니면 고통이 사라져 느끼지 못하는 것인지 알 수가 없었다.

나중에는 이곳이 어디인지, 자신이 누구인지조차 알지 못하는 무념(無念)의 혼돈에 빠지게 되었다.

하나 그러는 와중에도 무심결에 암송하는 호심결을 따라 격탕하는 거대한 진기가 그의 몸속을 이리저리 휩쓸며 지나가고 있었다. 그러다 영대(靈臺)에서 미미한 진동이 시작되더니 미칠 듯 요동치던 진기가 일제히 그쪽을 향해 돌진해 가기 시작했다. 그 기세는 지금까지와는 비교도 할 수 없을 만큼 강력한 것이었다.

쿵!

거대한 쇠망치가 돌벽을 부수는 듯한 음향이 그의 머릿속에서 들려왔다. 그와 함께 낙일방의 몸이 앉은 자세 그대로 허공으로 붕 솟구쳐 올랐다가 천천히 바닥으로 내려왔다.

낙일방은 천천히 눈을 떴다. 그의 눈에서 신비로운 광채가 번뜩였다가 사라졌다.

'임독양맥을 타통했다…….'

낙일방의 마음속에 커다란 희열이 감돌았다. 살아나기만 해도 다행이라고 생각했는데 오히려 엄청난 기연을 얻게 된 것이다.

미친 듯 들끓어 올랐던 진기가 호심결을 따라 경맥을 넓히며 불순물을 제거하더니 종내에는 무림인들이 꿈에서도 뚫기를 원한다는 임독양맥을 뚫어 버린 것이다. 그것은 전혀 예상치 못했던 상황이었다.

낙일방은 천천히 주위를 둘러보았다.

모든 게 새롭게 보였다. 전에는 보이지 않던 구석의 미세한 부분이 너무도 일목요연하게 시야에 들어왔고, 미처 느끼지 못했던 바람의 흐름도 생생하게 느낄 수 있었다.

'이런 기분이었구나…….'

낙일방은 한동안 새로운 세계의 흥취에 빠져 가만히 그 자리에 앉아 있었다. 그러다 문득 창문을 올려다보았다.

해가 중천에 떠올라 있는 것을 보고는 자신도 모르게 혀를 찼다.

"쯧. 서너 시진은 족히 흐른 모양이구나."

그는 자신이 너무 지체했음을 알고는 몸을 일으켰다. 그런데 일어나야겠다는 생각만 했는데도 그의 신형은 깃털처럼 가볍게 허공으로 솟구쳐 올랐다.

'아무래도 이 몸에 적응하려면 약간의 시간이 걸릴 것 같구나.'

낙일방은 신기한 생각에 이리저리 몸을 움직이다가 문득 진산월이 아니었으면 큰일 날 뻔했다는 것을 떠올리고는 방문을 열고 밖으로 나갔다.

과연 방문 밖에는 진산월이 벽에 등을 기댄 채 서 있었다.

"장문 사형!"

낙일방은 반가운 외침을 지르며 그에게 다가가 그의 손을 덥석 움켜잡았다. 진산월은 낙일방의 몸에 어떠한 변화가 있는지를 이미 알고 있는지 부드러운 미소를 지으며 그를 바라보았다.
"수고가 많았다. 이제 비로소 절정 고수라 불려도 손색이 없게 되었구나."

낙일방은 고마움이 가득 담긴 얼굴로 머리를 조아렸다.

"모두 장문 사형의 덕분입니다. 장문 사형께서 때마침 올바른 지시를 내려 주지 않았다면 저는 어쩔 줄 몰라 당황하다가 심맥이 터져 죽고 말았을 겁니다."

"네가 그만큼 열심히 기초를 단단히 닦았기 때문이다. 그러지 않았다면 진기가 요동치는 순간에 경맥이 손상되어 어찌해 볼 수 없는 상황이 되고 말았을 것이다."

"천단신공은 정말 알면 알수록 대단한 무공 같습니다. 호심결이 아니었으면 아무리 제 경맥이 탄탄했다고 해도 버티지 못했을 겁니다."

"옳은 말이다. 천단신공의 팔대신결은 각각 따로 놓고 보아도 어떤 신공에도 뒤지지 않는 놀라운 절학들이다. 임독양맥이 타통된 이상 네가 그 팔대신결을 자유롭게 수발할 수만 있다면 강호에서 너의 적수가 될 자는 손가락으로 꼽을 정도에 불과할 것이다."

낙일방은 생각만으로도 가슴이 뛰는지 준수한 얼굴이 붉게 상기되었으나 침착함을 잃지 않고 당당한 음성으로 말했다.

"장문 사형의 기대에 어긋나지 않도록 최선을 다하겠습니다."

"그래. 배가 고플 텐데 나가서 식사라도 하도록 해라."

낙일방은 하얀 이를 드러내며 웃었다.

"배가 고프긴요. 겨우 반나절을 굶은 정도인걸요."

진산월은 가만히 그를 쳐다보더니 입가에 묘한 미소를 지으며 고개를 끄덕였다.
 "그럼 됐다. 나는 가서 잠시 쉬어야겠구나."
 "그러십시오."
 낙일방은 진산월이 자신을 지켜보느라 새벽부터 지금까지 꼬박 서 있었음을 깨닫고 죄송스러워하는 표정을 지었다.
 진산월이 떠나자 낙일방도 후원으로 걸어 나왔다. 파란 하늘이 눈을 찌르자 낙일방은 한 차례 심호흡을 했다. 전신에 활력이 넘치고 상쾌한 기분이 들어 절로 입가에 미소가 그려졌다.
 문득 생각이 나서 자신의 몸을 다시 한 번 살펴보니 얼마 전에 입었던 상처들이 씻은 듯이 사라져 있었다. 더구나 최력의 윤회금 강슬에 당해서 피부가 시커멓게 죽어 있던 양쪽 옆구리도 언제 그런 일이 있었느냐는 듯 말끔하게 나아 있었다.
 신기한 마음에 자신의 몸을 이리저리 살펴보고 있을 때, 마침 후원 저편에서 낙일방의 방으로 오고 있던 동중산이 그를 발견하고는 반색을 하며 황급히 다가왔다.
 "낙 사숙. 진심으로 경하드립니다."
 동중산이 자신의 일처럼 기뻐하는 표정으로 인사를 하자 낙일방은 멋쩍은 웃음을 흘렸다.
 "당신도 알고 있었어요?"
 "저뿐이겠습니까? 모든 사람들이 지난 이틀 동안 낙 사숙이 무사히 연공을 마치기만을 초조하게 기다리고 있었습니다."
 낙일방은 눈을 동그랗게 떴다.

"에? 이틀이라니요?"

"모르셨습니까? 낙 사숙께서 연공에 드신 지가 이틀하고도 반나절이 지났습니다."

낙일방은 멍한 얼굴로 동중산을 보고 있다가 그의 말이 거짓이 아님을 깨닫고 뒤통수를 긁적거렸다.

"그렇게나 오랜 시간이 흘렀군요. 그것도 모르고 나는……."

그러다 무슨 생각이 들었는지 그는 황급히 진산월이 떠난 방향으로 시선을 돌렸다.

"그럼 장문 사형은 지금까지……."

동중산은 고개를 끄덕였다.

"장문인께서는 낙 사숙의 연공이 방해받지 않도록 호위하느라 지난 이틀 반나절 동안 꼬박 그 자리에 서 계셨습니다."

낙일방은 벌린 입을 다물지 못한 채 진산월이 떠난 방향을 하염없이 바라보고 서 있었다.

전흠은 나직한 음성으로 투덜거렸다.

"이것으로 저 녀석과의 간격이 더 벌어지게 생겼군."

그는 지금까지 낙일방의 방에서 조금 떨어진 구석에서 낙일방을 지켜보고 있었던 것이다.

그의 옆에 서 있던 성낙중이 조용한 시선으로 그를 쳐다보았다.

"그가 부러우냐?"

전흠은 입꼬리를 비틀며 웃었다.

"저 나이에 벌써 임독양맥을 타통했는데 부럽지 않으면 거짓말이겠지요. 그 전에도 이미 수준 차를 조금씩 느끼고 있었는데 이제는 쫓아가지도 못할 것 같아 걱정입니다."

성낙중의 얼굴에 의미를 알 수 없는 미소가 떠올랐다.

"정말 그렇게 생각하느냐?"

"노력은 배신하지 않는다고 했으니 제가 조금 더 노력해 볼 수밖에요."

전흠의 말과는 달리 그의 얼굴에는 씁쓸한 표정이 가시지 않고 있었다. 성낙중은 그의 얼굴을 가만히 보고 있다가 다시 물었다.

"너는 내가 너를 깨우기 위해 먹인 게 무엇인지 아느냐?"

전흠은 어리둥절한 얼굴이었다.

"사숙께서 추궁과혈을 해서 제가 정신을 차린 게 아닙니까?"

"추궁과혈로 일어날 정도였으면 장문인이 진즉에 손을 썼을 것이다."

그제야 전흠은 호기심이 이는 모습이었다.

"제게 무슨 희대의 영약이라도 먹이셨습니까?"

그는 반쯤 농담으로 물었는데 성낙중은 진지한 표정으로 고개를 끄덕였다.

"그렇다."

"그게 무엇인데요?"

"금령단(金靈丹)이다."

그 말에 전흠의 얼굴에 경악의 빛이 떠올랐다.

"그건 해남검파의 비전 영약이 아닙니까? 그걸 제가 먹었다고요?"

"그렇다. 너나 사부님에게 최악의 경우가 닥치면 사용하라고 네 아버지가 특별히 건네준 것이다."

전흠은 멍하니 서 있다가 넋 나간 사람처럼 중얼거렸다.

"그건 겨우 세 알밖에 남지 않아서 아버지가 목숨처럼 아끼는 것인데……."

"금령단이 아무리 귀하다고 해도 어찌 자신의 부친과 자식보다 귀할 수 있겠느냐? 너는 네 아버지의 고심(苦心)을 잊지 말아야 한다."

전흠은 복잡한 표정으로 우두커니 서 있었다. 성낙중은 그의 어깨를 툭 치며 부드러운 음성으로 말했다.

"그러니 남에게 뒤처진다느니 쫓아가지도 못한다느니 하는 맥빠진 소리는 하지 마라. 네가 금령단의 약효를 온전히 네 것으로 할 수만 있다면 내공으로는 그에게 뒤지지 않을 것이다. 그렇게 되면……."

멍하니 있던 전흠의 눈에 점차로 강렬한 신광이 번뜩였다.

"저의 노력 여하에 따라 얼마든지 그를 추월할 수도 있겠군요."

성낙중은 빙그레 미소 지었다.

"바로 그렇다."

제 217 장
여심난측(女心難測)

제217장 여심난측(女心難測)

정양으로 가는 길은 편하고 여유로웠다.

여남에서 예정보다 한참을 더 지체하기는 했으나 종남파 고수들의 마음은 흥겹기만 했다. 정신을 잃고 깨어나지 못했던 전흠이 부상 전보다 오히려 더 건강해진 모습으로 돌아왔을 뿐 아니라, 낙일방이 임독양맥을 타통하여 그야말로 진정한 절정 고수의 반열에 올라섰기 때문이다.

중인들의 마음에 먹구름이 가득했던 며칠 전을 되돌아보면 상전벽해란 말이 어울릴 정도로 모든 게 판이했다. 게다가 날씨 또한 화창해서 파란 하늘이 중인들의 마음을 더욱 상쾌하게 만들었다.

뇌일봉도 기분이 좋은지 모처럼 입가에 미소를 지으며 낙일방에게 농을 던졌다.

"어떠냐, 진짜 고수가 된 기분이? 세상이 전부 자기 것 같은 기분이 들지?"

낙일방은 계면쩍은 웃음을 흘렸다.

"뇌 숙부께서 어찌 아십니까?"

뇌일봉은 소리 내어 껄껄 웃었다.

"하하…… 천하에서 임독양맥을 타통한 자가 너 하나뿐인 줄 아느냐? 내가 아는 사람 중에도 임독양맥을 타통한 자가 있는데 그가 말하기를, '세상이 전부 눈 아래로 내려다보이고 자신이 마음먹은 대로 모든 일이 이루어질 것 같은 착각이 들었다.'라고 하더구나."

낙일방은 뒤통수를 긁적거렸다. 강호를 진동시키는 이름난 고수가 되었으면서도 쑥스러움을 느낄 때마다 머리를 긁적이는 그의 습관은 변하지 않은 모양이었다.

"그 정도까지는 아니지만 비슷한 기분이 들기는 했습니다."

"그것 봐라. 하지만 조심하여라. 그 기분에 너무 오래 취했다가는 자신의 본분을 망각하고 자만심에 빠지게 되니 말이다."

"명심하겠습니다."

낙일방은 공손하게 대답하고는 다시 물었다.

"그런데 그 대단한 분은 누구십니까?"

"임독양맥을 타통한 후 천하가 전부 눈 아래로 보였다는 그 사람 말이냐?"

"예."

뇌일봉의 얼굴에 잠시 아련한 빛이 떠올랐다.

"너는 혹시 '신창조화(神槍造化) 의기천추(義氣千秋).'라는 말을 들어 본 적이 있느냐?"

낙일방의 두 눈에 신광이 번쩍였다.

"물론입니다. 그건 바로 강호 제일의 호한(豪漢)이며 천하제일창(天下第一槍)인 환상제일창 유중악 대협을 가리키는 말이 아닙니까?"

"그렇다. 유중악은 십이 년 전, 서른다섯 살의 나이에 임독양맥을 타통하고 창의 극의(極意)를 깨달아 무림구봉의 자리에 올라섰지."

유중악의 이름이 나오자 낙일방은 물론이고 다른 일행의 이목이 모두 뇌일봉에게 집중되었다. 그만큼 유중악은 강호의 무인들에게는 관심과 흠모의 대상이었다.

그는 무림구봉 중의 창봉으로 유명했지만, 사실은 철담호협(鐵膽豪俠)하는 성품과 폭 넓은 교우 관계로 더욱 널리 알려져 있었다. 그가 한마디만 해도 그를 위해 달려와 줄 고수들이 어지간한 방파의 수보다 많을 거라고 했다. 게다가 인물 됨됨이가 공정하고 풍류를 즐길 줄 알아서 남녀노소를 막론하고 그를 좋아하지 않는 사람을 찾아보기 힘들었다. 무림구봉에서 그의 무공은 중간 정도로 평가받고 있었지만, 강호인들 사이에서의 인기는 타의 추종을 불허할 정도였다.

낙일방이 약간은 들뜬 듯한 음성으로 물었다.

"뇌 숙부께선 유 대협과도 친분이 있으셨습니까?"

"친분 정도까지는 아니고, 곽자령을 만나러 갔다가 몇 번 그와 술자리를 같이했을 뿐이다."

곽자령은 팔비신살이라는 별호로 널리 알려진 안탕산의 괴걸로,

임장홍의 살아생전에 그들 세 사람은 가장 친한 친구 사이였다.

"그 정도면 친구라고 해도 되겠는데요. 그런데 유 대협은 어떤 인물입니까? 소문은 많이 들었지만, 너무 좋은 이야기만 알려져서 긴가민가할 때도 있습니다."

뇌일봉은 빙긋 웃으며 분명한 음성으로 잘라 말했다.

"그는 소문 그대로의 인물이다. 인품은 옥수(玉樹)와 같고, 언행은 태산(泰山)과 같으며, 마음은 명경(明鏡)과도 같았지. 그와 함께한 시간들은 정말 즐거웠다."

낙일방의 두 눈이 어린아이처럼 반짝거렸다.

"정말 사귀어 보고 싶은 사람이로군요."

"그래서 모든 무림인들이 기꺼이 그의 친구가 되기를 원하는 것이 아니겠느냐?"

"유 대협의 무공은 어떻습니까? 정말 창을 한 번 내지르면 풍운(風雲)이 변색(變色)하고 환상 같은 조화가 일어납니까?"

뇌일봉은 무언가를 고대하는 듯한 낙일방의 얼굴을 보며 피식 웃었다.

"그와는 술자리에서 술 몇 번 같이 마신 것이 전부인데 내게 무얼 더 바라느냐? 그가 무공을 펼치는 모습은 나도 본 적이 없구나."

낙일방은 조금 실망한 모습이었으나 이내 다시 질문을 던지려 했다.

그때였다. 그들이 가고 있는 관도(官道)의 저편에서 자욱한 먼지구름과 함께 몇 필의 말이 달려오는 것이었다.

두두두…….

요란한 소리를 내며 질주해 오는 기마의 수는 모두 네 기였다. 그들은 모두 먼지를 막는 피풍의(避風衣)를 전신에 뒤집어쓰고 있어서 얼굴을 알아볼 수 없었다. 하나 안력이 예리한 사람이라면 그들이 이남이녀임을 알 수 있을 것이다. 진산월 일행은 관도의 한편으로 물러서서 기마가 지나갈 수 있도록 길을 터 주었다.

한데 막 진산월 일행을 지나치던 기마들 중에서 짤막한 경호성이 흘러나왔다.

"앗?"

그와 함께 기마 중 하나가 요란한 울음소리를 내며 멈춰 섰다.

히히힝!

나머지 세 마리의 말은 달려오던 탄력을 이기지 못하고 오륙 장쯤 더 달려가다가 서서히 걸음을 멈추었다.

제일 먼저 멈춰선 말 위에 있던 인물이 종남파 고수들에게로 다가왔다.

동중산이 재빨리 앞으로 나와 말을 막아섰다.

말 위에 있던 인물은 머리까지 뒤집어쓰고 있던 피풍의를 벗었다. 그러자 화려한 용모의 미녀의 얼굴이 나타났다. 그녀를 본 동중산은 흠칫 놀랐다.

"누군가 했더니 누 소저였구려."

그녀는 뜻밖에도 천봉팔선자 중의 막내인 옥봉 누산산이었다. 누산산은 말에서 내려 먼지로 뒤덮인 피풍의를 탁탁 털더니 이내 방긋 웃으며 고개를 까닥거렸다.

"그렇지 않아도 당신들을 찾아가던 참이었는데 운이 좋았네요."

의외의 말에 동중산의 외눈에서 기광이 번뜩였다.
"소저가 우리를 찾고 있었다니 놀랍구려. 무슨 일인지 알 수 있겠소?"
"당신과는 상관없는 일이니 신경 쓸 거 없어요."
누산산은 도도한 표정으로 그를 지나치더니 이내 진산월을 향해 방긋 웃어 보였다.
"진 장문인, 오랜만이네요. 그동안 잘 지내셨어요?"
진산월의 반응은 무덤덤했다.
"낙양에서 만난 지 보름 정도밖에 지나지 않았는데 그동안 무슨 큰일이 있었겠소?"
"어머, 있지 않고요. 그사이에 중원 무림을 완전히 뒤흔들어 놓고 계시지 않아요."
그녀가 깜찍한 표정으로 호들갑을 떨었으나, 진산월의 표정은 여전히 무심하기만 했다.
"우리는 그저 해야 할 일을 하고 있을 뿐이오."
누산산은 입술을 삐죽거렸다.
'쳇. 무뚝뚝하기는. 요새 이름을 좀 얻었다고 내가 우습게 보인단 말이지? 나같이 예쁜 여자가 애교를 부리면 미소라도 보여 주는 게 남자의 도리 아닌가?'
그녀가 화를 낼까 말까 고민하고 있을 때, 다른 세 사람이 말을 몰고 다가왔다.
"산아야, 아는 사람들이냐?"
그들 중 체구가 건장하고 눈빛이 날카로운 중년인이 진산월 일행을 슬쩍 살피며 누산산에게 물었다.

"숙부님. 이 사람들은 종남파의 고수들이에요. 그리고 이분이 바로 우리가 찾던 종남파의 장문인이시고요."

중년인은 신광이 번뜩이는 눈으로 진산월을 응시하더니 말에서 내려 포권을 했다.

"반갑소. 나는 천봉궁의 팔대신장에 속해 있는 추혼무상(追魂無常) 갈혁(葛爀)이라 하오."

진산월은 담담하게 마주 인사를 했다.

"종남의 진산월이오."

중년인은 자신의 뒤에 서 있는 두 명의 남녀 중 남자를 가리켰다.

"저 사람은 내 동생인 갈휘(葛輝)라 하오."

갈혁보다 서너 살 젊어 보이는 남자는 빙긋 웃으며 말없이 포권을 했다. 그도 또한 팔대신장 중 한 사람이며, 그의 별호는 소면무상(笑面無常)이었다. 이들 두 형제는 천봉궁에서 쌍무상(雙無常)이라 불리고 있었으며, 총관인 차복승이 수족처럼 아끼는 인물들이었다.

마지막으로 남아 있는 여인은 좀처럼 가까이 다가오지 못하고 한쪽에서 쭈뼛거리고 있었다. 그것을 본 갈혁이 버럭 호통을 내질렀다.

"너는 어서 와서 인사를 드리지 않고 무얼 하는 게냐?"

여인은 얼굴이 홍당무처럼 새빨개진 채 진산월을 향해 머리를 조아렸다.

"오랜만에 뵙습니다, 진 장문인."

제217장 여심난측(女心難測)

진산월은 담담한 시선으로 그녀를 응시했다.

"반갑소, 엄 소저. 장안에서 보고 처음이구려. 그때 보내 준 음식은 아주 잘 먹었소."

그녀의 가뜩이나 붉은 얼굴이 아예 홍시처럼 새빨개졌다.

그녀는 천봉팔선자 중의 여섯째인 남봉 엄쌍쌍이었다. 예전에 진산월이 낙일방과 함께 서안의 이씨세가에 갔을 때 엄쌍쌍은 지일환의 편으로 음식을 보낸 적이 있었는데, 진산월은 지금 그에 대한 사례를 한 것이다.

하나 당시의 일에는 남녀 간의 미묘한 일이 겹쳐 있어서 단순히 음식만을 보낸 상황은 아니었다.

엄쌍쌍은 거의 기어들어 가듯 머리를 숙이고 있으면서도 가끔은 살짝 고개를 들어 종남파의 고수들을 살폈다. 그러다 그들 중 낙일방을 발견하고는 안색이 밝아졌다.

낙일방은 무심코 주위를 둘러보다 그녀와 시선이 마주치자 별 생각 없이 살짝 고개를 숙여 아는 척을 했다. 그러자 그녀는 다시 얼굴이 빨개지며 고개를 푹 숙이는 것이었다.

'무슨 여자가 저렇게 수줍음이 많지? 저런 성격으로 용케도 강호를 행도하고 있구나.'

낙일방은 그녀가 너무 부끄러움을 타는 것 같자 신기한 생각마저 들었다. 천봉팔선자 중 그나마 그녀에 대한 인상이 가장 좋았기에 모처럼 인사를 했는데, 홍시처럼 얼굴을 붉힌 채 옷자락만 만지작거리고 있자 공연히 자기 자신마저 쑥스러워지는 것 같았다.

두 일행간의 인사가 끝나자 갈혁은 누산산을 향해 말했다.

"진 장문인께 배첩을 드리도록 해라."

누산산은 퍼뜩 생각이 난 듯 품속에서 곱게 접은 한 장의 배첩을 꺼내 들었다. 배첩은 붉은 비단으로 싸여 있었는데, 한쪽에 금시라도 날아오를 듯한 봉황(鳳凰)이 수놓여 있어 언뜻 보기에도 평범한 배첩이 아님을 알 수 있었다.

"공주님께서 진 장문인께 직접 전해 드리라고 하셨어요. 남들에게 보이지 말고 혼자만 조용히 펼쳐 보세요."

누산산이 두 손으로 배첩을 내밀며 입을 열자 진산월의 얼굴에 모처럼 표정 비슷한 것이 떠올랐다.

"단봉 공주가 보냈단 말이오?"

"본 궁에 그분 말고 공주가 또 있는 줄 아세요?"

누산산은 공연히 기분이 나빠져서 뾰로통하게 쏘아붙였다가 이내 후회를 했다. 갈혁이 한쪽에서 험상궂은 얼굴로 쏘아보고 있었던 것이다.

갈혁은 추혼무상이라는 별호답게 성정이 사납고 까다로워서 천방지축 같은 그녀도 얼마쯤 꺼리는 형편이었다. 그에 비해 동생인 갈휘는 좀처럼 화를 내지 않는 부드러운 성품이어서 그녀가 삼촌인 누굉표 다음으로 좋아하는 인물이었다.

진산월은 배첩을 받아 들고 잠시 망설였다. 단봉 공주는 사 년 전의 소림사에서 잠깐 보았을 뿐인데, 그녀가 팔대신장과 천봉선자들을 보내 배첩을 전달해 오니 의아한 일이 아닐 수 없었다.

그의 뇌리에 문득 하나의 눈이 떠올랐다.

붉은 망사에 가려진 눈이었다. 그 눈을 본 순간, 진산월은 생전 처음으로 임영옥 외의 여인 때문에 마음이 흔들리는 것을 느꼈었다.

그리고 음성. 조용하면서도 한없이 그윽한 그 음성은 사 년이 훨씬 지난 지금도 어제 들은 것처럼 생생하게 기억되었다.

까맣게 잊은 줄 알았는데 단순히 그녀의 이름을 들은 것만으로도 많은 것이 떠오르자 진산월은 속으로 씁쓸한 탄식을 토할 수밖에 없었다.

진산월은 이내 마음을 가다듬고 배첩을 내려다보았다. 배첩에는 사람의 마음을 앗을 듯한 은은한 향기가 흘러나오고 있었다.

배첩을 펼치자 봉황이 춤을 추는 듯한 아름다운 여인의 필체가 시야에 들어왔다.

만남을 청합니다.
승낙하신다면 이들을 따라오시기 바랍니다.

짤막한 글귀 아래 '단봉(丹鳳)'이라는 서명이 쓰여 있었다.

누산산이 남에게 보이지 말고 혼자 보라고 할 정도로 거창한 내용은 적혀 있지 않았다. 진산월은 배첩을 다시 접어 품속에 넣었다.

그런 다음 누산산을 향해 물었다.

"그녀는 어디 있소?"

누산산은 아직도 심통이 가라앉지 않은 모습이었으나 순순히 대답해 주었다. 단봉 공주에 대한 일은 아무리 그녀라도 제멋대로 처리할 수 없었던 것이다.

"이곳에서 삼십 리쯤 떨어진 곳에 노군묘(老君廟)가 있어요. 그분은 그곳에 계셔요."

진산월은 잠시 생각에 잠겨 있다가 동중산을 불렀다.

"이 길을 따라 쭉 내려가면 마향현(馬鄕縣)이 나온다. 알고 있느냐?"

"예, 장문인."

"나는 아무래도 그녀를 따라가야 할 것 같다. 그러니 너는 다른 일행과 마향현으로 가서 가장 큰 주루에 머물러 있도록 해라."

동중산이 대답하기도 전에 옆에서 이들의 대화를 듣고 있던 누산산이 재빨리 입을 열었다.

"번거롭게 그럴 필요가 뭐 있어요? 그곳의 노군묘는 제법 크니까 이 정도 인원이 몰려가도 충분히 머무를 수 있어요."

진산월은 다소 의아한 얼굴로 그녀를 쳐다보았다.

"정말 다른 사람들이 동행해도 괜찮소?"

"뭐 어때서요? 우리가 싸우러 가는 것도 아닌데 상관없지 않나요?"

말은 그렇게 하면서도 그녀의 꿍꿍이는 따로 있었다.

'이대로 헤어졌다가는 저 소심하고 부끄럼만 많은 여섯째 언니는 평생 가도 낙일방인가 하는 녀석에게 말 한마디 해 보지 못할 거야. 그곳에서 두 사람만의 자리를 만들어 주면 아무리 목석같은 놈이라도 넘어가지 않을 수 없겠지.'

그녀는 자신이 생각해도 자기 자신이 기특해 보였다.

'정말 나같이 예쁘고 착한 동생은 어디에도 없을 거야. 그런데 왜 아무도 이런 걸 몰라주느냔 말이야.'

진산월은 도도하기 그지없어 몇 년 전만 해도 자신들을 버리지 보듯 하던 천봉선자가 왜 이런 호의를 베푸는지 언뜻 이해가 되지 않았다. 하나 누산산이 엄쌍쌍과 낙일방을 번갈아 힐끔거리는 것을 보고는 이내 그녀의 속뜻을 짐작할 수 있었다.

'아무래도 이번 기회에 일방의 태도를 분명히 해야겠구나. 이런 식의 미적거림은 두 사람 모두에게 도움이 되지 않는다.'

진산월은 낙일방이 엄쌍쌍과 정식으로 교제를 하든, 아니면 그녀의 은근한 연정을 뿌리치든 결정을 내릴 때가 다가왔다고 생각했다.

그래서 누산산의 제의를 선뜻 승낙했다.

"알겠소. 그러면 안내를 부탁드리겠소."

그제야 누산산의 얼굴에 배시시 미소가 떠올랐다.

"절 따라오세요."

몸을 돌리던 그녀는 슬쩍 갈혁이 있는 곳을 쳐다보았다. 그녀는 자신이 제멋대로 내린 결정에 갈혁이 딴죽이라도 걸까 봐 은근히 걱정했으나, 갈혁은 눈살을 찌푸리고 있을 뿐 그녀에게 무어라고 말하지는 않았다.

'웬일이람? 내가 무슨 행동만 해도 사사건건 트집을 잡아 꾸중을 하더니…… 진 장문인이 있으니 신경이 쓰이나 보지?'

그녀는 속으로 혀를 날름거리고는 이내 걸음을 옮기기 시작했다.

　　　　　　＊　＊　＊

　노군묘는 태상노군(太上老君)을 모시는 도교(道敎)의 사당이다.
　중원의 도처에 노군묘가 있지만, 이곳의 노군묘는 유달리 크고 화려했다. 아마 하남성 전체를 통틀어도 가장 큰 규모일 것이다.
　그래서인지 평상시에는 노군묘를 찾는 사람들의 수가 상당히 많았다. 그런데 어찌 된 일인지 오늘은 향화객들의 모습을 찾아보기 힘들었다. 특히 화려한 붉은빛 단청(丹靑)으로 치장된 건물들 앞에 향로들이 줄지어 늘어서 있는 노군묘의 중앙 공터는 늘 인파로 북적거렸었는데, 오늘은 몇 사람만이 조촐하게 서 있을 뿐이었다.
　공터의 한편에는 다른 곳에서는 좀처럼 볼 수 없는 네 마리의 백마(白馬)가 이끄는 붉은색 향차(香車)가 매여 있었다. 향차의 사방 벽은 정교하게 새겨진 봉황 문양으로 뒤덮여 있었고, 입구는 은은한 붉은 빛깔의 진주 주렴이 매달려 있어 그야말로 호화롭기 그지없었다. 그런데도 사치스럽다기보다는 은은한 품위가 느껴지는 것은 벽에 새겨진 봉황 문양의 신비로움 때문이었다.
　진산월 일행이 노군묘로 들어서자 중앙 공터에 서성거리고 있던 인물들이 자연스럽게 앞을 막아섰다. 얼핏 보기에는 무질서하게 서 있는 것 같아도 그들은 접근할 수 있는 모든 방위를 철저히 지키고 있었던 것이다.
　누산산이 재빨리 앞으로 나섰다.

"이분들은 종남파의 진 장문인과 일행분들이에요."

앞을 막아선 인물들은 그녀를 향해 가볍게 포권을 하고는 다시 원래의 위치로 돌아가 버렸다. 그들의 행동이 어찌나 표홀하고 민첩한지 사전에 치밀하게 연습이라도 한 것 같았다.

"저들은 공주님을 호위하는 십이태세(十二太歲)들이에요. 열두 명 중 여섯 명이 오늘 이곳으로 따라왔지요."

누산산은 묻지도 않았는데 그들에 대해 알려 주었다.

노군묘의 중앙에 있는 공터를 지나자 몇 채의 건물이 나타났다. 그곳부터는 다른 사람들이 진산월 일행을 안내했고, 누산산과 갈혁 등은 단봉 공주에게 보고를 하기 위해 그들과 헤어졌다.

진산월 일행이 안내된 곳은 노군묘의 후원에 자리한 널찍한 단층짜리 전각이었다. 얼마 전까지만 해도 도사들의 숙소로 사용되었던 듯 방마다 태상노군을 모신 흔적들이 군데군데 남아 있었다. 전각에는 모두 다섯 개의 방이 있어서 일행들은 비교적 넉넉하게 자리를 잡을 수 있었다.

진산월이 단봉 공주를 만난 것은 그로부터 한 시진쯤 지난 늦은 오후였다. 이번에 그를 안내한 사람은 천봉팔선자 중의 영봉 금교교였는데, 그녀를 보자 진산월은 문득 사 년 전에 처음 단봉 공주를 만날 때도 그녀가 옆에 있었음을 떠올리고는 고소를 금치 못했다.

금교교는 좀처럼 표정이 없던 그의 입가에 엷은 미소가 떠오르자 의아한 얼굴로 그를 응시했다.

"산매의 말로는 진 장문인께서 예전과는 달리 잘 웃지 않는다고 해서 아쉬웠는데 지금 보니 산매가 잘못 생각한 모양이군요."

진산월은 이내 담담한 신색을 회복했다.

"별일 아니오. 단지 예전 생각이 나서 웃음이 나왔을 뿐이오."

금교교의 두 눈이 유달리 영롱하게 반짝였다.

"재미있는 일이 있으면 저도 알고 싶군요."

"별로 재미있는 일은 아닐 거요. 그저 타인의 강압 때문에 문파의 제자를 위협해야 했던 한심한 장문인에 관한 이야기이니 말이오."

금교교의 안색이 약간 굳어졌다. 두뇌가 총명한 그녀답게 진산월이 지금 무슨 말을 하고 있는지를 알아차린 것이다.

"그 장문인이 한심하다는 말은 동의할 수 없군요. 그는 현명했고, 나름대로 자신이 할 수 있는 최선의 방법을 모색했던 거예요."

"살아남기 위한 미약한 몸부림이었을 뿐이오."

금교교는 침착함이 느껴지는 음성으로 말했다.

"어쨌든 그 장문인은 지금은 강호의 전설이 되었어요. 그러니 과거의 불행한 기억쯤은 포용하고 넘어갈 만도 하지 않겠어요?"

"그건 그가 판단할 일일 뿐, 다른 사람이 무어라고 할 성질의 것은 아닌 것 같소."

금교교는 약간 창백해진 얼굴로 진산월을 빤히 응시하더니 돌연 의미 모를 한숨을 내쉬었다.

"진 장문인은 확실히 예전과는 달라졌군요. 그때는 아무리 험악한 상황에서도 이런 식으로는 말하지 않았던 것으로 기억하는데……"

진산월은 그 말에는 아무런 대꾸도 하지 않았다.

금교교는 다시 가느다란 한숨을 쉬고는 걸음을 재촉했다. 그 뒤로 단봉 공주의 거처에 도착할 때까지 두 사람 사이에는 어떠한 대화도 오고 가지 않았다.

단봉 공주가 머물러 있는 곳은 노군묘의 후원에서도 가장 깊숙한 곳에 있는 전각이었다. 전각의 입구에 혼원전(混元殿)이라고 쓰인 현판이 걸려 있었다.

혼원전 입구에는 조금 전에 보았던 갈혁과 갈휘 형제가 나란히 서 있다가 진산월을 맞았다.

금교교는 진산월이 갈혁 형제를 따라 혼원전 안으로 들어서는 모습을 가만히 지켜보고 있다가 몸을 돌렸다. 조용히 걸음을 옮겨 사라지는 그녀의 얼굴에는 무어라 형용키 어려운 복잡한 빛이 떠올라 있었다.

혼원전 안의 대청은 그리 넓지 않았다. 그래서 오히려 아늑한 느낌이 들게 했다.

대청의 중앙에는 봉황 한 마리가 앉아 있었다. 사람의 넋을 앗을 듯한 붉은색 봉황 한 마리.

봉황 무늬의 붉은 궁장을 차려입은 단봉 공주는 한 마리 봉황과 다름이 없었다. 그녀의 얼굴에는 여전히 붉은색 망사가 쓰여 있었고, 뒤에는 예의 금포를 걸친 노파가 우뚝 서 있었다.

사 년 전의 그날과 조금도 달라지지 않은 모습이었다.

진산월은 그녀와 시선을 마주쳤다.

바로 이 눈이다. 한없이 영롱한 빛으로 반짝이면서도 깊게 가라앉아 있는 눈. 이 눈을 떠올릴 때마다 진산월은 임영옥에 대한 죄책감을 느꼈었다. 그리고 어느 순간부터 더 이상은 이 눈을 떠올리지 않게 되었다.

진산월은 고개를 갸웃거렸다. 막상 이 눈을 보았는데도 전혀 가슴이 떨리거나 두근거리지 않았던 것이다. 눈은 분명 예전과 변함이 없었는데 대체 무엇이 달라졌단 말인가?

변한 것은 나인가, 그녀인가? 아니면 그저 세월이 흘러간 것일 뿐인가?

그때 그녀의 음성이 들려왔다.

"무슨 생각을 그렇게 하고 있지요?"

그녀의 매혹적인 음성은 예전과 변함이 없었다.

그리고 그때 진산월은 깨달았다. 변한 것은 그녀가 아니라 자신임을. 자신은 이제 더 이상 여자의 눈빛에 마음이 흔들리고 음성에 매혹을 느끼는 풋내기 장문인이 아니었던 것이다.

그래서 진산월은 담담한 음성으로 대꾸할 수 있었다.

"사 년이라는 세월이 길기는 길었다는 생각을 했소."

그녀의 망사 너머로 비치는 눈빛이 그의 얼굴을 빤히 응시하고 있었다.

"그렇지요. 문파를 이어받고 막 강호에 첫발을 내딛은 젊은 장문인을 강호의 절정 고수로 만들 수 있을 정도로."

진산월은 그녀가 그렇게 말한 의도를 잠시 생각해 보았으나 특별한 것은 알 수 없었다.

"고수가 된 것이 중요한 건 아니오."

"그럼 무엇이 중요한가요?"

"이제는 나도 내 앞가림을 할 줄 안다는 거요."

단봉 공주의 두 눈이 어느 때보다도 영롱하게 반짝거렸다.

"그 말뜻은 무엇인가요?"

"남들의 의도대로 이리저리 휘둘리지 않는다는 말이오."

단봉 공주는 잠시 말을 멈추었다가 다시 물었다.

"내가 진 장문인을 마음대로 조종하려 한다고 생각하는 건가요?"

"그 반대요."

"반대라면?"

"공주의 의도와 상관없이 나는 내 자신의 판단만으로 행동한다는 뜻이오."

단봉 공주는 한참 동안이나 아무 말 없이 그 자리에 가만히 앉아 있었다. 그녀의 시선은 진산월에게서 텅 빈 허공으로 이동한 채 움직일 줄을 몰랐다.

한참 후에야 그녀는 처음과 똑같은 음성으로 입을 열었다.

"내가 진 장문인을 만나자고 한 건 한 가지 부탁이 있기 때문이었어요. 아무래도 진 장문인은 내 부탁이 무엇인지 짐작하고 있는 것 같군요."

"사 년 전에 공주가 나를 만난 것은 봉황금시를 회수하기 위해서였소. 그래서 오늘 나를 만나려는 것도 비슷한 용무 때문이 아닐까 생각했소."

단봉 공주는 순순히 그의 말을 시인했다.

"내가 진 장문인을 만나자고 한 건 천룡궤 때문이에요."

진산월은 그러지 않을까 짐작하긴 했지만 막상 그녀의 입에서 천룡궤의 이름이 나오자 가슴이 무거워졌다.

대체 그 안에는 무엇이 들어 있기에 강호 제일의 청부 집단인 쾌의당뿐 아니라 자존심이 드높은 천봉궁에서마저 욕심을 낸단 말인가?

진산월은 자신이 차 한 잔의 대가치고는 너무 무거운 책임을 떠맡은 것이 아닌가 하는 생각이 들었다. 그리고 그때 비로소 차 한 잔을 보수로 받았다는 말에 이상한 눈으로 자신을 바라보았던 철혈홍안의 행동이 이해가 되었다.

진산월이 아무 대답도 없이 가만히 있자 단봉 공주가 다시 입을 열었다.

"천룡궤를 달라는 게 아니에요. 내가 묻고 싶은 건 진 장문인이 천룡궤를 어디로 가져가느냐 하는 것이에요."

진산월은 잠시 침음하다 물었다.

"내가 천룡궤를 가지고 있다는 건 어떻게 알았소?"

"강호의 일은 실타래가 뒤엉킨 것과 같아서 어느 한쪽을 잡아끌면 전체가 따라 움직이게 되어 있어요. 그 움직임을 따라가다 보면 어느 쪽 실이 끌어당겨졌는지 알 수 있지요."

"천룡궤가 나한테 있다는 건 알았으면서도 그것이 향하는 목적지가 어딘지는 모른단 말이오?"

"물건의 행방은 수소문하면 찾을 수 있지만, 인간의 의도는 그것만으로는 알 수 없으니까요."

"공주의 말뜻은 물건을 나에게 맡긴 자의 의도를 모르기 때문에 내가 천룡궤를 어디로 운반할지 짐작할 수 없다는 것이오?"

"바로 그래요."

"천룡궤를 원하지도 않는다면서 그 행방을 알려는 이유는 뭐요?"

"천룡궤가 향하는 곳이 어디인지에 따라 철혈홍안의 의중을 짐작할 수 있기 때문이에요."

"왜 그녀의 의중을 그토록 알려고 하는 거요?"

이번에는 단봉 공주가 깊은 침묵에 빠졌다. 잠시 후에 그녀는 조용한 음성으로 말했다.

"그건 본 궁의 기밀이라 말씀드릴 수 없군요."

한동안 장내에는 무거운 정적이 감돌았다.

진산월은 말없이 허공을 올려다본 채 상념에 잠겨 있었고, 단봉 공주 또한 입을 다문 채 묵묵히 진산월을 응시하고 있었다.

침묵을 깬 것은 진산월이었다.

"나에게 천룡궤를 맡긴 사람은 철혈홍안이 아닌 석가장주 석곤이오. 그는 구궁보의 모용 대협에게 천룡궤를 전달해 달라고 부탁했소."

단봉 공주는 그의 말을 듣고도 한동안 아무런 반응이 없었다. 그러다 조용한 음성으로 입을 열었다.

"진 장문인이 이토록 순순히 말해 주리라고는 미처 상상하지 못했어요."

"석곤은 나에게 천룡궤의 행방을 비밀로 해 달라고 하지 않았소."

"여러 가지 복합적인 의미가 담긴 말이로군요."

"그 행간(行間)의 의미를 찾는 건 내가 할 일이 아닌 듯하오."

"그렇지요. 아무튼 고마워요. 진 장문인 덕분에 본 궁은 큰 짐을 덜게 되었어요."

그녀의 입에서 처음으로 감사의 말이 흘러나왔다. 하나 진산월은 아무 말도 듣지 못한 사람처럼 담담한 표정으로 몸을 돌렸다.

"더 이상 할 말이 없으면 나는 이만 가 보겠소."

그가 막 발걸음을 떼어 놓으려는 순간, 그녀는 불쑥 입을 열었다.

"진 장문인은 사매가 다시 돌아오기를 원하나요?"

진산월은 천천히 몸을 돌렸다. 그의 눈에는 지금까지와는 다른 매서운 빛이 어른거리고 있었다.

"그게 무슨 말이오?"

그의 전신에서 거친 기세가 흘러나왔으나, 단봉 공주는 여전히 미동도 않고 앉아 있었다.

"말 그대로예요. 사매인 임 소저가 다시 종남파로 돌아오기를 원하고 있나요?"

진산월은 번뜩이는 안광으로 그녀를 응시했다. 살기가 담기지 않은 눈빛인데도 장내의 공기가 싸늘하게 식어 버린 것 같았다. 단봉 공주의 뒤에 서 있던 금포 노파가 두 눈을 부릅뜬 채 그를 쏘아보았다.

단봉 공주는 여전히 의미를 알 수 없는 조용한 시선으로 그의 따가운 눈빛을 받아 내고 있었다. 진산월은 단호하면서도 분명한 음성으로 말했다.
"그녀는 돌아올 거요, 반드시."
"나는 진 장문인의 희망이 아니라 소원을 물어보고 있는 거예요."
두 사람의 시선이 허공에서 끊임없이 부딪쳤다. 마침내 진산월은 짤막하게 물었다.
"원한다면?"
단봉 공주는 전혀 엉뚱한 말을 했다.
"강호에서는 모용 공자가 천양신공을 대성했다고 알려져 있어요. 하지만 그것은 사실이 아니에요."
진산월은 그녀가 왜 갑자기 모용봉의 이야기를 꺼내는지 궁금했으나 묵묵히 그녀의 말을 듣고 있었다.
"그의 천양신공이 대성을 앞두기는 했으나 아직 십일성(十一成)에 머물러 있어요. 진 장문인이 사매를 되찾으려면 반드시 그가 천양신공을 십이성 완성하기 전에 그녀를 데려와야만 해요."
진산월은 묻지 않을 수 없었다.
"그게 무슨 뜻이오? 그녀가 본 파로 돌아오는 것과 모용 공자가 천양신공을 대성하는 것이 무슨 상관이 있단 말이오?"
"그건 진 장문인이 알아볼 일이에요."
그녀는 그 말을 끝으로 입을 다물어 버렸다.
진산월은 그녀의 의중을 파악하려는 듯 망사 너머로 비치는 눈을 뚫어지게 응시했으나 그녀는 이내 눈마저 감아 버렸다. 이제 그만 돌아가라는 명백한 축객의 의미였다.
한동안 진산월은 그 자리에 우두커니 서 있다가 천천히 몸을 돌렸다. 그의 신형은 이내 대청을 벗어나 밖으로 사라져 버렸다.

그제야 단봉 공주는 감았던 눈을 다시 떴다. 닫혔던 장막이 걷히듯 보석처럼 영롱한 눈빛이 반짝거렸다.

"그는 별로 달라지지 않았군요."

그녀의 뒤에 서 있던 노파가 처음으로 주름진 입을 열었다.

"노신이 보기에는 많이 변한 것 같습니다. 무엇보다 무공이 몰라볼 정도로 강해졌군요. 조금 전에 기세를 일으킬 때는 노신도 가슴이 떨릴 지경이었으니까요."

"무공은 높아졌지만 그는 여전히 사 년 전에 처음 보았을 때의 모습을 간직하고 있어요."

노파는 고개를 갸웃거렸다.

"그런가요? 기풍도 많이 변했고, 제법 준수했던 얼굴도 비쩍 말라 볼품이 없어진 것 같은데…… 게다가 뺨에는 흉측한 흉터까지 있어서 전혀 다른 사람 같아 보였습니다. 왜 공주께서 그자가 예전과 별로 달라지지 않았다고 생각하는지 노신은 잘 이해가 되지 않는군요."

"내가 말하는 건 외양이 아니라 내면(內面)이에요. 그의 내면은 여전히 예전처럼 고요하고 부드럽군요."

노파의 주름진 시선이 단봉 공주에게 향했다. 하나 그녀의 망사 너머로 비치는 눈빛은 전혀 변함이 없었다. 돌연 노파는 어깨를 들썩이며 괴상하게 웃었다.

"끌끌…… 남자 보는 눈이야 공주께서 이 늙어 꼬부라진 노신보다는 훨씬 낫겠지요. 그런데 그 녀석에게 굳이 모용 공자의 비밀을 말해 줄 필요가 있었을까요?"

"나는 단지 그가 천룡궤의 목적지를 순순히 알려 준 대가를 갚았을 뿐이에요."

노파의 얼굴에 떠올라 있는 미소가 조금 더 짙어졌다.

"끌끌…… 물론 그러셨겠지요. 모용 공자와 그 종남파의 애송이 장문인 중 누가 더 가능성이 높다고 보십니까?"

"아직은 모르겠어요. 다만 한 가지, 분명히 말할 수 있는 건 사년 전의 그때는 그에게 가능성이 전무(全無)했는데, 이제는 모용 공자도 무작정 안심할 수만은 없다는 것이지요."

노파는 잠시 그녀의 말의 의미를 곱씹어 보다가 다시 입을 열었다.

"그렇게 생각해 본다면 그놈이 정말 대단하긴 합니다. 무(無)에서 유(有)를 창조한 셈이니 말이에요."

단봉 공주는 말없이 고개를 끄덕였다.

노파는 한동안 그녀의 표정을 살피다가 그녀가 여전히 아무 말이 없자 중얼거리듯 말했다.

"아무튼 이제 그 늙지도 않는 마녀(魔女)의 의중을 알았으니 하루 속히 구궁보로 가야겠군요. 그 애송이 장문인이 모용 대협을 만나기 전에 말입니다."

* * *

다음 날 자리에서 일어난 종남파의 고수들은 황당함을 느껴야

했다. 밤사이에 천봉궁의 인물들이 말도 없이 훌쩍 떠나 버렸던 것이다.

"아니, 뭐 이런 경우가 다 있지?"

밖에 아무런 기척이 없기에 나와 보았던 낙일방은 노군묘가 자신들이 머무르는 곳 외에는 텅텅 비어 있음을 알고는 어안이 벙벙해졌다. 기껏 사람을 불러 놓고는 잠자는 사이에 온다 간다는 말도 없이 사라져 버렸으니 이것은 완전히 종남파를 무시하는 수작이 아니고 무엇이겠는가?

낙일방의 외침을 듣고 밖으로 나왔던 동중산이 천봉궁 고수들이 머물렀던 숙소를 뒤져 보고는 이내 봉투 하나를 찾아냈다.

봉투 겉면에는 '진 장문인 친전(親展)'이라고 쓰여 있었다.

동중산이 봉투를 진산월에게 가져가자 진산월은 봉투를 열어 보았다.

그 안에는 짤막한 문구가 적힌 붉은색 종이가 담겨 있었다.

진 장문인께.

갑자기 본 궁에 급한 일이 생겨서 인사도 없이 떠나게 되었습니다. 잠깐이라도 인사를 드리는 것이 도리인 줄은 아오나, 늦은 밤에 깊은 잠에 빠진 분들을 깨우는 것은 못할 짓이라고 생각되어 그냥 떠납니다.

진 장문인의 넓은 해량(海諒)이 있으시기를 바랍니다.

금교교 올림.

진산월은 인사도 없이 떠날 정도로 천봉궁에 생긴 급한 일이란 게 무엇일지 궁금해졌으나, 이내 마음을 가다듬었다. 그들 문파의 일은 그들이 알아서 할 일이었다. 굳이 자신이 신경 쓸 필요가 없는 것이다.

다만 낙일방과 엄쌍쌍 사이의 일을 제대로 매듭짓기도 전에 그녀가 훌쩍 떠나 버린 것이 아쉬울 뿐이었다.

그런데 낙일방의 표정이 조금 이상했다. 준수한 얼굴에 붉은 기가 감돌면서 좀처럼 평정을 찾지 못하고 흥분해 있는 것이다.

더욱 이상한 것은 다른 사람들의 태도였다. 낙일방의 그런 모습을 힐끔거리면서도 억지로 웃음을 참고 있는 듯했다. 낙일방 또한 사람들의 그런 시선을 알고는 더욱 안절부절못하고 있었다.

마침내 진산월이 참지 못하고 동중산을 불렀다.

"중산. 이리 오너라."

"예, 장문인."

동중산이 다가오자 진산월은 진중한 음성으로 물었다.

"어제 일방에게 무슨 일이 있었느냐?"

동중산은 외눈으로 낙일방을 힐끔거렸다. 낙일방은 아무 말도 하지 말라는 듯 손을 내저었으나 진산월이 쳐다보자 황급히 손을 거두었다.

동중산은 입가에 엷은 미소를 지으며 입을 열었다.

"조만간 장문인께서도 아시게 될 테니 먼저 말씀드리는 게 좋을 듯합니다, 낙 사숙."

낙일방은 얼굴을 붉게 상기시키더니 갑자기 자리에서 벌떡 일어나 밖으로 나가 버렸다.

진산월이 더욱 영문을 몰라 할 때 동중산의 말이 이어졌다.

"사실 장문인께서 단봉 공주를 만나러 가신 사이에 천봉선자 세 사람이 찾아왔습니다. 그들은 산책을 가는데 호위가 필요하다며 굳이 가지 않겠다는 낙 사숙을 반강제로 데리고 나갔습니다."

그제야 진산월은 어찌 된 일인지 알아차리고 고소를 머금었다.

"그러고는 산책을 나가자마자 다른 두 선자는 일이 생겼다며 돌아가고, 낙일방 혼자 선자 한 사람과 산책을 즐겼단 말이겠지?"

동중산은 하얀 이를 드러내며 웃었다.

"장문인의 말씀대로입니다."

"낙일방과 마지막까지 있던 사람은 필시 육선자인 엄 소저겠구나?"

"그렇습니다."

"그건 아마도 누산산의 생각일 것이다. 유치하긴 하지만 일방 같은 순진한 녀석에게는 아주 효과적인 방법이기도 하지."

"낙 사숙께서도 엄 소저와 산책을 다녀오신 것이 그리 싫지 않은 모습이었습니다."

"그런데 그 녀석이 왜 저렇게 안절부절못하고 있는 거냐?"

"사실은 낙 사숙께서 오늘도 엄 소저와 산책을 하기로 약조하셨다고 합니다. 그런데 엄 소저께서 말도 없이 떠나 버리셨으니 낙 사숙이 얼마나 당황했겠습니까?"

진산월은 쓴웃음을 지으며 고개를 흔들었다.

"일이 너무 급진전되었구나."

"장문인께선 엄 소저가 마음에 들지 않으십니까?"

"그런 건 아니다. 다만 일방이 여자 경험이 너무 없어서 자신의 마음조차 제대로 알지 못한 채 이리저리 휘둘리지 않을지 걱정될 뿐이다."

"그건 낙 사숙께서 하나씩 경험해 가면서 깨닫게 되실 겁니다."

동중산의 말을 듣고 보니 진산월은 자신이 너무 낙일방을 어린아이 취급하여 감싸 안으려고만 했다는 것을 알았다. 사람이 살아가면서 이런저런 상처도 입고 좌절도 겪으면서 성장해 가는 법인데, 진산월은 낙일방이 어떠한 시련이나 좌절도 겪지 않도록 애를 썼다.

그것은 아마도 그 자신의 시련과 좌절이 너무나 혹독했기 때문일 것이다. 그 고통이 너무나 심했기에 자신이 아끼는 사람만큼은 자신과 같은 고통을 받지 않기를 원했던 것이다.

'어쨌든 이것으로 한 가지는 정리되었군.'

적어도 낙일방이 엄쌍쌍을 어떻게 대할지는 분명하게 정해진 셈이었다.

제 218 장
무정도수(無情刀手)

제218장 무정도수(無情刀手)

 진산월 일행이 정양에 도착한 것은 노군묘를 떠난 다음 날이었다.
 정양에서 가장 큰 주루에 여장을 푼 일행은 먼저 정양의 유일한 강호 문파인 흑기보에 비무첩을 보냈다. 흑기보는 정양에 있던 열두 개의 크고 작은 문파들을 모두 흡수하여 적어도 정양 일대에서는 그야말로 독보천하(獨步天下)하고 있었다. 그런데 흑기보에 비무첩을 전하러 간 동중산이 당혹스러운 표정으로 되돌아왔다.

 "그게 무슨 말이냐? 본 파와 비무를 하지 않겠다니?"
 진산월의 물음에 동중산은 씁쓸한 표정으로 입을 열었다.
 "제자가 흑기보의 총관을 만나 비무첩을 전했으나, 그들은 받지 않았습니다. 흑기보주(黑旗堡主)가 외부로 출타 중이라 자신의 마음대로 비무를 결정할 수 없다는 이유를 대더군요."

"그게 정말이라고 보느냐?"

"주변에 알아보니 이틀 전부터 흑기보주가 모습을 드러내지 않았다고 합니다. 저희가 여남을 떠난 직후지요."

"너는 흑기보주가 일부러 우리들을 피했다고 보느냐?"

"흑기보주인 흑기신군(黑旗神君) 막송(莫松)은 심계가 깊고 잔꾀가 많기로 유명한 자입니다. 그가 흑기보를 정양 유일의 문파로 만든 과정을 보아도 무력(武力)보다는 돈으로 매수하거나 계략을 사용한 경우가 대부분입니다."

"냄새가 나는군. 막송이 우리를 피하려 했다면 다른 곳에 있기보다는 흑기보 내에 숨어 있을 확률이 높다."

"심증은 가는데 막송이 우리를 피한다는 걸 입증할 방법이 없습니다. 무작정 흑기보로 쳐들어가서 숨어 있는 막송을 끌고 나올 수도 없는 일 아닙니까?"

진산월은 생각에 잠겼으나 뚜렷한 방법을 찾을 수 없었다.

강호의 비무란 어느 한쪽이 일방적으로 주장해서 이루어지는 것이 아니라 상호 합의하에 성립되는 것이다. 그런데 상대가 무작정 피해 버린다면 더 이상 강제할 수가 없게 된다.

진산월은 곧 결단을 내렸다.

"흑기보와의 비무는 취소한다. 내일 다음 목적지로 이동하도록 하자."

동중산의 표정은 여전히 풀어지지 않았다.

"문제는 다른 문파도 흑기보와 비슷한 행태를 취할 가능성이 있다는 겁니다. 사실 흑기보주의 행방을 수소문하러 거리에 나갔다가 일전에 본 파와 청의방과의 비무 여파가 의외로 크다는 것을 느꼈습니다."

"좀 더 자세히 말해 보아라."

"청의방은 하남성 전체의 패권을 노릴 만큼 강력한 방파였습니다. 그런데 본 파와의 비무로 최고 고수 두 사람이 치명적인 부상을 입었고, 방주인 곽존해는 불과 십 초 만에 장문인께 패하는 바람에 청의방의 명성은 바닥으로 떨어지고 말았습니다. 비무가 벌어진 지 열흘도 지나지 않았는데 벌써 청의방의 몰락을 예견하는 사람들도 있는 형편입니다."

진산월은 묵묵히 동중산의 말을 듣고 있었다. 동중산은 외눈을 반짝이며 말을 계속했다.

"그 바람에 하남성 일대의 군소 문파들이 바짝 긴장해 있다고 합니다. 제 생각입니다만, 적어도 하남성 일대에서는 본 파와의 비무를 승낙하는 문파를 찾기란 쉽지 않을 거라고 봅니다."

진산월은 나직하게 침음했다.

"그건 미처 예상치 못한 일이로군."

"저도 계속 생각을 굴려 보았습니다만, 지금으로선 뾰족한 방법이 없습니다."

그렇다고 비무행을 취소할 수는 없는 일이었다.

진산월은 한동안 생각에 잠겨 있다가 한숨을 내쉬었다.

"그렇다면 결국 군소 문파는 건너뛰고 거대 문파만을 상대해야겠군. 그들은 체면 때문에라도 본 파와의 비무를 거절하지 못할 테니 말이다."

"그렇습니다."

"하남성에서 비무 할 문파를 찾을 수 없다면 안휘성으로 넘어가자."

동중산이 외눈을 번쩍 빛냈다.

"특정한 문파라도 생각나시는 곳이 있습니까?"

"어차피 구궁보가 있는 구화산으로 가기 위해서는 안휘성을 거쳐야 한다. 그리고 이곳에서 구화산으로 가는 길목에는 회남(淮南)이 있지."

회남이라는 지명을 듣자마자 동중산은 떠오르는 문파가 있었다.

그의 입에서 자신도 모르게 짤막한 경호성이 터져 나왔다.

"남궁세가(南宮世家)!"

진산월은 고개를 끄덕였다.

"바로 그렇다."

* * *

그날 저녁.

뜻밖의 손님이 진산월을 찾아왔다.

"면목이 없소. 진 장문인께서 무어라 질책하셔도 기꺼이 받아들이겠소."

진산월은 자신을 향해 정중하게 머리를 조아리는 오십 대 중늙은이의 말에 쓴웃음을 지을 뿐이었다.

저녁 식사를 마치고 자신의 방에서 쉬고 있을 때, 동중산이 난처한 표정을 지으며 그의 방으로 들어왔다.

"장문인. 어찌해야 좋을지 모르겠습니다."

진산월은 항상 침착해서 좀처럼 흐트러진 모습을 보이지 않던 동중산의 이런 모습에 의아함을 느꼈다.

"무슨 일이냐?"

"흑기보주가 장문인을 뵙겠다고 찾아왔습니다."

진산월은 예상치 못한 말에 처음에는 어리둥절했고, 나중에는 당혹감을 느껴야 했다.

"흑기보주가 나를 찾아왔다고?"

"예. 장문인께 꼭 드릴 말씀이 있다며 지금 밖에서 기다리고 있습니다. 어떻게 할까요?"

"아까는 다른 곳으로 출타해서 흑기보에 없다고 하지 않았느냐?"

동중산도 영문을 모르는 건 마찬가지였다.

"글쎄 말입니다. 본 파와의 비무를 피하기 위해 술책을 부리고 있다고 생각했는데 제 발로 직접 찾아왔으니 어떻게 해석해야 좋을지 모르겠습니다."

"직접 만나 보면 알게 되겠지. 모시고 들어오너라."

"알겠습니다."

동중산의 안내를 받으며 들어온 사람은 왜소한 체구에 머리가 반백(半白)인 오십 대 후반의 중늙은이였다. 매부리코에 인상이

다소 강퍅하나 얼굴에 떠오른 표정은 제법 진지해 보였다.

그가 바로 흑기보주인 흑기신군 막송이었다.

막송은 진산월을 보자마자 허리를 숙이고 정중하게 인사를 했다.

"진 장문인. 내가 바로 흑기보를 맡고 있는 막모요. 진즉에 찾아뵙지 못하고 이제야 온 것을 용서해 주시오."

지나칠 정도의 저자세를 보이는 그의 모습에 진산월은 오히려 불편함을 느꼈다.

"별말씀을. 먼 곳으로 출타를 가셨다는 말을 들었는데 생각보다 일찍 돌아오신 모양이구려."

진산월이 오후의 일을 빗대어 넌지시 말을 꺼내자 막송의 얼굴에 부끄러운 빛이 떠올랐다.

"창피 막심한 일이지만, 이 마당에 숨겨서 무얼 하겠소? 사실 나는 계속 흑기보에 머물러 있었소. 다만 진 장문인께서 본 보에 비무를 청할 것이 두려워 엉뚱한 핑계를 대고 만 거요."

진산월은 의외로 그가 순순히 자신의 잘못을 시인하자 오히려 할 말이 없어졌다.

진산월이 아무 대답이 없자 막송은 아예 엎드리다시피 허리를 숙였다. 그러고는 어떠한 질책이든 기꺼이 받겠다며 머리를 조아렸던 것이다.

진산월은 막송의 손을 잡아 일으켰다.

"과공(過恭)은 비례(非禮)라 했소. 그것이 어찌 막 보주만의 잘못이겠소? 다른 문파의 사정을 생각지 못하고 무작정 비무행을 감행한 본인의 실수도 있다고 생각하오."

진산월이 이렇게까지 말하자 그제야 막송의 얼굴에 안도하는 표정이 떠올랐다.

"솔직히 진 장문인을 찾아가서 사과를 해야 하나 말아야 하나 나름대로 고민이 많았소. 하지만 종남파와 멀지 않은 하남성에 있으면서 언제까지고 진 장문인을 피할 수는 없다고 생각하여 어렵사리 용기를 냈소. 정말 부끄럽소이다."

"잘하셨소. 이제 와서 하는 말이지만 본 파는 흑기보와의 비무를 포기하고 내일쯤 이곳을 떠날 생각이었소."

막송의 주름진 얼굴에 쓴웃음이 떠올랐다.

"그렇구려. 하지만 나로서는 늦게나마 진 장문인에게 사실을 고하고 나니 막힌 속이 뚫린 듯 시원함마저 느끼고 있소. 진 장문인이 본 보와 비무를 하든 안 하든 나는 이렇게 진 장문인을 찾아온 것을 후회하지 않소이다."

분위기가 진정되자 동중산이 차를 가져오겠다며 밖으로 나갔다.

막송에 대한 첫인상은 썩 좋다고 할 수 없었으나, 솔직하게 자신의 잘못을 인정하고 사과를 하기 위해 직접 찾아온 용기는 대단하다고 하지 않을 수 없었다. 그래서 진산월은 인상만으로 그 사람을 판단하는 것은 확실히 경솔한 행동이라는 것을 다시 한 번 깨닫게 되었다.

막송은 큰 시름을 덜은 듯 표정이 한결 밝아져 있었다.

"사실 진 장문인이 청의방과의 비무 후에 본 보 쪽으로 온다는 말을 듣고 눈앞이 캄캄했었소. 평상시라면 종남파 같은 거파와의 비무에서 패하는 게 뭐가 두렵겠소만, 현재 본 보는 정양 일대의 문파들을 통합한 지 얼마 되지 않았기 때문에 자칫하다가는 간신히 규합해 놓은 세력들이 흩어질지도 모르는 상황이었소."

"그런 사정이 있었구려."

"본 보는 그나마 사정이 낫지만, 다른 문파들은 모두 전전긍긍하고 있는 상태라고 하오. 아마 이 일대에서는 종남파와 비무를 하려는 문파는 한 군데도 없을 거요. 하남성의 패권을 노리고 있던 청의방이 그런 꼴을 당했는데, 어느 문파가 감히 종남파와 비무를 벌일 수 있겠소?"

막송은 종남파의 위세를 칭송하는 뜻에서 한 말이겠지만 듣는 진산월로서는 고소를 머금을 수밖에 없는 상황이었다. 그 때문에 결국 종남파의 비무행에 큰 지장이 초래되었으니 말이다.

"요새 정양 일대의 무림인들 사이에는 종남파의 비무행과 구궁보의 마차 사건이 가장 큰 화제로 오르내리고 있소. 종남파의 다음 비무 상대가 어느 문파인지 알아내려고 다들 눈에 불을 켜고 있소. 본 보가 종남파와 비무를 벌이지 않은 이상 사람들의 이목은……."

그때 진산월이 막송의 말을 제지했다.

"잠시만. 구궁보의 마차 사건이란 무엇이오?"

막송은 몸을 움찔하더니 대수롭지 않은 표정으로 말했다.

"아! 진 장문인은 오늘 오후에 정양에 오셨으니 아직 못 들으셨겠구려. 사실 오늘 오전에 이곳에서 멀지 않은 수림에서 구궁보의 것으로 보이는 마차가 정체 모를 자들에게 습격을 당한 일이 있었소."

진산월의 표정이 순간적으로 굳어졌다.

"그 마차가 구궁보의 소속인지 어떻게 아시오?"

"구궁보의 마차들은 모두 여의천둔렴(如意天遁簾)이라는 특이한 주렴을 달고 있소. 그 주렴은 밖에서는 도저히 안을 들여다볼 수 없고 도검(刀劍)을 막을 뿐 아니라 불도 피해 내는 신비한 효능을 지녔다고 하오. 그런데 이번에 습격을 당한 마차가 바로 이 여의천둔렴이 달려 있는 마차라는 것이오."

"마차에는 누가 타고 있었소?"

막송은 좀처럼 흔들릴 것 같지 않던 진산월이 다급한 표정으로 묻자 의아한 생각이 들었으나 자신이 아는 바를 순순히 설명해 주었다.

"구궁보의 모용 공자와 무척 가까운 지인(知人)이 타고 있었다고 하오. 그녀를 호위하기 위해 구궁보에서도 일류급 고수 몇 사람이 지키고 있었는데, 습격 때문에 대부분이 죽고 말았다고 했소."

"마차에 타고 있던 사람도 변을 당했소?"

"거기까지는 잘 모르겠소. 나도 오늘 아침부터 퍼진 소문을 들은 것에 불과해서 말이오. 부서진 마차의 잔해와 그 주변에 몇몇 시체들이 쓰러져 있는 걸 누군가가 발견하고 소문을 퍼뜨린 모양이오."

항상 냉정하고 침착하기만 했던 진산월의 눈빛이 세차게 떨리고 있었다. 불길한 생각이 끝없이 머릿속을 휘젓고 있었던 것이다.

모용 공자의 지인이 타고 있는 구궁보의 마차.

그가 임영옥과 헤어진 것은 불과 팔 일 전의 일이었다. 그와 헤어진 후 그녀가 구궁보로 돌아가기 위해 움직였다면 그 행적은 진산월 일행과 마찬가지로 이곳, 정양을 지나칠 가능성이 높았다. 그도 그럴 것이 진산월 또한 구궁보로 가기 위해 그녀와 비슷한 경로로 움직이고 있었던 것이다.

그렇다면 혹시 이 근처에서 발견된 구궁보의 마차란 바로…….

진산월은 더 이상의 생각을 하지 않았다. 그는 갑자기 막송을 향해 진지한 음성으로 입을 열었다.

"막 보주, 한 가지 부탁이 있는데 들어주시겠소?"

막송은 어찌 된 영문인지 몰라 눈을 크게 뜨고 있다가 부탁이 있다는 말에 황급히 고개를 끄덕였다.

"물론이오. 말씀해 보시오. 내가 할 수 있는 일이라면 어떤 것이든 들어 드리겠소."

"나를 구궁보의 마차가 발견된 곳까지 안내해 주시면 고맙겠소."

막송은 진산월의 부탁이 그리 어렵지 않은 것임을 알고 흔쾌히 승낙을 했다.

"그렇게 하겠소. 마침 마차가 발견된 곳은 본 보의 관할에서도 그리 멀지 않은 곳이니 그 일대의 지리는 내가 누구보다도 잘 알고 있소."

"다행이구려. 지금 갈 수 있겠소?"

"물론이오."

진산월은 용영검을 집어 든 채로 자리에서 일어났다. 막송도 엉겁결에 따라 일어나기는 했으나 진산월이 왜 이렇게 서두르는지 몰라 어리둥절해하는 모습이었다.

객잔을 벗어나자마자 두 사람은 신법을 펼쳐 빠르게 남쪽으로 달려가기 시작했다.

진산월이 막송을 재촉하지는 않았으나 막송은 진산월의 굳어진 얼굴만으로도 무언가 심상치 않음을 직감하고 자신이 낼 수 있는 최대의 신법을 발휘했다. 그것조차도 마음이 급한 진산월에게는 굼벵이처럼 느리게 여겨졌으나 진산월은 끝까지 아무 말도 하지 않았다.

남쪽으로 일각쯤 달려가자 제법 커다란 수림이 모습을 드러냈다. 막송은 비 오듯 땀을 흘리면서도 안도의 한숨을 내쉬었다. 바로 옆에서 땀 한 방울 흘리지 않은 채 달려오는 진산월이 몹시 부담스러웠던 것이다.

"거의 다 왔소. 저 수림 안쪽에 제법 커다란 공터가 있는데, 마차가 발견된 곳은 바로 그 공터요."

막송이 말을 마치자마자 그의 옆에서 달리고 있던 진산월의 신형이 갑자기 앞으로 쭈욱 나아갔다.

"먼저 갈 테니 막 보주는 천천히 오시오."

진산월의 음성이 들려온다 싶은 순간, 어느새 그의 신형은 이십여 장 밖의 허공을 날아가고 있었다. 그 기경할 신법에 막송의 눈이 크게 뜨였다.

"자신의 실력을 반도 발휘하지 않고 있었구나. 신법이 저 정도 일진대 검술은 대체 어느 정도란 말인가?"

막송은 혀를 내두르며 멀어져 가는 진산월의 뒷모습을 바라보고 있더니 자신도 몸을 날렸다.

수림 안으로 오십여 장쯤 들어가자 과연 공터가 나타났다. 공터의 한쪽은 완전히 폐허처럼 변해 있었고, 그 폐허의 한쪽에 부서진 마차의 잔해가 널려 있었다.

마차 주위에 몇 구의 시신이 널브러져 있었으나 진산월의 시선은 공터에 도착했을 때부터 오직 마차의 잔해에만 고정되어 있었다. 그 잔해에 거의 파묻히다시피 쓰러져 있는 사람의 모습을 발견한 것이다.

진산월은 한달음에 마차의 잔해로 몸을 날렸다. 가까이 다가갈수록 잔해에 파묻힌 시신이 여인임을 알 수 있었다. 잔해 사이로 여인의 손과 검은 머리카락이 드러나 보였던 것이다.

진산월은 떨리는 손으로 마차의 잔해를 치우고는 여인의 몸을 뒤집었다.

여인의 하얀 얼굴이 그를 보며 웃고 있었다.

진산월이 안색이 굳어진 채 몸을 피하려 했으나 여인의 손이 조금 더 빨랐다. 여인은 그의 허리춤에 매달려 있는 용영검을 잡고는 그대로 몸을 굴려 오 장 밖으로 달아나 버렸던 것이다.

진산월은 설마 여인의 목적이 자신에 대한 암습이 아니라 용영검의 탈취라고는 상상도 못하고 있었기에 너무도 어이없이 검을 빼앗기고 말았다.

"호호호! 진 장문인. 이번에는 꼼짝없이 걸려들고 말았군요."

여인의 호들갑스러운 웃음소리가 장내를 뒤흔들었다.

그 음성은 어딘지 모르게 귀에 익은 것이었다. 진산월은 묵묵히 그녀를 바라보고 있다가 불쑥 물었다.

"이번 일은 당신이 계획한 거요?"

여인은 수중의 용영검을 신기한 듯 쓰다듬고 있다가 다시 배시시 웃었다.

"그래요. 이번에는 제법 정성을 들여 계획을 짰는데 진 장문인이 보기에는 어땠어요?"

"아주 훌륭했소."

여인의 얼굴에 떠올라 있는 미소가 조금 더 짙어졌다.

"진 장문인의 입에서 그런 칭찬의 말을 들으니 그동안의 고심이 헛되지 않은 것 같아 즐겁군요."

"내가 구궁보의 마차에 관심을 가지리라는 건 어떻게 알았소?"

여인은 묘한 눈빛으로 그를 응시했다.

"진 장문인은 본 당(本黨)에서 가장 주시하고 있는 인물이에요. 당연히 진 장문인의 일거수일투족을 철저하게 감시하고 있지요. 우리는 진 장문인이 며칠 전 여하의 강변에서 누구를 만났는지도 알고 있어요."

그녀는 그 말을 하며 진산월의 표정을 유심히 살폈으나 아쉽게도 진산월의 얼굴은 아무런 변화가 없었다.

"그래서 이런 계획을 짠 거요?"

"다소 즉흥적인 계획이어서 솔직히 나도 꼭 성공하리라는 확신은 없었어요. 진 장문인 같은 사람이 여인에게 빠져 냉정이 흔들리리라고는 믿을 수 없었거든요."

"그런데 그렇지 않았군."

"그래서 지금도 얼떨떨한 심정이에요."

그때 등 뒤에서 인기척이 들렸다. 진산월은 돌아보지 않아도 나타난 사람이 누구인지 알 수 있었다.

막송의 얼굴에는 조금 전과는 다른 득의한 미소가 떠올라 있었다.

"흐흐…… 진산월! 강호는 무공만으로는 행사할 수 없는 법이네. 지금 기분이 어떤가?"

"당신이 생각하는 것만큼 나쁘지는 않소. 당신도 쾌의당의 인물이오?"

"이 몸이 쾌의당의 하남 지부를 맡고 있지."

"쾌의당의 지원이 있었기에 당신이 그토록 수월하게 흑기보의 세력을 확장할 수 있었구려."

"흐흐…… 역시 머리가 좋군. 바로 보았네. 그러지 않았으면 단시일 내에 열두 문파를 합병하는 일은 불가능했겠지."

진산월의 시선이 다시 여인에게로 향했다.

"당신은 천룡궤를 노리고 있는 줄 알았는데 언제부터 내 검을 탐을 내게 되었소?"

여인은 짤랑짤랑한 교소를 터뜨렸다.

"호호…… 진 장문인의 입심은 정말 대단하군요. 이 검이 비록 절세의 보검인 건 알겠지만, 나에게는 아무 소용도 없는 거예요."
 "그렇다면 검을 팔아서 시집갈 밑천으로 삼기라도 하려고 했단 말이오?"
 그녀는 살짝 눈웃음을 쳤다.
 "진 장문인이 나를 받아 준다면 기꺼이 그렇게 하지요."
 "당신은 내 취향이 아니오."
 그녀는 코웃음을 쳤다.
 "알아요. 진 장문인은 조용하고 다소곳한 여자를 좋아하지요. 대부분의 남자들이 그렇듯이."
 "바로 보았소."
 "우리가 이렇게 번거로운 계획을 짜면서까지 진 장문인의 검을 노린 건 진 장문인의 손발을 묶기 위해서예요."
 "검이 없으면 나는 꼼짝도 할 수 없는 존재란 말이오?"
 "검을 들지 않아도 진 장문인이 과연 신검무적일 수 있을까요?"
 "그래서 당신들 두 사람만으로 나를 상대하겠다는 거요? 아무리 당신의 소수마공이 대단하다고 해도 조금 무리 아니겠소?"
 여인, 소조림은 그의 말을 시인했다.
 "솔직히 우리 두 사람만으로는 진 장문인을 이길 자신이 없어요. 아무리 진 장문인의 손에 검이 쥐여 있지 않다고 해도 말이지요."
 "그러면 어떻게 나를 상대할 생각이오?"
 그녀의 얼굴에 야릇한 미소가 떠올랐다.

"이곳에 우리만 있는 게 아니니까요."

그 말에 진산월은 퍼뜩 떠오르는 생각이 있어 주위를 둘러보았다.

조금 전만 해도 마차의 주위에 쓰러져 있던 시체들이 어느새 일어나 그를 에워싸고 있었다. 이제 보니 그들은 시체가 아니라 멀쩡한 사람들이었던 것이다.

그들의 수는 모두 아홉 명이나 되었다.

"이들은 무정구도수(無情九刀手)라고 해요. 이들이라면 검을 들지 않은 신검무적 정도는 충분히 쓰러뜨릴 수 있을 거예요."

"이들도 화중용왕의 부하들이오?"

소조림은 의외로 고개를 저었다.

"오늘 일의 주재자는 아쉽게도 사부님이 아니에요."

"그럼 누구요?"

그때 어디선가 걸걸한 음성이 들려왔다.

"바로 나다."

아무런 기척도 느끼지 못했는데 장내에는 어느새 한 사람이 새롭게 나타나 있었다. 진산월의 무공으로도 상대가 무슨 신법으로 나타났는지 제대로 알아보지 못할 정도였다.

그는 우람한 체구의 흑포 복면인이었다. 두 눈을 제외한 모든 부분을 흑포로 감싸고 있어서 남자라는 점 말고는 아무것도 알아볼 수 없었다. 심지어는 조금 전의 음성 또한 목소리를 내공으로 바꾼 것이었다.

진산월은 흑포 복면인을 쳐다보며 물었다.

"당신은 누구요?"

흑포 복면인은 예의 걸걸한 음성으로 말했다.

"나는 쾌의당의 운중용왕(雲中龍王)이다."

확실히 흑포 복면인은 구름 속의 용처럼 자신의 정체를 철저히 숨기고 있었다. 진산월은 자연스레 위엄이 흘러나오는 그의 행동거지로 보아 그의 나이가 중년을 넘지 않았을까 생각했으나 정확한 것은 알 수 없었다.

"지난 백 년 동안 강호에 배출된 검객들 중 제일 뛰어나다는 너의 검법을 보지 못해 아쉽긴 하지만, 나는 과정보다는 결과를 중요시 하는 성격이라 한층 손쉽게 너를 쓰러뜨릴 수 있는 방법을 택하겠다."

흑포 복면인이 슬쩍 손을 흔들자 어느새 무정구도수가 진산월의 주위를 에워싼 채 좁혀 들어오고 있었다. 그들의 손에는 언제 꺼내 들었는지 뭉툭한 기형도가 쥐여 있었는데, 시퍼런 예기가 제법 떨어진 진산월의 몸까지 닿을 정도였다.

"네가 이들의 합공에서 살아난다면 그때는 내가 친히 너를 상대해 주도록 하마."

그의 말이 끝나자마자 무정구도수들이 일제히 진산월을 향해 덤벼들었다. 그들은 일체의 고함이나 소리도 없이 오직 진산월의 전신을 노리고 칼을 휘둘러 댔다.

파파팟!

삽시간에 주위가 온통 시퍼런 칼 그림자로 뒤덮여 버렸다.

진산월은 그들의 도법이 일체의 수비를 도외시하고 오직 살인을 위한 살초(殺招)들로만 이루어졌음을 알고 표정이 무겁게 굳어졌다. 검을 들고 있다면 아무리 무서운 도법이라도 능히 상대할 수 있지만, 맨손인 상태에서는 직접 도기를 맞닥뜨릴 수 없어 치명적인 약점을 안고 싸움을 시작하는 셈이었다.

진산월은 이어룡과 어운보를 적절히 펼쳐 무정구도수의 무시무시한 칼질 속을 피해 다녔다. 그러면서도 틈틈이 장쾌장권구식과 유운비수로 반격을 가하기 시작했다.

하나 무정구도수의 도법은 그 정도로 막을 수 있는 무공이 아니었다.

진산월은 자신이 펼친 장력들이 채 절반도 나가기 전에 도기에 가닥가닥 끊기는 것을 보고는 이내 방법을 바꾸어 태진강기를 끌어 올려 대천장을 펼쳐 나갔다. 이번에는 조금 효과가 있어서 무정구도수의 날카로운 공격을 이십여 초 가까이 막을 수 있었다.

소조림은 바짝 긴장한 표정으로 치열하게 전개되는 장내의 격전을 지켜보고 있다가 누군가가 자신을 향해 다가오자 슬쩍 고개를 돌려 보았다.

저만치 떨어져 있던 막송이 그녀의 옆으로 다가오고 있었다.

"무슨 일이에요?"

그녀가 의아한 듯 묻자 막송이 그녀의 손에 쥐여 있는 용영검을 가리켰다.

"그 검은 소저에게 필요 없는 듯하니 내가 가지면 안 되겠소?"

소조림의 고운 아미가 살짝 찡그려졌다.

"이건 신검무적이 사용하는 검이라서 알아보는 사람들이 적지 않을 텐데요."

막송은 생각해 놓은 것이 있는지 주저하지 않고 말했다.

"검집을 다른 것으로 하고 손잡이를 바꾸면 쉽게 알아보지 못할 거요. 강호에 검이 얼마나 많은데 비슷한 검 한두 개가 없겠소?"

소조림은 그의 말이 일리가 있다고 생각했으나 용영검을 내주는 것이 썩 내키지 않았다.

"꼭 발각될 위험을 무릅쓰고 이 검을 사용해야겠어요?"

"소저는 검을 익히지 않았기 때문에 그 검이 얼마나 좋은 것인지 알지 못하는 것이오. 조금이라도 검을 배운 사람이라면 그 검을 얻기 위해서 자신의 팔 하나쯤은 기꺼이 잘라 버릴 수 있을 거요."

"그 정도란 말이에요?"

"그렇소."

막송이 진지한 음성으로 말하자 그제야 그녀는 어쩔 수 없다는 듯 용영검을 한 차례 쓰다듬더니 그에게 내밀었다.

"가져가세요."

막송은 용영검을 조심스레 건네받으며 그녀를 향해 미소 지었다.

"고맙소. 이 빚은 꼭 갚겠소."

"그 말 기억해 두겠어요."

두 사람이 대화를 나누는 동안에 장내의 격전은 새로운 전기를 맞이하고 있었다.

진산월의 대천장에 실린 태진강기의 위력 때문에 제대로 접근하지 못하고 있던 무정구도수들이 대천장을 무시하고 달려들었다.

펑펑!

순식간에 두 명의 무정구도수들이 대천장에 격중당해 삼 장 밖으로 나가떨어졌다. 하나 그 순간에 진산월은 처음으로 또 다른 두 명이 휘두른 칼에 옆구리와 등을 격중당했다. 다행히 스쳐 맞은 것이라 치명적인 부상을 입지는 않았으나, 베인 상처에서 시뻘건 핏물이 흘러나와 피범벅이 되었다.

삼 장 밖에 나뒹굴었던 무정구도수들이 꿈틀거리며 바닥에서 일어나더니 재차 진산월을 향해 칼을 휘둘러 왔다. 그들의 입과 코에서는 시커먼 핏물이 꾸역꾸역 흘러나왔으나 그들은 전혀 개의치 않는 모습이었다.

다시 세 명의 무정구도수들이 대천장에 쓰러졌고, 진산월 또한 삼도(三刀)를 맞았다. 자신들의 목숨은 도외시한 채 오직 진산월을 쓰러뜨리기 위해 달려드는 무정구도수의 모습은 그야말로 살귀(殺鬼)들을 보는 것 같았다.

그 처절한 광경에 소조림과 막송은 넋이 나가 버렸다. 그들은 선혈이 난무하고 살기가 가득한 눈앞의 광경을 정신없이 바라보느라 진산월의 몸이 조금씩 자신들을 향해 접근하는 것을 알지 못했다.

다시 십여 초가 지나자 진산월의 몸에는 두 개의 새로운 칼자국이 생겼고, 무정구도수 네 사람이 쓰러져 버렸다. 이번에 쓰러진 네 명은 다시는 일어나지 못했다. 그도 그럴 것이 그들 중 두 명은 머리가 박살 났고, 다른 두 명은 태진강기에 심장을 정통으로 가격당해 즉사해 버렸던 것이다.

진산월의 온몸은 그야말로 유혈 낭자해서 얼핏 보기에는 붉은색 혈의를 입고 있는 것 같은 착각이 들 정도였다. 하나 대부분의 상처가 피육을 베인 것에 불과하다는 것은 누구도 알지 못했다. 무정구도수의 칼에 격중될 때마다 진산월이 익힌 태을신공이 위력을 발휘해 그의 몸을 보호하고 있었던 것이다.

진산월과 남은 다섯 명의 무정도수들 간의 대결은 그야말로 살벌하기 그지없었다. 그들은 모두 수비는 아예 신경도 쓰지 않고 오직 일격필살만을 노리는 사람들처럼 무시무시한 살초들을 쏟아내고 있었다.

막송은 눈앞에서 벌어지는 살육의 내음에 취해 있다가 문득 눈을 크게 떴다.

"어? 언제 이렇게 가까이 왔지?"

무정도수 중 한 사람이 날리는 도기가 자신의 지척까지 날아들었던 것이다.

그가 주위를 두리번거리며 무심코 뒤로 한 걸음 물러나려 할 때, 그의 옆에 서 있던 소조림이 안색이 대변해 뾰족한 외침을 토해 냈다.

"앗? 조심해요!"

막송이 퍼뜩 정신을 차리고 고개를 돌렸을 때 그의 시야에 들어온 광경은 피를 철철 흘리면서도 자신을 향해 무서운 속도로 날아오고 있는 진산월의 무표정한 얼굴이었다. 그사이에 세 명이 더 쓰러져서 마지막으로 남아 있던 두 명의 무정도수가 미친 듯이 진산월의 등을 칼로 난자했으나, 진산월은 조금도 속도를 죽이지 않았다.

막송은 시퍼렇게 질린 얼굴로 사력을 다해 뒤로 물러나려 했다. 그때 진산월의 손바닥이 어느새 그의 가슴을 부드럽게 가격하고 있었다.

약류장의 공력은 순식간에 막송의 심맥을 가닥가닥 끊어 놓았다.

"크헉!"

막송은 입을 딱 벌리며 무어라고 소리치려 했다. 하나 고함 소리대신에 나오는 것은 잘린 내장 조각과 검붉은 선혈뿐이었다. 숨이 끊어지기 직전 막송은 자신의 손에 쥐어 있던 용영검이 진산월의 손으로 옮겨지는 광경을 보게 되었다.

막송이 쓰러지는 순간, 진산월의 손에 들린 용영검이 한 차례 번뜩거렸다.

그와 함께 그토록 집요하게 그의 등을 노리던 무정도수 두 사람이 비명도 없이 쓰러져 버렸다.

장내가 갑자기 쥐 죽은 듯 조용해졌다.

뚝뚝…….

진산월의 몸에서 흘러내리는 핏방울 소리만이 고요한 정적을 깨고 있을 뿐이었다.

진산월은 흐르는 피를 지혈할 생각도 하지 않은 채 용영검을 들고 몸을 우뚝 세웠다. 그러고는 한쪽에 우두커니 서 있는 운중용왕을 향해 담담한 음성을 내뱉는 것이었다.
"이제 제대로 해 봅시다."

(군림천하 22권에서 계속)

환상이 숨쉬는 공간 **파피루스** www.ipapyrus.co.kr

글을 쫓는 사냥꾼 엽사!
『데몬 하트』『소울 드라이브』『마법무림』에 이은
그의 새로운 사냥이 시작된다!

엽사 판타지 장편소설
마계군주

"그 책을 가지면 무적이라도 된다는 겁니까?"
"무적? 그건 너무 쉬운데. 다른 건 안 될까?"
노력만큼은 가상하나, 재능이 없는 소년 제로
마계의 저승이 봉인된 마서(魔書) 그레이브와 만나다!

**마왕의 힘을 흡수하는 위대한 권능,
낙인의 군주**

지금 마계와 대륙의 주인이 바뀌리라
마계군주 제로의 이름으로!

환상이 숨쉬는 공간 **파피루스** www.ipapyrus.co.kr

묵직하고 강렬하게,
향 짙은 무협이 온다!

혈마도
서준백 신무협 장편소설

일생을 바친 마교, 젊음을 바친 정마대전
그 끝에 찾아온 것은 처절한 배신이었다

그들의 모습을 눈에 새기며 싸늘히 식어 갈 때
비참하고 원통한 염원으로 그는 맹세했다
세상이 피의 늪에 잠겨 든다 해도
네놈들에게 기필코 복수하겠노라고

**모든 것을 뒤바꾸어 주마
너를 멸시하던 놈들을 좌절시키고 짓뭉개 주마
천외유천(天外有天)!
이제, 세상 위에
또 다른 세상이 있음을 보여 주겠다!**